此书谨献给新时代实干笃行的奋斗者

涅槃

邹元辉 著

浙江省作协2019年作家定点深入生活项目

宁波出版社
NINGBO PUBLISHING HOUSE

图书在版编目（CIP）数据

涅槃 / 邹元辉著. — 宁波：宁波出版社，2021.4
ISBN 978-7-5526-4234-6

Ⅰ.①涅… Ⅱ.①邹… Ⅲ.①纪实文学—中国—当代 Ⅳ.①I25

中国版本图书馆 CIP 数据核字（2021）第 048665 号

涅 槃
NIE PAN

邹元辉 著

责任编辑	朱璐艳
责任校对	陈凌欧
装帧设计	金字斋
出版发行	宁波出版社
	（宁波市甬江大道 1 号宁波书城 8 号楼 6 楼　邮编　315040）
网　　址	http://www.nbcbs.com
印　　刷	宁波白云印刷有限公司
开　　本	889mm×1194mm　1/16
印　　张	21
字　　数	255 千
版　　次	2021 年 4 月第 1 版
印　　次	2021 年 4 月第 1 次印刷
标准书号	ISBN 978-7-5526-4234-6
定　　价	56.00 元

如发现缺页或倒装，影响阅读，请与出版社联系调换　电话：0574-87248279

1

　　长海机械厂党委书记郝兴江特别喜欢初夏,觉得这个季节有城市一年最美的风景,不光肥大厚实的绿叶填满了树枝空隙,连道路两侧各种颜色的花朵也争相盛开。他曾把初夏比喻成风情万种的少妇,既褪去了春天的怯生稚嫩,又没有秋天的老气横秋,更没有冬天的老态龙钟。可此时的他顾不得欣赏周边的美景,一边习惯性地蹬车,一边想着心事。突然,裤兜里的手机震动起来,掏出一看,是厂长李默海的来电,他就靠边停好车接通了电话。

　　"李厂长。"

　　"小郝,你在哪?"

　　"我刚从方长生家回来。"

　　"你马上回厂。"

　　不等郝兴江回复,李默海已挂断了电话。郝兴江习惯了李默海的作风,也默认了他对自己的称呼。郝兴江有时想想就觉得好笑,不知自己是长得老相还是作风老成,大学时同学们习惯称他为"老郝",后来连老师也不叫他名字,跟着直呼"老郝"。刚被分配进电厂的时候,班里的师傅们还叫他几声小郝,可没过多久,大学的一个教授来电厂做试验,老远看到郝兴江就叫"老郝"。从此,所有认识郝兴江的同事都改口叫他"老郝"。又过了两个月,也许是有人想夸郝兴江性格好,也许是有人为了叫得顺口,又在"老郝"后加了一字。于是"老好人"一直叫到他当上车间副主任。后来,职务变迁,他从郝主任到郝科长,再到郝厂长,从此没人叫他"老好人",更没人叫他"小郝",即便是上级领导,一般也叫"兴江"以示亲密与信任。正因如此,当一年前从电厂调任机械厂时,郝兴江一时难以适应。这倒不是岗位转变的不适应,因为在电厂生产技术科当科长时,他就兼任机关党支部书记,还一度觉得党务工作挺有意义。难适应的是李默海对他的称呼,已过不惑之年,居然莫名被人叫"小郝",真有点怪诞的味道。

长海机械厂坐落于柳江县,顾名思义,县里有条大江叫柳江,系长海市上游两条江水在市内汇聚而成。浩荡江水奔向大海,流经的大地被分割成两块,江之南为柳江县,江之北为望仓县。改革开放前,江南省制定了六大工程计划,柳江县由于拥有独特的地理优势,成功让机械厂和发电厂两大工程落户其中,这使当时市里的其他县羡慕不已。

郝兴江还没来得及把手机塞进裤兜,妻子史芳打来电话,说史小力明天带儿子去三亚看北京奥运会圣火接力,让他晚上早点回家。郝兴江急着追问:"奥运圣火长海也会传递,干吗跑这么远去看?"

"小力说了,这是习文第一次过'青年节',要让他终生难忘。"

"这圣火传递怎么扯上'青年节'了?"对小舅子的提法,郝兴江一头雾水。

"奥运圣火定于5月4日从三亚启程,等传递到长海估计快过

'儿童节'了。"不等郝兴江接话,史芳又像往常一样埋怨,"你也就知道吊机、车床,太没情趣。"

郝兴江并不在意妻子的埋怨,只是不放心地提醒:"可习文要上学呀。"

"我已代习文在学校请了两天假,小力买好了来回机票。"

郝兴江担心的不是儿子能不能在学校请出假,毕竟长海机械厂经营副厂长乔康的老婆就是儿子学校的副校长,这点小事只要开口,她肯定批准。看事已至此,郝兴江只好无奈地告知妻子:"李厂长刚找我,说有事商量,我可能要晚点回家。"

"真是拎不清,上面让你去机械厂是当书记,你不乐得享清福,倒天天搞得厂里少不了你似的。实话告诉你,家里没你不行,单位少你一样转。"

郝兴江赔笑解释:"现在单位不是要改制吗,我总不能甩手都扔给李厂长吧?"

"改不改制又不是你说了算,都闹腾两个多月了,你操什么心?再怎么样也不会让领导吃亏的。"

虽然妻子说得有几分道理,但郝兴江可不这么想,决定企业改不改制很容易,但怎么让上千名职工今后有活干、有钱领,这才是关键。为了不让李默海等着急,郝兴江敷衍着应道:"好,我尽可能早点回家。"

郝兴江刚走进厂部大楼,党办主任汪启仁就迎了上来:"郝书记,李厂长在等您一起开'三重一大'会,说周末一定要上报。"

看来今天的事还真有点急,郝兴江点头后加快了脚步。

"郝书记,走访这种小事以后就交给我或车间去办好了。"

"嗯。"郝兴江含糊地应了一声,但心里打定了主意,继续用这个方式听听职工的心里话。

汪启仁抢前一步推开了会议室的门,一股浓烈的烟味迎面扑来。郝兴江不抽烟,因为以前发电厂全厂都是禁烟区,所以没有什么感觉。调到机械厂后,他才觉得禁烟是多么好,至少不会让不抽烟的人感觉难受。去年看到有女同志参加会议时,频繁用手扇动鼻前的空气,他就想以党委的名义提倡会议室禁烟。可刚跟李默海提了个头,就被对方生硬地抢白道:"我们这里的职工可是扛榔头、拧铁栓出身,没那么多讲究,如果有人觉得不舒服,那就让他腾换个地方。"郝兴江没料到李默海说话这么冲,并明显有针对自己的迹象。看对方满口黑牙,一脸不屑地叼上烟,搞技术出身的郝兴江第一次感到与其搭档是一件多么难的事。虽心里有点疙瘩,但郝兴江提醒自己,外来和尚难念经,想要得到主持"寺庙"十多年的强势"老方丈"的认可,只能多揣摩对方的意图,一旦念歪了经,只会给自己添麻烦。也因为有了上次隐隐的冲突,一年多来,郝兴江基本上只是按部就班地工作。

"人齐了,开始吧。"

郝兴江刚在李默海边上的空位坐下,对方边简单地宣布会议开始,边甩来一支烟。郝兴江像以往一样,点头示谢后,把烟捏在手上,埋头看起了摆在桌面的《关于长海市国有企业改制分流的实施意见》复印件。自去年倡导禁烟失败后,李默海坚持在会上给郝兴江甩支香烟。郝兴江知道自己接下这支小小的香烟,不仅表达友好合作的态度,更传达了对李默海权威的认可。所以当郝兴江本能地想同以往一样谢绝时,马上自我否定了。因为这不但会让李默海不舒服,更可能激化两人的矛盾。但有原则的郝兴江又觉得不能过度服软,必须从这件小事上表现出一定的立场——即便我不能改变现实,那也不会认同现实合理或正确。所以权衡一番后,郝兴江不谢绝,只是示谢后把烟夹在手上。李默海并不在乎郝兴江有没有把烟点上,他把烟当作一面白旗,只要对方拿起,就是向自己示意投降。

"既然上面是征求我们的意见,我觉得我们厂条件不成熟,还是选不改制。"

从设备副厂长徐达阳直截了当的意见中,郝兴江觉得路上做的判断是正确的,上面刚过完"五一"长假就催机械厂的答复,估计此事再也拖延不得。徐达阳的声音刚落,另一边又传来生产副厂长兼总工程师蔡永伟的表态:"李厂长,改制就是要创办面向市场、独立核算、自负盈亏的法人经济实体,而按我们历年的业务量,创造的利润连一半职工都不能养活,更别说与同行竞争。"

从两位副厂长的发言推断,郝兴江估计前面的"小会"已统一了思想。果然,工会主席周杰也紧跟着婉转地表达了意见:"李厂长,我也觉得不改制更利于队伍的稳定。"

"嗯。"李默海应声吐了一口烟,旋即扭过头问郝兴江,"小郝,你有什么意见?"

郝兴江坦率地说道:"李厂长,从目前我厂的生产情况来看,改制的确会有许多的困难,不但人心难稳,今后业务更是让人忧心,大家知道,前期相关部门测算出来的业务额仅为2700万元……"

李默海打断郝兴江的话,追问:"那你的意见也是不改制?"

"不是。"郝兴江摇头,迎着对方的目光回道,"李厂长,我虽担心改制面临的诸多困难,但与其半死不活、寄人篱下地生存,不如借此机会带领广大职工杀入市场,背水一战。"

不等李默海接话,瞪大水泡眼的蔡永伟一脸意外地抢问郝兴江:"郝书记,你就任机械厂党委书记也有一年了,应该清楚我们目前的情况,我们有与人家争市场的能力吗?"

周杰也跟着吐槽:"凭什么去战?商场如战场,我们机械厂看似有上千人,可有真正能上战场的人吗?而且不光没人,手中也无利器。"

郝兴江没想到自己的想法会引来这么大的意见,从蔡永伟和周杰的反应来看,估计开会的目的就是等自己前来"合拍"。想要"合拍"其实很容易,只要不吭声,等一下举手同意就行。可郝兴江内心有点不甘,上周国资委主任许泽斌来厂调研时就明确告知,按上级关于深化国有企业改革的指导意见,长海机械厂已明确被列为改制对象。针对参与改制的全市大型国有企业,许主任说市领导意见高度一致,任何需改制却不参加改制的企业,今后一律不能享受出台的优惠政策。这等于是在警告:如果不改制,日后只能在更为艰难的环境下被并购或破产倒闭。郝兴江真不敢想后果,把头扭向周杰:"谁说我们机械厂没人?光高级工程师和高级技师就有十多人。"看周杰表情很不自然地低下头佯装做笔记,郝兴江又把目光转向蔡永伟,继续争辩:"虽然我们还没有新订单,但目前我厂市场声誉较好,在全省具有一定的知名度,提升空间非常大。更何况我们不但拥有 AR1 级压力容器制造许可证和 A1、A2 压力容器设计资格许可证,还有省二级锅炉制造和维修许可证,并已通过了上海质量审核中心的质量、职业健康安全与环境管理体系认证⋯⋯"

李默海极不耐烦地挥手打断郝兴江如数家珍般的阐述:"小郝,你说的是真话还是假话?你是真相信还是假相信?"

两连问看似简单,却充满了浓浓的敌意,甚至嘲弄中带几分威胁的滋味。郝兴江愣了片刻后强调:"李厂长,我真是这么想的。"

"小郝,看来你这一年还没真正了解机械厂,更不清楚全国的行业状况。"李默海说到这里,先不急不缓地喝了一口水,边合杯盖边说,"如今可不是十年前,你放眼看看,现在全国类似我们这样的企业起码有几百家,光是江南省就有12家,该占领的市场人家早就牢牢捏在手心,轮不到我们去分一杯羹!"

郝兴江悄悄打量四周,发现周杰仍埋头在笔记本上比画着,估计又沉浸于钢笔画创作。经营副厂长乔康双手抱胸,盯着眼前的杯子若有所思,似笑非笑的表情让人揣摩不出是支持还是反对。徐达阳和蔡永伟虽同样抬头在听李默海的分析,可细辨两人的肢体动作却有明显的差异,徐达阳不停点头迎合李默海的讲话,蔡永伟却如同一尊雕像,脸上毫无表情。为了测试各人的内心真实想法,郝兴江故意问道:"李厂长,如果不改制,日后业务越来越少怎么办?企业如果没有利润,那不光是对职工不负责,更是对社会不负责任。"

李默海把刚点着的烟往烟缸狠狠一拧,皱起眉头说道:"我们不是政府,什么社会责任不责任。我的责任就是交好下一棒,不胡乱折腾!"

郝兴江听明白了,李默海还有三年就可以退休,蔡永伟和乔康也是不到六年就到期。表面看是机械厂改制与不改制之争,实质则是企业若干年还是三年或六年的生存发展之争。果然,蔡永伟接过李默海的话头说道:"改制就是折腾,机械厂经不经得起市场的淘沙先不说,哪经得起内部的折腾。不折腾说不定还能生存,折腾肯定死得快。"

不知徐达阳什么时候抬起了头,只见他把眼神从吊灯处移下,不咸不淡地说道:"没有赢利的国有企业又不只是我们一家,干吗别人还没咋地,自己猴急着要动刀。"

见徐达阳的话明显是冲自己而来,郝兴江不得不正面招架:"如果等市场这把无形的刀落下,那我们可就来不及了,届时在座各位都……会被职工责怪。"

郝兴江本想说都是历史的罪人,可话到嘴边,觉得过于刺耳,当即改了口。可即便这样,在李默海听来还是很不爽,只见他歪过头冲着郝兴江嗤笑:"我们共产党就是要带大家一起致富,改制只是某些人打着激发企业活力的旗号,看似破除利益格局,实际是让领导干部成了可耻的剥削者!"

"人是社会性的有感情动物,因为有道德标准、情感因素、价值观念等因素的影响,不会像动物一样仅以生存为第一原则,所以我们只有因地制宜地探索企业生存之法,才能对得起职工。"乔康终于把眼神从眼前的杯中抽离,悠悠地发表了自己的看法。

郝兴江正咀嚼乔康这些话的含义,只见周杰也放下笔断论:"政府想'一刀切'搞行政嫁接,但像我们厂不改制至少还能活五年,改制估计熬不过一冬。"

"'一刀切'肯定有问题。国有企业所具有的社会公益性质是不容更改的,公共交通公司会因为亏损,就允许他们改制进入市场去追求利润吗?我们厂的确没什么效益,但其他企业也不能提供我们厂制造的小锅炉产品,其实这也反映了我们机械厂在承担相应的社会责任。"蔡永伟跟着说道。

郝兴江很想反驳蔡永伟的片面言论,机械厂怎么能同民生工程相提并论,更何况机械厂长年生产的小锅炉根本不是为了民生,只是某些机关与企业办澡堂所需的设备。

也许是因为悲观而愤怒,紧拧眉头的徐达阳用食指狠戳桌面,说道:"体制内天天喊着'国退民进'的人虽然不一定是坏人,但肯定是别有用心的人!我们可不能倒行逆施!"

郝兴江觉得火药味越来越浓,若自己再坚持发表观点,容易造成更大的误会。既然局面像老婆刚才电话中说的一样,改不改制又不是自己说了算,不如干脆闭嘴。

看众人不再说话,李默海又点燃了刚按灭的香烟,深吸一口后抿紧嘴,似乎在做拍板前最后的思考。厂办秘书朱小巧也停止了记录,六双眼睛一起盯着李默海。只见李默海不急不缓,长长吐出烟后,扫视了一圈:"我是豁出去了,在国资委那边也谈了。上策就是以不变应万变,中策是被并,下策才是改制。"

看来船长彻底放弃掌握机械厂这艘航船的动力和航向,打定了随波逐流的主意。望着窗外,郝兴江第一次感觉初夏明亮的阳光有些别扭,他想起了之前的倒春寒,更联想到了即将面临的难挨酷暑。

"小郝,你有什么意见?"

"我服从大多数。"

对于郝兴江不明确的表态,李默海似乎并不在意,弹弹烟灰说道:"现在举手表决,不同意改制的举手。"

五只手举起后,郝兴江也跟着举起了手,只是这手不同往常,弯曲发软,像是没有骨头。

会后,郝兴江没回办公室,和李默海打了个招呼,说家有点事先走一步。李默海也不多问,点了点头。

快到家,远远看到楼下停了一辆出租车,郝兴江连蹬几脚,到出租车旁边才发现只有史小力坐在里面。史小力下车招呼:"姐夫,回来了?"

"嗯。"郝兴江支上自行车撑脚,问道,"小力,叫芳芳了吗?"

"叫了,他们马上下楼。"

刚说完,楼道传来妻子的声音:"要不先给你爸打个电话吧?"

"老爸肯定有事在忙,别打扰他,不行我到机场再打个电话回来。"

听了儿子的答复,郝兴江感觉很贴心。才读初一的郝习文不但个子已超母亲,而且特别懂事,唯一让郝兴江遗憾的是儿子对学习兴趣不大,在体育方面却展现出非凡的天赋。无论是幼儿园还是小学,儿子每年参加运动会都能拿回来好几张奖状,如果不是因为学校规定每名学生限报三项,郝兴江真怀疑儿子的书桌抽屉会塞不下奖状。当年父亲在"习文崇武"中择前两个字为孙子的名,大概就是种豆得瓜的歪解。

"舅舅。呀——老爸。"

四楼楼道窗台探出郝习文那张标准的国字脸,随后就传来急促的下楼声。郝兴江感觉最后一层的十二个台阶,背登山包的郝习文跨两次就跳到了自己跟前。他摸着儿子的头叮咛:"记住,出去一定要听舅舅的话。"

"知道。"郝习文应声后效仿郝兴江,抬手摸父亲的头叮嘱,"记住,在家一定要听老婆的话,多陪陪老妈。"

"臭小子!"郝兴江轻轻一拳打在儿子身上。

郝习文回敬一拳:"臭老爸!"

看史芳拎着行李箱出现在楼道口,郝兴江抢步接过行李箱,利索地塞进出租车后备厢。

目送出租车驶离时,郝兴江蓦然感觉自己这个父亲当得真有点不称职。这些年不光送儿子上学的次数屈指可数,也从来没有陪他参加课外兴趣培训班，难道真如妻子所说，自己满脑只有吊机和车床，没什么生活情趣？可他马上又否定了这个想法，男人不同于女人，女人可以把家视作生命之重，男人理应把工作视作生命之重，若没能在事业上有所作为，这样的男人至少不能称为强者。联想起刚才的会议，郝兴江觉得脚上仿佛绑了铁块，脚步很沉。参加工作十九年来，自己的事业线始终处于上扬中，可如今机械厂党委书记一职似乎要成为事业的拐点，就好像命运之舟在拐弯处触礁，在猝不及防中渐渐下沉。他觉得已无法掌握自己的航向，更无法知晓机械厂上千名职工日后的命运。

2

周一上班没过多久,正在批阅文件的郝兴江接到市国资委办公室蒋主任的来电,通知他下午一时到市国资委大厅,并叮嘱他不要和李默海打招呼。挂上电话,郝兴江暗自纳闷,国资委有什么事要单找自己,为什么既不通知李默海,还要求自己不能说?难不成上面在"关键时刻"要给自己换个搭档,合力推进改制工作?但转念一想又觉得不对,人事调动这种大事不可能在大厅商量,也没必要利用午休时间。揣摩了半天,郝兴江也理不出一个头绪,只好作罢,继续批阅起文件。

午饭后,郝兴江马上回到了办公室。听到隔壁李默海办公室传来关门声后,立即换下工作服,到党办对汪启仁说,家里有点事下午晚点来,然后径直出厂打了辆车向市里赶去。刚进国资委大厅,手机就响了。得知郝兴江已到,办公室蒋主任说马上去请许主任下来。

郝兴江更加困惑了,许泽斌是市国资委一把手,不让自己上去而是请许主任下楼,这究竟是怎么了?

不一会儿,只见许泽斌在办公室蒋主任陪同下走出电梯。不等郝兴江上前打招呼，许泽斌只是简单地说了一句："跟我来。"就径直向大门走去。郝兴江糊里糊涂地跟在两人后面，在蒋主任的示意下，钻进早已等候的公务车，与许泽斌并排坐在后面。

关上车后门，蒋主任敏捷地钻进副驾驶座，边系安全带边吩咐司机："去市政府。"

"许主任带我去市政府干吗？"郝兴江感觉今天的经历很神秘怪异，但全过程又似有点熟悉。对，听说现在抓经济犯罪的领导干部就是用这种方式，直接带人到指定地点由纪委审。难不成真有人告我？什么人告？告我什么事？什么时候告的？蓦然，郝兴江想起了周五会上的冲突，难不成李默海为了企业不改制，用这种卑劣手段来整自己？想到这里，郝兴江慌乱起来，虽然无论在发电厂还是机械厂，自己都很清白，但若组织真要查，自己没有十天半月估计出不来，妻子这边还好说，等儿子从海南回来怎么解释？胡思乱想中，只听许泽斌操着浓重的湖南口音说道："兴江，听说你很有信心带领机械厂职工参与企业改制，梁钰副市长特抽出时间想听听你的想法。"

郝兴江松了一口气，可旋即又紧张起来。是谁把我的想法捅到主管经济工作的副市长那，难道是厂领导班子成员？可周五会上没有其他人赞同我的想法呀？难不成本意是告黑状，不料却成了为我送锦旗？还有，梁副市长让我背着李默海来汇报，李默海日后会不会认为我是背后捅刀使坏的小人？心里虽然这么想，可嘴上只能说道："许主任，我只是觉得改制有利于企业，有利于职工。"

"这就是信心，是当前工作最为需要的精神动力。"

"谢谢许主任的认可与支持。"

"你是我看中的苗子，懂技术，会管理，有激情，所以一年前才把你调到机械厂。"

郝兴江由衷地恳请:"许主任,我还有许多做得不好的地方,日后您要多指导我。"

许泽斌突然扭过头压低了声音:"兴江,我已打了招呼,让你兼任机械厂厂长。社会主义就是因为有集中力量的优势,所以能办成很多令世人震惊的大事。现在机械厂到了非常时期,也必须集中权力。"

郝兴江一时语塞,集中力量和集中权力是两个概念,集中权力不一定能集中力量。当然,他内心希望受到这样的重用,但如今这事情搞得像是暗箱操作,真不如许泽斌直接到厂里来任命。

"怎么,有顾虑?"许泽斌刚问完,旋即又语重心长地开导,"你还年轻,可不能让工作压力消磨了工作激情。"

郝兴江赶紧声明:"许主任,我不是顾虑,而是担心做不好,辜负您的信任。"

许泽斌听了哈哈一笑,抬手捋了捋只剩边缘的头发,自信地说道:"我信自己的眼光,也知道你不会辜负我们的培养。"

公务车直接开进了市政府,到大楼停下后,蒋主任抢先下车打开了后排车门。许泽斌接过包,带着郝兴江轻车熟路地绕过"为人民服务"的大屏风,摁亮了电梯的按钮。

到九楼出电梯,两人一前一后来到有"副市长办公室"标牌的门前。许泽斌轻叩两下虚掩的门,里面随即传来轻微的脚步声。只见开门的年轻人轻声和许泽斌打了个招呼,随后手一请:"梁市长在里面等你们。"

郝兴江紧跟两人迈进门。郝兴江见过梁钰几面,但那都是在各种会场上,他可不认为台上的梁市长会认识自己。可没想到刚进门,只见梁钰推椅起身,从办公桌后款款绕到前面,与许泽斌握手后,转身向郝兴江伸手打招呼:"你就是郝兴江吧?"

郝兴江急促地握住对方的手:"梁市长好!我是长海机械厂的党委书记郝兴江。"

"不错,声音洪亮,握手有力。这是能干事、会干事的基础。"

对于梁钰的夸奖,郝兴江按捺住激动,平和地应道:"谢谢梁市长的肯定。"

"坐下来说。"梁钰引两人到一圈沙发前。

等梁市长落座单人沙发后,郝兴江跟着许泽斌并排坐在了三人沙发上。趁秘书上茶的空隙,郝兴江打量梁市长的办公室。梁市长的办公室很大,宽大的办公桌上除了电脑,还醒目地摆放着两部不同颜色的电话机,大转椅后是国旗和党旗,茂盛的绿植将两面旗帜映得越发鲜亮。郝兴江来不及瞟一眼左侧一大排柜子中的书和工艺品,只听许泽斌开口说道:"兴江,刚才车上我已和你说了,梁市长想听听你对机械厂改制的一些想法。"

看郝兴江欲言又止,身陷沙发靠背、双手分按把手的梁钰当即补充:"郝书记,想说什么就说什么,不要有顾虑。"

郝兴江舔了舔嘴唇,问道:"梁市长,是先忧后喜还是先喜后忧?"

"先忧后喜。"梁钰拍板后又强调,"要言无不尽。不谋全局者,不足以谋一隅,不谋大势者,不足以谋一时。"

"是。"郝兴江挺了一下腰板,蹙眉分析起来,"改制是国企改革的延伸,也是现代企业制度完善和深化的过程,不但能使国有资本的布局结构更趋合理,而且可从根本上解决企业的发展动力问题。但因为要打破原有的模式,机械厂有些职工出于对将来的担忧,内心很抵触。"

对于郝兴江破题的铺垫技巧，梁钰还是很认可的，特总结回应："思想越僵化，工作越难做。"

郝兴江继续分析："从外部研判，整个设备制造行业企业改制后，其生产经营大都不太理想。从内部剖析，机械厂现有职工的平均年龄达 43.7 岁，大量的老工人对企业来说，无论是社保还是医疗，日后必将成为沉重的负担。同时，由于近几年只招一线工人，没进过一名大学生，企业技术几乎已断层，没有后备力量。"

说到这里，郝兴江无意间发现许泽斌停下了做笔记正抬眼看自己，这才惊觉刚才的说法无意中伤到了许主任。就在暗自盘算如何补漏时，许泽斌已用夹杂满意又遗憾的口吻插嘴："没想到你在机械厂才一年多，就把厂里存在的问题剖析得如此清楚，若是能够再早三五年上任，至少可以避免技术断层的问题。"

对于许泽斌的快速反应，郝兴江暗自叹服，自己调到设备制造厂才一年多，可许泽斌从财政局调到国资委也不到两年，这等于撇清了他与技术断层问题的关联。郝兴江于是顺着这话继续延伸："当前，机械厂由于业务范围狭窄，产品很单一，而这些产品根本谈不上创造利润，甚至连养活职工都难。"

"你怎么看这个问题？"

对于许泽斌的插问，郝兴江知道先忧到这里为止，接下来该谈喜了，于就接着刚才的思路继续说道："今年，中国改革开放到了而立的节点上。随着社会主义市场经济体制的建立，僵化的计划经济体制开始瓦解，部分国企肯定以不可逆转的姿态向商业社会并轨。所以，这次的改制工作就像肇始于三十年前的改革开放大潮，犹如长江之水，势不可当。我个人的观点是早改制强于晚改制，主动改制优于被迫改制。每个人要有敢当时代破冰者的勇气。"

"破冰者,嗯,这个提法不错。"刚肯定完,梁钰又特意解释道,"其实我们已不可能早,有的地方五年前就已尝试。"

郝兴江从对方的表情揣摩出了这句话的含义,于是试探着说道:"长海市许多工作一直处于全国前列,我们应该在改制上也不能落后。"

梁钰摇头苦笑:"上面批评我们在其他方面还能做到领跑,可在改制这件事上,连跟跑都不行,还得多下点力气。"

果然机械厂此次必须改制,这已不仅是市领导的意见,还是省领导或更高层领导的意见。郝兴江觉得周五会议上倾向于李默海的天平,在三天后以不可逆的势态转向了自己这边。估计李默海至今还不清楚此次改制背后的巨大推力,这也注定他打的平安干到退休的小算盘根本行不通。郝兴江本想回去再开导一下李默海,可想起许泽斌已提前告知自己将兼任机械厂厂长,想必组织已准备把李默海调离。这或许正合李默海的心意,也避免了自己劝说的尴尬。看郝兴江若有所思,梁钰又问道:"郝书记觉得民企比国企有哪些优势?"

郝兴江先是一愣,联想起梁市长以前在会场上的讲话,突然开窍了,于是就侃侃而谈:"民营企业因为机制灵活,随时可以跟着市场应变,这是国有企业无法相比的。所以,民营企业不但能适应市场,往往发展也快。更重要的是民营企业的品牌意识、效益意识、市场意识,也是国有企业所不能相提并论的。很多民营企业,都依靠自身的力量,闯入了国际市场,并赢得了良好的信誉。"

"说得好。"郝兴江话音刚落,梁钰拍了拍沙发扶手,给予高度的肯定。

许泽斌看了一眼梁钰,见对方领首,于是插话说道:"兴江,算是提前和你打招呼。后天组织就任命你兼任机械厂厂长,带领大家做好这次改制工作。"

有了许泽斌之前的招呼,郝兴江自然心里有了准备,本想探问李默海的去向,又觉得不妥,只好平静地说:"谢谢梁市长和许主任的信任与支持,我真担心做不好。"

许泽斌一板一眼地说道:"这不该是你的性格,我们相信你不会辜负组织的期望。"

不等郝兴江回应,梁钰也强调:"你不但有技术,更有党建的经验,没有人比你更合适。"

"那我只有加倍努力工作,以此回报两位领导的信任,既要把当下的企业改制好,更要把改制后的企业的生产经营搞好。相信只要我们厂领导班子务实重行、担当作为,努力破除改制与发展的阻力,就可以创造更优的业绩,就可以在市场上与同行论伯仲、比高低、共经纬。"

"不错,既有信心,更有思路。那今天就谈到这里,我等一下还有个会议。"

郝兴江没想到谈话这么快就结束了,只能跟着许泽斌起身告别梁钰。电梯到一楼刚打开门,眼尖的蒋主任边给司机打电话,边疾步迎了上来接过许泽斌手中的包。到大楼外,许泽斌突然倾身贴着郝兴江耳根说道:"乔康可放心用。据了解,周杰和蔡永伟内心还是希望改制的,现在你党政一肩挑,他们肯定会表态支持。至于徐达阳,如果你觉得不行,我想办法把他弄走。"

郝兴江顿时明白了,原来乔康是梁钰和许泽斌在机械厂的"线人",但他又有点困惑,既然如此,为什么这次不是扶正乔康来主持改制？让自己一肩挑，究竟是信任还是另有原因？内心虽然很乱，但郝兴江还是一副受宠感恩的表情说道："谢谢许主任，我看还是别给您再添乱，让我自己来解决吧，相信徐达阳也会有自信与勇气参与改制。"

许泽斌双眼一亮："不错，有胆量和气度。"

"请许主任放心，我一定圆满完成这次改制任务。"

当许泽斌坐上公务车挥手告别时，郝兴江看着那轻松的笑脸，这才意识到梁钰和许泽斌安排的短暂会见时间没有不妥，既然自己在他们通了任命的气后，表达了工作决心，那自然没有必要再浪费时间。

时间就是生命，今年注定是不平凡的一年，注定自己要肩负使命逆流而上。郝兴江打定了主意，要像今天的节奏一样，快刀斩乱麻，争取早日完成改制工作。

刚要出市政府大门，郝兴江发现有人在向门卫询问什么，因背影有点眼熟，就定睛多看了一眼，果然是制造车间的电焊工游敏。虽然郝兴江还认不得机械厂许多一线职工，但对游敏早印象深刻。记得调到机械厂第四天，有位副县长来厂调研。因李默海出差在外，就由郝兴江接待陪同。听完汇报后，副县长想参观生产现场，而且点名去制造车间。当副县长走进制造车间，郝兴江拉大嗓门向大家说县领导来现场慰问大家。其他人都放下工具或茶杯，起身鼓掌以示欢迎。有个人却拢着双手，歪着脑袋，摇摇晃晃地从边上走了出去。郝兴江瞥了对方一眼，只见他脸庞消瘦，鹰眼雕鼻，一脸阴鸷，与印象中朴实热情的工人截然不同。送走副县长刚回办公室，制造车间主任丁可力就上门来道歉认错，说今天游敏在现场给单位抹黑了，车间将按迎检考核规定进行扣奖处罚。考虑到副县长当时光顾着看机器,没发现异样,加上自己刚到新单位,郝兴江还是让丁可力大事化小事,小事化了。可今天这场景让郝兴江心里不由嘀咕起来:游敏到市政府来干吗?该不会是上访闹事吧?郝兴江正准备上去询问,转念一想,自己今天来市政府没和人说起过,若让人知道自己的行程,那后天人事任命一宣布,容易让人误会自己在跑官。想到这里,郝兴江当即折身疾步走出大门,坐上出租车向机械厂赶去。

3

国资委人事处动作很快,第二天一早就找李默海谈话,说组织上考虑到李默海同志快到退休年龄,为了推进机械厂的改制工作,拟由郝兴江接班,并且友善地提供了两条出路任其选择。一条是留在机械厂,虽免去职务,但保留待遇;另一条是调到城投公司当普通职工。

李默海对上面迫不及待要免除自己职务的目的很清楚,无非是想霸王硬上弓,强行推进改制工作。由于他本就对改制有情绪,现在这事又引来"免职之祸",这下干脆撕破了脸皮,冲着人事处处长吼道:"我在机械厂哪里也不去。不改制是我们领导班子讨论决定的,谁也改不了!"

李默海的强烈反应让人事处处长颇为意外,但仍镇定自若地呵斥并警告对方:"这厂不是你李默海个人的!作为一名党员,一名领导干部,不仅关键时刻顶不上,还拉后腿。你不要把组织的客气当福气!"

脾气暴躁的李默海自然不会认怂,继续吼道:"你们谁下去听过职工的反映?但我从不拖后腿,我这个厂长也决不会为迎合上面而违背职工的意愿做事!"

"你是为党做事,还是……"

人事处处长话还没说完,李默海已愤然起身,扬长而去。

听了许泽斌的汇报后,梁钰只是在电话中应了一声"知道了",没做任何指示。许泽斌握着电话不知道该怎么办,直到对方挂了电话才放下话筒。话筒虽放下了,可许泽斌的心却放不下来,他太了解李默海了,今天这张纸一捅破,即使不给你闹个天翻地覆,起码也要整得鸡飞狗跳。

不出许泽斌所料,李默海回厂后,立即召集厂领导班子,将刚才国资委人事处处长的谈话有选择地抖了出来。他只讲上面不尊重班子的讨论,仍设法强行推进改制,本以为能激起在座各人的愤怒情绪。可意外的是除了徐达阳骂了几声,另几人不动声色,就像在听他和徐达阳的相声。李默海对郝兴江本就不寄希望。一来,年轻人总想着要向上爬,不会违背上面的意思,那天在会上还提议推进改制;二来,此人是外来和尚,对机械厂这座小庙没有感情基础。可蔡永伟、乔康和周杰却是土生土长的机械厂人,和自己一样从技术员甚至是焊工干到这个位置,怎么也不能看着有三十四年历史的厂在自己手上倒闭,再怎么不景气,也得想方设法让厂熬过不惑之年吧。看着身边的郝兴江面色沉重地拨弄自己扔给他的香烟,李默海突然心一凉,周五会后郝兴江马上离开了厂,说是家里有事要先走一步,难不成是这小子在背后捣乱,神不知鬼不觉地捅了自己一刀?如果真是这样,这小子应该早就知道自己被免职的消息。想到这,李默海扭头直面问道:"小郝,是不是你告过上面?"

愕然的郝兴江放下烟,回视对方郑重摇头答复:"没有。"

李默海继续逼问:"那你现在是什么态度?"

郝兴江不卑不亢地回应:"个人意见是支持厂改制,但服从组织的决定。"

李默海知道郝兴江口中的组织其实早已不是指厂领导班子,而是更高的组织。什么个人意见,什么服从组织,其实唱的都是想改制的调。李默海冷笑了一声:"任何个人都不能凌驾于组织之上。我们前几天的'三重一大'会议是有法律效力的,你也签了字!"

考虑到自己即将负责机械厂的改制工作,关键时刻绝不能服软,更不能被旧枷锁所拷,于是郝兴江不假思索地纠正:"任何人必须依法治企,不能把个人意见强加于企业。"

李默海本就在气头上,现在不但年轻的郝兴江敢顶撞自己,其他人除了徐达阳更是佯装局外人不接话。他怒拍桌子吼道:"今天我把话挑明了,你们都清楚我厂财务情况,机械厂根本没有资本改制。谁若为私利妄为,我可饶不了他!"

在众人眼里,李默海平时虽有点霸道,但还是带有书生气的,空闲时还喜欢练练书法。郝兴江刚想据理反驳,会议室门突然开了,厂办小朱引三个陌生人走了进来。只见他们径直走向李默海,不容小朱说明,年长那位盯着李默海问道:"你就是李默海吧?"

李默海看发问者不光头尖小,而且五官也偏小,唯一大且醒目的就是嘴角上的黑痣,更滑稽的是黑痣上还挂着一根长长的须,就像黑土地上的一株枯草。出于对方不礼貌的发问,李默海只是点了一下头,没起身。

黑痣男旋即从上衣口袋里掏出证件朝李默海一亮,说:"我是市公安局的,请跟我们走一趟。"

李默海没动身,瞟了证件一眼,冷冷问道:"什么事?就在这里说。"

两个年轻人伸手分别压住李默海双肩,黑痣警官拉下了脸:

"如果请你去你不去,那就别怪我们不客气了。"

"干什么?!"李默海低声怒吼。

对方丝毫没有因为李默海的发怒而胆怯,反而嘴一歪,从裤袋里掏出一副亮晶晶的手铐,蛮横地警告:"若再不配合,那我们就不客气了。"

李默海虽在气头上,但心里很清楚,对方一旦翻脸,真能把自己当作犯人缉拿。为了避免不必要的麻烦,李默海决定跟他们走。想到这里,李默海拿起手机准备跟老婆打个招呼,可站在左边的年轻人一把按住了他的手。黑痣警官旋即补充:"你现在不能联系外面。"

李默海指着对方呵斥:"谁给你这样的权力?!"

"国家的法律。"黑痣警官郑重地解释完,催促李默海,"走吧,若没事,马上送你回来。"

对方最后一句话让李默海宽心许多,他相信只是被人诬告,一旦查实,自然会还自己清白。想到诬告者,李默海自然联想到郝兴江,于是边起身,边一脸鄙夷地问旁边的郝兴江:"这也是你搞的?"

郝兴江没理会李默海,起身挡住了黑痣警官,问:"你们要把李厂长带到哪里去?"

"你是郝书记吧?相关情况我们会及时向你单位通知。"

郝兴江觉得对方答非所问,刚想继续追问,黑痣警官就抬手向两边划动,提高嗓门道:"都让一下,别妨碍公务!"

郝兴江知道再阻拦等于为难自己,于是侧身让道,眼睁睁看着黑痣警官带走了李默海。

没了厂长,郝兴江一下成了中心。他正琢磨如何下好由李默海开局却被打乱的下半盘棋,既不能让其他班子成员误会自己有夺权的野心，更不能相互猜疑徒增矛盾。他还没想好怎么开口，坐在对面的乔康抢先说道："郝书记，说句心里话，我还是偏向让企业改制。"

徐达阳张开紧抿的双唇，睥了一眼身边的乔康，讥讽道："才过了四个晚上，你的看法就变了？是给枕边风吹晕了，还是被糖衣炮弹给炸昏了？"

"哈哈，的确是枕边风把我吹醒了。"乔康很是配合，自我调侃着向后一仰，习惯性地捏着厚实的耳垂谈起了看法，"其实我们都清楚，虽然机械厂看上去没利润，可细想一下，那不过是我们没有去接业务。上面有任务应付着干，没任务就歇，只要来厂坐着喝茶聊天干私活，就有全勤奖。我当经营厂长快七年，可从来不用考虑如何扩大经营。所以，只要我们主动找业务，搞大不成问题，利润也不成问题。"

想到许泽斌贴耳的告知，郝兴江刻意看了看周杰和蔡永伟。周杰今天再无心思画画，心里早就捣鼓开了。依他的观察与判断，机械厂看来要大变天了，自己若在这个大变局中拎不清，立场站不对，就有可能被淘汰出局。都说国企工会组织就是阑尾，有没有一个样。自己的本意也是希望通过改制，能真正做点实事，不像现在只有象征性的副厂级待遇，不但要钱没钱，要权更没权，啥事也干不成。当发现郝兴江看自己时，周杰觉得乔康已抢了头炮，再不跟上必失去日后论功行赏的机会，当即跟着表态："郝书记，我也同意企业改制。"

郝兴江认为乔康和周杰无论是真心希望企业改制，还是因"识时务"迎合自己，只要能这样表态，这事就成定局了。再转眼打量蔡永伟，虽然对方的眼珠在鼓鼓的水泡中不停转动，但上下嘴唇却像是被电焊合上了,一声不吭。郝兴江心想,若是有意见或想法,但能够不抵制或反对,那也没问题,毕竟游戏规则是少数服从多数。至于徐达阳的态度,郝兴江觉得面上看阻力很大,但相信此人只是出于耿直下的坚持,一旦他认识到自己前期的想法和做法不对,不仅调头很快,而且由于能看到原先的不足与问题,甚至比一般人更能推动企业发展。郝兴江打定主意要从徐达阳身上突破,即使他不能成为得力的助手,至少也不能成为阻力。

此时的徐达阳已近乎恼怒,没想到李默海才离开,这边就翻天了。他拉长脸提醒在场人员:"这都瞎扯啥?我们的'三重一大'会议结果已上报国资委,上面可是清清楚楚写着机械厂选择不改制,这种事难道我们可以当儿戏一样,一天一个态度?"

郝兴江本想再试探一下蔡永伟的态度,可看到徐达阳的情绪如此激烈,觉得今天还是点到为止,更何况市公安局带走李默海这事还得马上汇报国资委领导。于是郝兴江故意咳了一声,说:"今天的会是李厂长召集的,现在他不在,我们就散了吧。当然,有些想法我们回去再考虑一下,只要有利于企业,有利于职工,我们就一起努力去做。"

徐达阳虽然觉察到郝兴江的真实想法,但对方这些话不但上得了台面,而且还让自己有了台阶下,也就偃旗息鼓不再说话。五人相继离开会议室,忧心忡忡地回各自办公室。郝兴江刚进门,手机就响了。看是许泽斌来电,立即关上门才接通。

"许主任。"

"兴江,有点麻烦。机械厂人事任命大会提前到今天下午召开,由老秦来讲话,通知科以上领导干部必须参加。"

郝兴江心生奇怪,厂领导任命从来没有让科级干部参加的先例,担心听错,特意追问了一句:"许主任,要求科领导干部也参加?"

"对。"许泽斌肯定答复后压低了声音说道,"兴江,我没料到老李会受贿。"

郝兴江猜市公安局已提前通知了市国资委,看来李默海是真犯了事,而且还不小,以至于让许泽斌都觉得麻烦。他半汇报半试探:"许主任,我正要向您汇报。刚才市公安局来了三人,直接从会上把老李带走了。"

"唉!原本还想给他安排一下,这下一切都白操心了。"

从一声感叹到操心,郝兴江揣摩若不是李默海抵制改制工作,估计许泽斌还是赏识李默海的。于是赶紧接话认错:"我虽然才调到机械厂一年多,若李厂长真犯了事,我也有很大的责任。"

"行了,不说这些了,抓紧把手头上的事做好。"

"好,我马上安排下午的会议。"

"放开手大胆干,务必要推进改制,梁市长盯得很紧。"

郝兴江从许泽斌口气中感到了压力,看来自己已无退路。挂上电话,郝兴江立即到厂办组织人布置会场。想下午发言还得弄个讲话稿,又匆匆折回办公室。不料屁股还没挨上座椅,小朱又引来两名公安人员。对方说要调走机械厂近三年的财务账本。郝兴江只好陪同来人先到财务科,安排人配合工作。再次回到办公室,乔康后脚跟了进来:"郝书记,我先提前恭喜了。"

郝兴江并不奇怪,毕竟乔康有着通天的本领,自己的新任命估计他早就知道了。因为对方没完全点破,那就既不能装傻,也不能欣然接受,于是平和一笑,含糊着回应:"算不上喜,我们一起共渡难关吧。"

乔康手一伸,说:"我全力支持企业改制。"

郝兴江握住对方的手："谢谢你的支持。"

"有什么事尽管吩咐。"

"少不了麻烦你。"

乔康说完手一松就走了。望着对方的背影，郝兴江越发觉得奇怪。按理说，乔康不但有机械厂多年副厂长的资历，更有上面的照应，像他这样比自己更有改制欲望的人，理应来全面负责机械厂的改制工作，可梁市长为什么要选自己？还没回过神，临近中午下班时间，蔡永伟和周杰相继走进他的办公室，原来两人也听到了风声，特来打听消息。对于班子成员，郝兴江既不方便兜底，又不能装不知道，好在自己的确不太了解李默海的案情，就笼统聊了几句。一直到下午人事任命会前，徐达阳也没进郝兴江办公室。郝兴江反而在遗憾中越发敬佩对方。

人事任命大会程序并不复杂，加之没了调离职务人的感言，时间应该会更短。可事实上这次人事任命大会不但时间超长，气氛也紧张，不似以往在祝贺祥和的热闹声中散会。秦副主任在会场上厉声曝光了原厂长李默海的受贿案件，要求在座的领导干部充分用好反面典型案例这面"镜子"，既要在思想上反思，更要从制度上吸取教训，从而筑牢反腐倡廉防线。

对于秦副主任的讲话，郝兴江一开始并不明白，领导怎么能在公开场合说尚在审查的案件。可在听到要求后，郝兴江才明白其用心，要在思想和制度上进行反思和吸取教训，那不就是变相吹响改制的号角？就在郝兴江暗叹秦副主任高明时，只听对方放缓了口气说道："同志们，这次腐败案件影响极为恶劣，但从国资委这次对机械厂的班子调整可以看出，我们对机械厂还是非常地信任。我们没有新派领导干部到机械厂任职，是因为我们相信现在机械厂领导班子的力量,相信全体职工一定能在班子的带领下,克服一切困难,完成组织交给的一切任务。"

不知是秦副主任的语气变缓,还是这段话引发了在场许多人的感慨,会场有人窃窃私语起来。郝兴江刚想提醒一下会场的纪律,不料秦副主任猛拍一下桌子,等会场鸦雀无声后,声色俱厉地说道:"在这里,我得提醒各位,国资委不但要抓好各单位领导干部的党风廉政教育,更要抓实各单位领导干部的作风教育。今后不光要查处贪污受贿案件,同时也绝不允许有位不为、顶风乱为的行为存在。"

在所有人听来,秦副主任后一段话比拍桌子还有震慑力。郝兴江瞄了一眼徐达阳,只见对方托着下巴,抿嘴耷拉眼皮若有所思。郝兴江暗自捏了一把汗,按这家伙的习惯,抿嘴耷拉眼皮不仅标志着他有想法或意见,也是要发言的准备,就像一只匍匐行进的猫科动物,正伺机捕食。

这时,有人急匆匆走进会场,伏在秦副主任身后耳语。全场人员不知发生了什么事,都抬眼盯着秦副主任。也不知谁的笔突然滚落于地,本不大的声音却在寂静的会议室变得有点刺耳。好在秦副主任并不介意,冲来人点头后,旋即回转身子说道:"市领导临时决定到国资委调研,我看该讲的话也讲完了,希望大家凝心聚力,在新班子的领导下,放下包袱、放开手脚,既做到统筹兼顾各项工作的展开,又能突出重点开拓进取,努力开创各项事业新局面。"

带头鼓掌的郝兴江发现会场的掌声并不热烈,尤其是徐达阳,完全是应付着做双掌张合运动。

送走国资委领导后,郝兴江并没有留科以上领导开所谓的思想统一会,也没有像以往一样开班子分工会。毕竟这次人事调整,除自己外，没有人有变化。郝兴江现亟须的是真正意义上的思想统一，当务之急就是要争取徐达阳的认可与支持，这不仅涉及接下来新班子召开"三重一大"会议表决企业是否改制，也是营造和谐稳定局面，顺利推进企业改制的基础，更是践行在许泽斌面前承诺的保障。

回到办公室，郝兴江立即指示人事科和生产科测算用工量，并让财务核算出近三年的招待费用，同时安排经营科赴各地调研考察，了解全国尤其是江南省十二家同行的分布及市场需求。等安排完工作，已快到下班时间。郝兴江先给史芳打了个电话，说有客户要陪，晚饭不回家吃。

"儿子晚上十点到机场，总不能让我一个人去接吧？"史芳的口气明显很不高兴。

郝兴江拍了一下脑袋，暗自责怪：昨天晚上还和儿子打过电话，怎么还没到二十四小时就忘了？嘴上马上应道："我记得的，会提前接上你去机场。"

"少喝酒！"

"知道，知道，今晚不是什么应酬，放心吧。"

挂上电话，郝兴江径直来到徐达阳办公室。看大门紧闭，不由得满腹狐疑。往常徐达阳下班比别人晚，可今天怎么没打招呼就不见人了？正准备转身走人，突然房间传来沉重的落地声，似乎有什么东西落在了地上。咦？徐达阳在办公室。郝兴江也不多想，转回身敲起了门。徐达阳见是郝兴江，大大方方拉大了门。

"徐厂长，我以为你已回家……"郝兴江进门吃了一惊，只见徐达阳办公室地上堆了各种纸箱，柜子已清理得干干净净，就连桌面也只剩下办公用品，案头上醒目的儿子照片估计已被打包。

徐达阳抹去鼻尖上的汗水,冷冷地问道:"你是代表组织谈话?这么猴急要赶我?"

郝兴江没想到对方这么敏感且充满敌意,只好赔笑着先关上门,一把拉过徐达阳坐在沙发上,说:"徐厂长,千万别因意见不同而误会。"

徐达阳不卑不亢地表明态度:"郝厂长,我不会改变自己的看法与判断,不可能为了保头顶'乌纱'迎合你。"

郝兴江指着地上的纸箱故意激对方:"这不是想临阵脱逃保头上这顶'乌纱'吗?"

"你胡说!"

"你胡为。"郝兴江的语气没有指责味道,一脸笑意的他更像是在和老朋友顶嘴开玩笑。

"既然你们在会上说要整治有位不为、顶风乱为的行为,我若再不知趣而退,难不成等你们像整老李那样搞倒我?"

郝兴江立马收住了笑容:"徐厂长,李厂长的事我真不清楚,但我相信司法机关不会冤枉一个人,也不会陷害一个人。过段时间,我想一切都会明了。但你今天这样可不是知趣而退,而是知难而退,因为谁都清楚接下来的企业改制工作很艰巨,今后企业的生产经营更是前途渺茫,一旦没搞好,我们这些新班子成员极有可能成为机械厂的历史罪人。"

徐达阳歪着嘴角嘲讽:"你现在也终于相信改制没有出路了?"

"错。徐厂长,我虽知道改制后的企业经营会异常艰难,但我更相信通过改制,我们能够更好地激发职工的活力,企业会越来越红火。"

"恕我直言,你异想天开了,我们厂有先天缺陷,只能靠天吃饭。"

郝兴江觉得徐达阳从开门让自己入内,到现在能在指责前先声明,种种迹象表明对方能够沟通,当然这也是他做好了被免职的最坏打算。郝兴江心想,既然如此,干脆把话说到底。于是摇了摇头,说:"徐厂长,我不认可你的说法。连国际歌都唱:从来就没有什么救世主,也不靠神仙皇帝,要创造人类的幸福,全靠我们自己。"说完,郝兴江刻意指了指对方和自己,"我们可都是男人,还是领导干部。"

"我说的真话也许难听,但你郝书记讲的这些话也太假了。"徐达阳觉得郝兴江头几句还说得在理,可最后一句感觉像是在党员大会上宣讲,听似振振有词,可细辨却往往都是离谱的空话。于是忍不住把对方的职务又归到了书记上。

郝兴江盯着对方推心置腹地说道:"徐厂长,我完全理解你,也谢谢你的真心话。也许你不信,我在发电厂工作时,内心也觉得这些话听起来有点怪怪的,甚至调到机械厂专职搞党务工作时,一开始也觉得有点拗口,还曾想找上面要求调动,甚至愿意降级,只要能专门搞技术。但后来我发现,群众真心把我们领导干部当成领头羊,我们的决定往往决定了他们的个人命运,我们的作风他们更是看在眼里。徐厂长,机械厂群众心里是有杆秤的,就看我们领导干部在关键时刻或重大抉择面前是否有作为,是否有担当。"

徐达阳虽然仍不太认可对方的观点,但内心已为对方的真诚所打动。于是取下眼镜,拉起衣角一边擦一边说:"郝厂长,我是真担心我们决策错误会害了上千名职工。"

听徐达阳的语气已平和,郝兴江故意抬眼看了一下挂钟,夸张地揉着肚皮问道:"能不能向嫂子请个假?我们俩边吃边聊。"

徐达阳犹豫了一下,还是拿出手机给老婆打了电话。

出厂，郝兴江直接拐进不远处的"山外山"大酒店。虽然只有两人用餐，但酒店经理闻讯还是引两位贵宾进了小包厢。等上完菜，郝兴江让服务员退了出去，先亲手给徐达阳斟上红酒，再给自己也倒满后，立马端起酒杯说道："徐厂长，这杯酒我敬你的正直。"

徐达阳苦笑了一下，端起酒杯碰了一下："你这潜台词是说我拎不清形势吧？"

"不。"郝兴江另一手摇了摇，真诚地说道，"老班子里面，只有李厂长、你和我认清了形势，其他人只是跟着形势走。"

徐达阳一愣，刚想追问那你郝兴江为什么站在我们对立面？不料郝兴江再次轻碰酒杯催促："先干了此杯，边吃边说。"

等两人放下空杯，郝兴江边倒酒边说："徐厂长，我和你的区别是虽然都意识到了危机，但我在危中看到了机遇。"

徐达阳夹了一条椒盐跳鱼到盘里，不客气地顶道："这些分析前天会上我已领教。"

"也许你认为我这是在迎合上面，其实我从调入机械厂不久就产生了改变企业现状、让我们从此堂堂正正地赚钱的想法。你细细品一下，我们现在的国企职工有脸面和地位吗？我看和乞丐差不多，只不过我们乞讨的对象是政府部门领导，若没有他们的计划与指定生产，我们能活吗？"

徐达阳又是一怔，本欲送到嘴里的跳鱼又回到面前的盘中。心想，虽然郝兴江的话不好听，但事实的确如此。他拨弄着盘中的跳鱼，问："那你已有改制后的良策？"

"不能说有成熟的思路，但这几天我一直在思考如何推进改制，如何让企业改制后更有活力。"

徐达阳以为郝兴江不想明说，就不再追问。在往嘴里送了一块跳鱼肉后,直面探问:"若我想法不变,上面是不是要赶我走?"

"我不希望有这样的结果,机械厂太需要你了。"

即便对方出于组织纪律没给确切的答复,但聪明的徐达阳还是听懂了,于是艰难地咽下跳鱼肉不再吭声。郝兴江看出了对方的黯然情绪,说:"徐厂长,上面的压力也很大,副市长都挨了省领导的批评。我们是真的不能再养闲人了,不然会阻碍国家的发展,也会养出更多的废人。"

徐达阳端起酒杯坦言:"被你这么一说,我觉得自己的格局太小了。"

郝兴江心中一喜:"干!"

放下酒杯,徐达阳主动给郝兴江和自己满上酒。郝兴江特意先和对方聊了会热点话题,看吃得差不多,郝兴江又回到了今天的主题:"徐厂长,其实李厂长认为改制就是领导干部为了私利而妄为是有一定道理的,光看看我们每年吃喝的招待费,等于被人'偷走'了两台换热器。"

徐达阳刚往嘴边送了一片羊肉,听了这话咬也不是,含也不是,干脆一口塞进嘴,匆匆咀嚼几下就吞了下去,问:"你想砍了招待费?"

"我觉得机械厂日后想生存,绝不是靠吃喝去占领市场,而是靠质量和服务。"

"好!"

"若我们领导干部不贪不占,那职工一定会放心跟着我们干,不但真正做到人尽其才,还可以物尽其用。"

徐达阳躲闪着眼神,吞吞吐吐地问道:"我们……还能'改制'吗?"

"当然可以,上面急等我们推进改制呢。"

徐达阳抿了抿嘴,终于表态:"我离退休还有7年,那就豁出去试试吧。"

虽然对方语气不是很坚决,郝兴江还是惊喜地举起了酒杯:"干!"

两人又边吃边聊了当前厂里的生产情况,也畅想了改制后的经营。看时间差不多,郝兴江叫进服务员,按徐达阳以往的习惯点了一份面疙瘩,同时让服务员结账开票。

不一会,服务员端上面疙瘩,徐达阳不动声色地看着服务员分碗,任由郝兴江往酒店领班带来的POS机上刷卡。等领班和服务员退下,郝兴江招呼徐达阳吃面疙瘩,自己也埋头扒拉起来。面对桌上剩下的许多菜肴,徐达阳吃得很不是滋味,刚才这家伙还谈日后有砍招待费的打算,可自己却仍大吃大喝,一点也不心痛。郝兴江扒尽小碗面疙瘩后,又给自己倒满一杯酒,说:"徐厂长,日后肯定不太有这样的机会了,让我再敬你的信任与支持!"

徐达阳心稍安定些,看来这家伙还是说话算话,现在还没改制,那就再"腐败"一次吧。于是他也倒上酒举起了酒杯。

两人刚喝完,领班推门进来递上发票。郝兴江看也没看,拿来就撕了,吓得领班连连鞠躬认错:"郝书记,是我不仔细,我马上去重开。"

郝兴江笑了:"你也真是的,没错认啥错?!"

"那您这是……"不光领班摸不着头脑,连徐达阳也大为不解。

"你记住,从今天起,有我在,这里的所有消费仍按常规开发票,但必须当面撕毁。"

领班还是听不明白这话,既然要撕,干吗还要开票?而且撕了,怎么去报销?难不成郝书记喝高了?领班心里嘀咕:不可能呀,郝书记的酒量,别说这一瓶红酒,再来两瓶照样不用扶墙。

"行了,你下去吧,叫服务员给我弄点打包盒。"

领班怕紧张听错,特意又问道:"郝书记,您要打包盒?"

"怎么? 不能吗?"

"不是……马上,马上送来。"领班应声后慌不迭退了出去。虽然见识过领导酒后的各种丑态,可这种阵势还真是第一次遇到。

徐达阳看明白了,甩手重重拍了一下自己的胸口,指着郝兴江说道:"郝厂长,我看好你,以后就跟定你了。"

郝兴江觉得不好接这话,只能指着胸口说:"徐厂长,只有自掏腰包才会心疼,才不会浪费。"

徐达阳立马掏出钱包:"那今天 AA 制,心疼才会长记性。"

郝兴江赶紧按住对方的手,说:"徐厂长,今天和你谈这么多,让我收获很大,也更有了信心,这饭必须让我请你。"

"不行,亲兄弟,明算账。我今天也要打包。"

看领班带着服务员再次进包厢,郝兴江指着吃剩的菜肴:"帮我都打包。"

"好的,郝书记,请等一下,马上好。"

徐达阳指着还可装一碗的面疙瘩:"这个连汤一起打包。"

"徐厂长,剩下的都是我的,你不能抢。"

"不行,这里还可打包八个,一人一半,四个是我的。"

看两位贵宾抢起了打包盒,吓得领班和服务员打包完赶紧逃出了包厢,真担心日后这两位贵宾会怪罪他们。

道别后,郝兴江拎上四个打包盒,又到外面烧烤店买了些熟食,再打的接上妻子赶往机场。郝习文和史小力返程的航班很准时,当看到在出口处等候的父母,郝习文挥着手跑了过来。史芳抱了抱儿子,嗔怪:"怎么晒黑了? 你有没有用妈妈给你准备的防晒霜?"

郝习文敷衍着答复:"用了,用了。"

史芳睁大眼睛伸手摸郝习文的额头:"儿子,怎么连嗓子也哑了?感冒了?"

这时,史小力推着行李箱走了过来:"姐,喊哑的,没事。"

"怎么你的嗓子也哑了?"

"小力,辛苦你了。"郝兴江接过行李箱,扭头对史芳笑道,"你在那环境肯定也会喊哑。"

郝习文朝郝兴江兴奋地说道:"爸,这次我不但看了圣火传递接力,还看到了杨扬,并且摸到了'祥云'火炬,太值了。"

郝兴江拍了拍儿子的后脑:"臭儿子,这两天少说话!走,回家,算是给你们接风,也算是给你补过青年节。"

4

虽然机械厂新的领导班子以全票通过了企业改制的决定,且及时将职工普遍关心的热点问题编制成通俗易懂的改制宣传手册进行下发,但受前期舆论及李默海言行的影响,职工普遍患有"改制恐慌症"。很多人认为长海机械厂是靠砸榔头吃饭的,技术水平不高,进入市场后别说发展,就连生存也艰难。一线老职工更是担心年龄大干不动重体力活,改制后的企业不会为他们安排轻便的工作岗位。有的人甚至担心改制后的企业领导权力太大,没人能够管到他们,容易出现社会上"富了方丈穷了庙"的怪现象。

5月12日,郝兴江结束现场调研回到办公室,觉得从当下职工流露出来的情绪来看,因为看不到改制后的公司前景,绝大多数职工心存疑虑,还是不愿意参与改制,他们之中有的人甚至怀抱侥幸心理,认为拖一拖就不用参与改制了。郝兴江不但感觉到面临的重重困难,也看到了新的风险,如果因为改制而散了人心,那就会离心离德,企业改制必定以失败告终。就在他苦思良策之时,乔康敲门走了进来:"郝厂长,有没有空?"

"乔厂长,坐,有什么事?"

搁下手中的包,隔桌而坐的乔康屁股刚挨上椅子,就开口抱怨:"郝厂长,好像还是有些职工不支持改制。"

面对改制所带来的各种怪象,郝兴江觉得心头隐隐作痛,苦笑着纠正:"乔厂长,何止有些,是很多。"

"看来想改制还挺难。"

郝兴江一时弄不明白乔康的来意,心想,许泽斌不是说他是可用之人吗,现在怎么像是来给自己泄气的?既然搞不清对方的来意,郝兴江干脆不吭声等对方下文。果然,乔康往椅背一靠,满脸自信地说道:"郝厂长,厂里职工主要还是担心改制后没钱可赚。现在我们虽然对日后的业务招待费作了使用规定,经财务测算,每年可省下经费超二十万,可放远了看,如果把这些钱分给职工,人均不到二百元,不会有多大的作用。"

乔康不屑的表情和口吻,让郝兴江有点反感。他不认可乔康的这种说法,这项经费的确不多,可影响与意义却深远。职工反感领导干部的吃喝风气,现在不改,谁会信服我们?谁会跟着我们改制?更何况改为民企后,受纪律约束更少,如果不这么做,很可能业务招待费用增幅远超生产经营收益。即便有想法,但郝兴江认为对方只是抛出引题,接下来才要切入主题,于是催问:"乔厂长,是不是有好点子?"

乔康双肘架在扶手上,张开十指左右互顶,侃侃而谈:"战国思想家、教育家荀子在《富国篇》中就阐述过富国的策略,若要国家富强,就要爱护百姓,在收支上开源节流。开源节流看似简单,但两个词的排序很有讲究。开源在前,节流在后,我们现在应该在开源上做文章,有了基础,职工就不会再担心今后的日子。"

"乔厂长,别卖关子,说,你有什么开源的点子?"

乔康点点头,乐呵呵地从包中取出一张打印纸,说:"会攒的不如会挣的,会挣的不如会争的。我按我们厂的实际情况,做了一份申请,你看看。"

郝兴江接过看完,捏着纸问道:"乔厂长,你真是个有心人,辛苦你了。只是市里会同意吗?"

"郝厂长,这块地属于县商业局,若放以前我们想都甭想。同样,钢铁厂和化工厂的锅炉和换热器原都采购自外地,毕竟价格和质量人家是比我们强。但现在,一方面市里知道我们企业改制难推进,闹不好就会出群体事件;另一方面,其他地方已有这样的先例,我们又不是破坏规矩。"

郝兴江揣摩此事乔康估计已和上面通过气,于是再次探问:"乔厂长,你觉得有把握?"

"这事就交给我办,保证完成任务。"

细辨乔康的语气,郝兴江觉得乔康不是挟令而行就是奉令而为,这越发让他感到困惑。既然上面如此信任乔康,为什么不让他直接主持工作,干吗让自己来当个傀儡?但现在幕后高人不撕破这张纸,郝兴江也只能平静地问道:"乔厂长,你有多少把握?"

"郝厂长,这事我去找梁副市长,应该没问题。就是……"

看着对方欲言又止,郝兴江感到心咯噔一下,难不成乔康刚才都是吹牛瞎扯?他盯着对方催道:"乔厂长,有什么话就直说。"

"郝厂长,这到嘴的肉我们不能独吞。"

乔康前后的自信让郝兴江连吃两惊。没想到乔康的后台还不是许泽斌,而是更高层的梁钰。可怕的是梁副市长居然有借机械厂改制捞钱的念头。郝兴江暗自提醒自己绝不能卷入这场暗箱操作。看郝兴江没接话,乔康左手按腿,右手压着桌面,倾过上身说道:"郝厂长,考虑到钢铁厂和化工厂的锅炉和换热器,我们目前的质量技术难达要求,而且生产成本也较大,所以我建议仍交给原厂家做,我们厂只收管理费。"

对于这招雁过拔毛的无奈之招,郝兴江心里是认可的,毕竟机械厂的产品在质量和成本上难以符合业主的要求。但他内心还是有想法,即日后通过企业改制,把技术搞上去,把成本降下来,从而让企业有市场竞争能力。虽然还不清楚接下来还有什么操作,但针对此事郝兴江先表示看法:"乔厂长,人家肯给这份管理费吗?"

"郝厂长,现在狼多肉少,他们不干就没有一分钱赚。"

"哦。"看乔康那股带霸气的狠劲,郝兴江只能应了一声。

"最大的让利可能是服装批发市场。这块地归属县商业局,虽然拆迁的成本低,但这是断县商业局和个体经营户的财路。"

乔康分析到这里戛然而止,郝兴江只好再次催问:"你有什么高招?"

"新地皮可由市里想办法,个体经营户搬迁补偿金按每户六千元算,总费用约需七十九万。"

"乔厂长,我们掏九万都成问题。"

看郝兴江皱着眉头急着申明,乔康笑了,说:"机械厂的家底我可是一清二楚,这钱自然不是从我们账上出。"

"由市里解决?"

乔康耸了耸肩,摇头否定:"又批地又给钱,应该不现实。"

"难不成让县商业局出?"

"与虎谋皮,更不现实。"

郝兴江心中突然一动,乔康难不成想倒卖土地?刚准备再问,乔康主动说出了全盘计划:"服装城分两块,一期大棚我们可作为日后发展用的厂房或仓库。二期是两层楼房,我们可引进大型超市,预测年租金四十万,两年就可以抵过补偿金。这既不违规,又成功白拿近三十亩的土地,还盘活了地方的经济,同时方便了附近居民的生活,可谓一举三得。"

郝兴江知道这话虽出自乔康,但绝对是梁钰的想法。既然上面没有谋私的想法,他彻底放下心来,说:"乔厂长,这事是好事,我本想大后天开个班子会,那就提到今天下午吧,届时把这个想法和班子成员说说。"

乔康压低了声音说道:"郝厂长,这事我觉得不宜全公开。"

为什么不全公开?那公开哪些内容?郝兴江揣摩这是梁钰的意见,不然没有必要让乔康出面张罗。他倾着上身问道:"你的意思……"

"只说市里服装市场升级搬迁,原一期地块划给我们机械厂,二期由市里统筹安排,两年后归属我厂。"

郝兴江觉得梁钰这样的安排更好,即租金不用过户到机械厂,厂里也不用和个体经营户打交道,可以集中精力搞生产。对于这个考虑周到的副市长,郝兴江肃然起敬,当即点头:"行,乔厂长,就这么办。"

"那我去准备一下。"

"需要买什么你定主意,发票我来签字。"

乔康笑了,说:"郝厂长,我只是去准备相关材料。梁市长你可能还不了解,若送东西,不但从此不会帮我们,还会把送礼的人骂出办公室。"

郝兴江为刚才的揣测深感愧疚,为了掩饰尴尬,起身隔着办公桌与乔康握了握手:"乔厂长,辛苦你了!"

"一家人不说客气话。"

松开手,乔康拎包离开了郝兴江的办公室。

下午班子会开局有些沉闷,但当乔康把市里两项扶持计划抛出后,会场顿时炸开了锅。看重大扶持项目激发了班子成员的改制底气,郝兴江趁机感叹:"现在我觉得机械厂改制不但没有负担,更有着丰厚'嫁妆',可不少职工还是普遍存在'改制恐慌症'。人心一旦不稳,做任何事都棘手。"

徐达阳接过了话头:"既然职工有想法,我们就得有良策有作为。"

针对自己的岗位工作,周杰趁热打铁提议道:"我看是不是由工会牵头,组织召开厂领导与职工代表座谈会,主动听听代表的意见。"

郝兴江觉得这种方式没啥作用,座谈会上往往来的都是迎合者,根本听不到拒谈者的心声。于是就周杰的提议发表自己的看法:"这几天我调研摸排职工是否支持改制,发现中层以上领导意见基本一致,大部分年轻职工也愿意拼一把,不希望一辈子碌碌无为拿一份死工资,而一些上了年纪的老职工却因为种种担忧,极力反对企业改制。如果开座谈会,一定也要让这些有想法的职工来,不回避问题,积极应对。"

蔡永伟却提出不同的看法:"这样的话,座谈会会不会让矛盾激化?我们应该让国资委来人主持,他们的解释更权威。"

徐达阳当即反驳:"不同意改制的职工一直认为国资委是要把机械厂当包袱甩了,如果让国资委来主持,搞不好会让职工直接站到我们的对立面。我觉得只要我们真诚对待参加座谈会的职工,大家就会在化解矛盾的过程中凝聚起来。不是连国际歌都唱'从来就没有什么救世主,也不靠神仙皇帝,要创造人类的幸福,全靠我们自己'吗?我们想要过上幸福的生活,只能靠自己去解决问题,化解矛盾。"

郝兴江没想到徐达阳会在这里引用两人上周吃饭时的话,会心一笑。其他人因为徐达阳把机械厂的改制与国际歌联系到一起,都笑出了声,会场气氛顿时显得活泼又轻松。郝兴江蓦然发现连吊灯也晃动了一下。

看几个人都谈了看法,乔康也捏着耳垂适时建议:"如果座谈时职工有不切合实际的想法,我们可以用围棋棋理阐述参与改制的意义:与其恋子以求生,不若弃之而取胜;与其无事而独行,不若固之而自补。"

郝兴江心中一动,他知道乔康喜欢围棋,好像有业余七段的水平。听说梁钰也爱好围棋,难不成他们是棋友?若真是这样,那一切谜团都可得到解释。就在郝兴江愣神之际,周杰主动请示:"郝厂长,那我就准备起来?"

"好,越快越好,越有意见或想法越好。"

"有两个人不要落下。一个是制造车间的游敏,据说这家伙成了跨车间的'意见领袖'了。另一个是刚手术完在家休养的方长生,如果连他都能放心支持改制,那应该非常有说服力。"

徐达阳的提议让郝兴江想起了在市政府门口看到游敏一事,前天到制造车间调研,总感觉这人不对劲,歪着脖子打量自己,让他发言却一言不发,可和周边人一直窃语不停,而这些人听了他的话往往充满敌意地看自己。郝兴江觉得有必要再会会这个"意见领袖"。至于方长生,郝兴江并不担心,这次去他家看望,对方口口声声感谢组织,并表示理解企业的改制,也支持企业的改制。想到这里,郝兴江叮嘱周杰:"考虑方长生身体,先征求一下本人意见,若他愿意参加座谈会,到时候做好接送工作。"

周杰边记边应:"好,我都记下了。"

散会后回到办公室,郝兴江关上门拿上茶杯走到窗前,望着半紫半黄的火烧云,思绪飞扬。他清楚记得,当年高考前的天色也是这样,父亲曾说这是吉祥之兆,是好天象。那时的郝兴江对父亲这种说法都归结于迷信,可当走进考场拿到试卷时,他虽不能说下笔如有神,但也应答如流,最后总分也比原先估算的要好。后来,他发现每次看到火烧云,总会有好事将发生。今天窗外的火烧云让他对企业的改制更有了信心,是的,现在不光有市里的大力扶持,而且班子更加团结,任何人都能畅所欲言,这和李默海主持工作时,只能迎合其想法或思路,绝不能提建议或意见的风气截然相反。郝兴江再次提醒自己:相信职工、依靠职工,是做好一切工作的出发点和落脚点。

突然,办公室的电话响了,郝兴江走过去一看,是许泽斌来电,赶紧放下刚拧开的杯子接通了电话:"您好!我是郝兴江。"

"兴江,工作进展如何?"

"许主任,遇到不小的困难,但我们有信心搞好。"

"不行,现在不是听表态,而是要看成果。"

"厂班子刚又开了一个会,我们打算最近开个厂领导与职工代表座谈会,争取上下思想统一。"

"具体怎么做我不管,告诉我什么时候能投票表决?"

全体投票表决是决定改制能否实施的关键,按相关规定,如果有一票不同意,那所有工作都归零。郝兴江心里清楚,若现在急着投票,搞不好会得到数百张反对票。面对许泽斌的追问,他只好答复:"许主任,计划十月底吧。"

"不行,上面不容许拖到国庆后。"

听电话那头的许泽斌加重了口气,郝兴江也急了,这千头万绪的工作怎么可能四个月内完成。好在还没等他解释,许泽斌又不容置疑地强调:"这样,我去争取一下,但结果必须是在十月底成功改制,如果没搞成,一切后果由你承担!"

虽然心里极不痛快,但郝兴江还是冲着话筒允诺:"请许主任放心,我一定完成任务。"

回到家,郝兴江发现郝习文没像以往一样在自己的房间做作业,而是在客厅看电视,隐约可见儿子正抽泣着用餐巾纸擦眼泪。郝兴江甚为奇怪,儿子从小很少哭鼻子,更不会为看电视而伤心流泪,今天究竟是看到什么了让他这副样子。郝兴江匆匆放下包换上拖鞋,刚绕过玻璃玄关,郝习文可能听到了动静,扭头看了父亲一眼,流泪说道:"爸爸,今天14时28分汶川发生地震,有很多学生被压在了废墟中。"

郝兴江这才明白下午开会时吊灯晃动是地震所致,心想千里外的长海都有震感,那这次地震震级肯定很大。看儿子有这样的反应,郝兴江甚为欣慰,上前搂过儿子的肩,边抚摸儿子越发浓密的头发,边安慰:"别难过,一切都会好起来的。"

郝兴江觉得这话不光是说给儿子听,也是在给自己打气。

5

两天后的下午,郝兴江刚走进大会议室,就觉得气氛与往常大不相同,能容纳八十人的会场,今天估计挤进了上百人,以至于过道也站了人。为了轻松气氛,他边走向熟悉的座位边调侃:"估计今天是厂会议室利用率最高的一次,比中央电视台的《百家讲坛》还要吸引人。"

意外的是居然没有一人接话,更没有迎合的笑声。郝兴江意识到,今天这场座谈会从开局起,这些"职工代表"已和自己对立起来,接下来自己说的每句话都要慎上加慎。

座谈会由周杰主持,厂所有领导班子成员坐成一排,与上百名职工面对面。郝兴江扫了一眼,不光鹰眼雕鼻的游敏来了,病恹恹的方长生也斜靠在座椅上。座谈会一开始尚能控制,即便不少职工提出各式各样问题,甚至是带诘问口吻,经班子成员解释后,很多人还是认同的。可就在这时,方长生起身莫名哭了起来:"什么改制不改制,反正我半死不活,连老婆也没了,谁要是砸我的饭碗,我就上他家吃饭!"

郝兴江很是恼火。自方长生检查出血癌来,企业在医药费和生活上给予了不少的帮助,自己还动用私人关系让他住上医院。可现在这家伙不但与家访时态度来了个180度的大转弯,而且无理取闹。这哪是反映问题和建议,分明是"我弱我有理,你们谁也奈何不了我"。心里虽然不快,但嘴上仍然耐心地解释:"长生,刚才已和大家说了,改制目的是企业日后有更好的发展,为了让我们的职工有更好的收入,根本不会去砸谁的饭碗。我们在前期发放的宣传手册中,已明确写下日后的社保及企业补充养老金不会变。"

周杰见缝插针地透露:"希望大家抽空再看看宣传手册,别自己吓唬自己。而且我在这里可以和大家透个底,改制后的社保及企业补充养老金肯定只涨不跌。"

方长生似乎耳朵长了猪毛,依旧像祥林嫂一样,边抹眼泪,边自顾自地哭诉:"我是企业的主人,你们不能动我。"

郝兴江听了哭笑不得,居然还有脸面谈企业的主人?企业有你这样的主人吗?以前身强力壮时,天天吊儿郎当,上班像林黛玉,下班成方世玉。和你说企业要靠大家一起努力,就当我讲大话、笑话,现在身体不行了,有困难了,就说自己是企业的主人了?郝兴江认为必须阻止这种闹剧,不然今天的座谈会就白开了。可还没等他说话,边上的徐达阳猛地一拍桌子呵斥:"方长生,你是不是男人?你有什么资格在这里叫嚷是机械厂的主人?你给我说说,进厂六年了,车铣刨磨你掌握了多少?六年做了多少合格零件?"

方长生注意力一直在郝兴江上,没料到徐达阳会接话,更没想到这个本不赞同改制的副厂长会暴怒,吓得他止住了哭腔,瞠目结舌地说道:"我的机床,嗯,我……"

徐达阳不给方长生喘息机会,掰着手指打断了对方:"让我来告诉你,你六年只做了二十九个合格零件,按你生病前五年工作时间计算,你平均两个月才做一个轴或盘。按市场价格,你每月只为机械厂创造近一千元的产值,可厂里不算'五险一金',也要付你近三千元的工资。而这还不算被你使用坏的钻头、扩孔钻、板牙、铰刀、丝锥及滚花工具。如果都像你这样,这企业还怎么生存?!"

原本同情方长生的人经徐达阳这一算,都改变了态度。一脸窘态的方长生嗫嚅:"我技术是不太好……"

徐达阳手一挥:"行了,现在没让你检讨,我们是开改制座谈会,别浪费大家时间。当然,你现在身体有病,企业是否改制都理应关照你。"

见要求已满足,方长生乖巧地接过了话:"谢谢领导。"

郝兴江打心眼佩服徐达阳刚才的领导艺术,不但震慑住了方长生,更让许多人知道企业按原管理模式,必定会被搞垮。看方长生佝偻着站在原地,郝兴江又生出一丝怜悯,抬手压了压:"长生,如果没有什么建议或意见,你就坐下。"

还没等方长生坐稳,有人举起了手。周杰指了指一直没有吭声的游敏:"游敏,你有什么话要说?"

游敏没有起身,拢着双手冷冷地问郝兴江:"郝书记,我能问你两个问题吗?"

虽然兼厂长也就十多天,但郝兴江已然习惯了别人叫他郝厂长,现在还有人叫郝书记的话,那只有两种可能,一种是在他当书记时结下了深厚友情,另一种是不认可自己当厂长。听游敏那近似从地底下冒出的阴森森语气,自然是后一种。郝兴江平静地回应:"欢迎你提问。"

"我的两个问题你能说真话吗?"

看对方咄咄逼人的架势,郝兴江一字一句强调:"今天开这个座谈会，就是要讲真话，让真相消除我们干群之间的隔阂。"

"好！我问你，你是不是想除掉一些人？"

郝兴江毫不犹豫地加重了语气驳斥对方："不可能。所有人都是企业的宝贵财富，所以我们力求每位职工都能参与企业改制。"

游敏并不在意郝兴江的语气和脸色，揉了揉雕鼻，像斗鸡似的继续问道："那你为什么要跑市政府搞掉不想企业改制的李厂长？"

会场顿时骚动起来，郝兴江觉得断不能犹豫或拖延，不然在场人的思路会被游敏带偏，于是推椅起身，双手虚压了两下，说："大家静一下，我和原厂长李默海搭档已一年多，我们有时因为工作的思路或方法不同，有过分歧或争论，但即便如此，我们俩还是相互理解和支持的。"

游敏嘴角冷冷一抽："那为什么前脚你去了市政府，李厂长后脚就被抓了？"

郝兴江只觉得胸口腾起一团火，他努力以平静的口吻说道："李厂长到底有没有犯事，我还不清楚，但我个人一直坚信李厂长不会贪污受贿，只是这一切只能等有关部门通报，相信马上会有最终的结果。"

一副吊儿郎当样的游敏马上接口："不用等通报我们也知道结果，这大概也是你希望的结果，不过这种杀鸡儆猴的招数……"

看游敏不但跑题，而且越说越不像话，周杰立马打断喝止："游敏，你想干什么？"

没想到周杰不但没有喝止住游敏，反而有人起身抗议："为什么不让老百姓说话？"

哄闹声中，游敏大声威胁："如果不让我在这里说，那我就向上反映。市里不行我到省里，省里不行我就跑北京。"

会议室意外地响起了掌声,郝兴江没想到会出现这样的局面,他灵机一动,干脆也跟着鼓起了掌,这下不光把边上的厂领导班子听愣了,几个人你看我,我看你,一时不知如何是好;场下的职工群众更是傻了眼,双手不自觉地垂了下来,整个会场不用喝止便只剩郝兴江一个人的掌声。郝兴江适时收起掌声,旋即手指游敏严肃回应:"游敏,你有权向上反映任何问题。"

不等游敏反应,郝兴江跳上座椅挥舞手臂激情吼道:"同志们,在座的任何人在机械厂工作的时间都比我要长,我相信你们对厂有着比我更深的感情。我知道,你们不想改制,大多是担心企业日后败落,即便有的职工怕个人生活受到影响,那说到底也是担心企业所致。为什么我们这么多的职工会担惊受怕,只因我们过去很多制度是贪污的温床,是腐败的诱因。前段时间,我让财务查了这几年的招待费,这不查还真不知道,一查一算吓了我一跳,仅仅一项招待费,我们每年等于被人偷走了两台换热器。这就是吞噬我们广大职工劳动成果的黑洞之一!"

徐达阳似乎明白了郝兴江的用意,平静地看着职工们的反应。其他厂领导班子成员一头雾水,谁也搞不清郝兴江究竟是疯了还是临阵叛变,怎么一下子枪口对准了自己?而职工们也被厂长搞蒙了,一动不动地听着他的讲话。

"同志们,不光厂领导有问题,我们普通职工也是一样,干活推着干,能不自己干就好,一旦轮到自己,能拖就拖,理应三天完成的工作量,往往一个月过去了还没完工。设计拖,采购拖,施工拖,销售拖,谁都没在按要求做,更没有尽心尽力。大家想过没有,如果没有产品,我们企业怎么生存,我们凭什么生存?"

郝兴江看有人频频点头,有人皱起眉头开始沉思,有个人甚至垂下眼帘红了脸，他更信心十足地说道："同志们，无活干是领导的无能，不愿干是职工的不道德。可以这么说，国企该有的这些通病我们机械厂一个不少，而且不光别人有的我们有，还出现别人没有我们也有的现象。我曾推测，按目前的状况，即便有市里和县里的大力支持，我们可能也会在五年内倒闭，这也是我们盼望企业改制的原因之一，因为我们想努力把不合理的制度全废了。"

话音刚落，徐达阳推椅起身向前走了两步，说："同志们，你们应该也知道，我原本是抵制企业改制的，为什么我现在支持改制了呢？因为我不但看到了不改制必亡的结局，更看到了改制后涅槃重生的前景。今天，我就和大家讲一个真实故事吧。"

厂领导讲真实故事，那自然是讲秘密的事，这引起了会场职工的兴趣，许多人伸着脖子等下文。郝兴江不知道徐达阳要抖什么料出来，但相信这料就是推进改制的催化剂，于是跳下椅子，顾不得擦一下就坐了下来。徐达阳环顾四周后说："同志们，我原希望企业能够维持现状不改制，且我是厂领导班子成员，这给郝厂长带来很大的麻烦。上周他找我谈话，由于过了下班时间，就约我在外面边吃边谈。那天郝厂长跟我讲了许多的改制思路和今后打算，可这些并不能打动我，大家都知道，现在的领导干部往往说一套做一套，信他们明天的计划，还不如回家画个饼看看。"

场下的职工听到这里哄堂大笑，周杰觉得脸有点挂不住，心里暗骂：好你个徐达阳，把我们骂了还不带脏字。这里干群之间本就有矛盾，你怎么还故意激化？扭头看了看郝兴江，只见他淡定地看着场下的职工，似乎徐达阳说的不是他一样。这时，徐达阳抬起双手很有气势地压了压，等会场重新安静下来后，继续说道："那天吃饭我们没带其他人，酒店按常规给我们上好菜，结果我们有一大半菜没吃,以前我们都是吃完走人,根本不会心疼。"

"妈的,撑死你们!"

虽然这骂声不大,但大家都听清是游敏在骂。本以为徐达阳会佯装没听到,不料徐达阳却朝游敏方向竖起了拇指:"骂得好!该骂!"

众人愕然,徐达阳今天这是怎么了?不但自曝吃喝歪风,还公开支持职工骂人。周杰终于忍不住了,插嘴提醒:"请大家注意会场纪律……"

徐达阳扭头摇手打断周杰:"周主席,不要制止,这事谁听了谁生气,就算不开口骂人,心里也早骂开了。刚才郝厂长不是说了吗,每年仅支出的招待费就等于被人偷走两台换热器。这可是大伙一笔笔设计、一点点焊接、一个个刨磨辛辛苦苦生产出来的。试想一下,若是自家被小偷偷走两把椅子,你会不会骂人?"

周杰尴尬地耸了耸肩,职工们一阵哄笑,旋即响起了掌声。徐达阳等掌声过后,又说道:"可你们知道吗,那天我心疼了,最后郝厂长和我抢着打包带菜回家。"

倚坐在椅上的游敏这次双手不再拢在一起,右手点扫厂领导一圈,大声叫嚷:"你们平时让我们节约生产,自己却又吃又拿,谁跟着你们改制?别把我们当弱智!"

徐达阳哈哈大笑:"别看我们企业经营不行,但能进机械厂上班,那都是经历了过五关斩六将,不但没有一人是弱智,而且比一般人要聪明许多。"说到这里,他收起笑容接起了上文,"刚才我说这顿饭吃得心疼,因为我们是自己掏钱,和又吃又拿没关系。郝厂长也说了,以后除了必需的招待要控制好陪同人数外,还要控制好费用,任何人不得报销招待费。"

郝兴江觉得这个时候自己该说上几句,于是动情地说道:"我们就是要通过改制,运用各种方法加强对领导权力的监督,协力除掉堤溃蚁穴,让领导干部当不成企业'血吸虫'。任何时候我们改制必须先改人,改人必须先改带头人。"

会场一时鸦雀无声,也不知道谁带头鼓了一下掌,旋即爆发出雷鸣般的掌声,远远超过刚才的两次掌声。

徐达阳一手搭在郝兴江肩上,一手按着胸口:"那天晚上,我拍着胸脯对郝厂长说,我看好你,跟定你了。今天我在这里呼吁大家,一起跟着郝厂长干吧,这不仅仅是因为他是可以相信的人,也是为了我们能够得到社会应有的尊重,让自己活得体面、有价值。"

徐达阳话音刚落,郝兴江马上挥着右手激情地说道:"现在管铆焊钳人才整个社会都紧缺,新职工没有三年培训不可能独立上岗工作,所以,你们就是厂里的宝。请大家回去再考虑一下,长海机械厂日后肯定不愁没活干,而是愁今后是否有人干。企业改制的最终目标就是让大家把机械厂当成展示才华和实现人生价值的平台,让我们牵手涅槃而生,为日后活得更有价值,更有尊严!"

一片掌声中,只有斜靠在座椅上病怏怏的方长生依然没有精神,他对郝兴江所说的展示才华和实现人生价值没有一点兴致,对他来说,余生就是如何不被辞退,有基本生活和医疗的保障,而让企业保留国企身份就是最大的希望。此时,还有一人的神态也同现场的热闹格格不入。只见游敏仍拢着双手,歪脑转着一双鹰眼冷睨四周。游敏心想:"什么让职工没有偷懒的机会,你说我没职业道德也罢,说我素质低也行,我就是不愿干。谁让我不能在国企混一辈子,那我就给谁添堵!"

下班回家,郝兴江刚端起碗,郝习文突然问道:"爸,明天奥运火炬就要在长海传递了,你有空陪我去看吗?"

郝兴江如实相告:"习文,爸爸最近特别忙,真没有时间。"

史芳见缝插针地抱怨:"人家爸爸都懂陪孩子,你倒好,把时间全给了单位。"

郝习文停下筷子为父亲辩解:"妈妈,其实爸爸做的事很重要。经济基础决定上层建筑,衡量任何一个国家是否强大,经济实力往往起着决定性的作用。"

不光郝兴江笑了,史芳也笑着用筷子轻敲儿子手中的碗,嗔怪道:"赶紧吃你的饭,等一下做你的作业,别什么经济基础、上层建筑的,期末考不好,我就让你去建筑工地浇基础。"

郝兴江朝儿子做了个鬼脸,示意快吃饭。不料郝习文却嬉皮笑脸地问父亲:"爸,明天我想代你做件事行不?"

郝兴江拨了一口饭送进嘴,反问:"啥事?"

"给我一百元。"

郝兴江赶紧咽下饭,说:"这条约不平等。第一,你想给我做事,可我愿不愿意还是个问题;第二,你给我做的事是否值一百元,这有待评价考证;第三,我和你妈给你做了无数事,但从没有提过要报酬……"

郝习文咀嚼的嘴猛然停住了,连夹起的红烧肉也停在了半空,他忍不住打断了父亲:"唉,老爸,你也想太多了吧!明天火炬传递结束后,市里有个向汶川地震灾区捐款的活动,我只是想代你给地震灾区捐一百元。"

郝兴江放下筷子朝儿子伸出拇指,可旋即又摇头说道:"一百元不行。"

郝习文大为不满:"爸,你好歹还是个党委书记呢。"

"所以我请你代我们家向灾区捐八百元。"

"耶——"郝习文一把把准备往嘴里送的那块红烧肉扔进了碗里,跳起身把手掌伸向父亲。

"你疯了?孩子不懂事……"

郝兴江边伸掌与儿子拍了一下,边扭头止住了妻子:"习文的博爱情怀与快乐心境,就是花八万也买不到。"

觉得丈夫的话有点道理,史芳只好怏怏不乐地挑着饭往嘴里送,心里还是不舍那八百元。

6

由于座谈会的影响,长海机械厂第十五届职工代表大会第二次会议以全票顺利通过了《长海机械厂改制分流草案》。但郝兴江等人并没有为首战告捷而拍手称快,因为他们明白,接下来的工作将更为困难,更为复杂,更为艰苦。

在市国资委部署下,长海机械厂全体职工顺利领到了《长海机械厂职工是否参加改制选择表》和《长海机械厂改制分流方案记名表决书》。由于允许职工有一周的考虑时间,所以郝兴江不但要求选择表递交进度全公开,而且接受全体职工的监督,确保所有职工的选择自主、透明。

一周后,表决统计出来了。虽然选择参加改制的职工超过九成,没有弃权票,但还是有六张反对票。其中四名职工选择不参加改制,改制工作小组严格按程序与他们解除劳动合同,随后按工号编制现有职工名册,并由郝兴江签字、盖章后,附上职工签字表,迅速上报市国资委。得知机械厂顺利通过第一阶段改制工作,许泽斌特在办公室接见了郝兴江。

"兴江,看来逼你一下还是有效果的。"许泽斌的神态和语气很放松,和半个月前打电话时截然不同。

郝兴江指了指头顶:"许主任,这些天老睡不好,头发也掉了不少。"

许泽斌瞅了一眼,马上进入话题中心:"梁市长得知消息狠夸了你一番,说你日后肯定能把企业搞得有声有色。但你也不要骄傲自满,毕竟还有两张反对票,得抓紧时间做工作。对了,顺便和你先通个气,让你改制更有底气。"

郝兴江猜乔康说的两件事可能有了眉目,故意装作不知追问:"怪不得我今早起来左眼直跳,许主任,有什么好事?"

"为了让机械厂有改制信心,市里要求钢铁厂和化工厂今后的锅炉和换热器采购你们厂的产品。"

"那天座谈会我还说机械厂改制后肯定不愁没活干,这下职工们不会说我吹大牛了。"

没想到许泽斌突然脸色一沉:"兴江,提前和你说明,这个方案只能实行五年。"

"许主任,我向您表个态,三年后若质量和价格还是比不了同行,我就辞职拿个碗到鼓楼去要饭。"

许泽斌大为意外,郝兴江不但没有申请延长时间,反而缩短了两年。既然这家伙要为难自己,那自己也就别客气,于是接口道:"好,那就三年为限,搞不好可别怪政府不支持你们企业。"

许泽斌的话让郝兴江有了一丝悔意,怨自己承诺得太快,没给企业留条后路。可转念一想,破釜沉舟何尝不是一种有效的突围战术,既然话已出口,不如干脆说到做到,更何况改制后的改革方案就是三年内实现与行业领跑者有竞争之力。于是信誓旦旦地说道:"烂泥永远上不了墙,做人当自强。请许主任相信我们,机械厂是五更天出门——越走越亮。"

许泽斌的情绪有点被感染,推了推鼻架上的眼镜允诺:"好,有志向。你们投标竞争成功后第一台产品出厂时,我若还在这个岗位,一定来厂祝贺见证。"

"谢谢许主任。"

"谢早了,还有一个好消息呢。"

郝兴江心中暗喜,估计是服装市场地皮有了眉目,继续佯装惊讶地问道:"许主任,还有什么项目帮扶我们?"

"市里已批准服装市场的升级搬迁方案,原土地作为支持你们企业日后发展的用地。"

"谢谢领导们的支持!"

"这次的确多亏了梁市长,国土局一开始找各种理由搪塞,全被梁市长驳斥了。"

郝兴江脑海跳出"巾帼不让须眉",庆幸有这样一位女副市长敢为激活企业活力而挑担,于是由衷地说道:"有机会请许主任代我感谢梁市长,我们一定会把企业搞好,一定要为地方的经济贡献一份力量。"

许泽斌点了点头:"等个体经营户搬迁补偿金到位,市里会马上启动地皮划拨手续。"

郝兴江心想,乔康原计划可是要等地皮到手再把二期出租给超市,如果要先解决个体经营户搬迁补偿,那怎么操作?由于整件事都是乔康在跟进,而且对方强调不能全公开,那就再等等吧。所以不再追问,只是道谢:"那就让领导们费心了。"

许泽斌随后又问了一些企业当下的困难,最后客套着让郝兴江事业和身体两头兼顾,注意身体。郝兴江心想,我又不是三头六臂,两头兼顾等于两头耽误,既然选择了事业,那就暂时顾不了身体。当然,郝兴江也明白,自己的身体状况没啥问题,虽然比以前多掉了些头发,但这还是基因所致。父亲也是五十岁成了半秃顶,估计过几年,自己也是这个模样。于是知趣起身,握手告辞。

刚到公司下车,乔康就迎了上来:"郝厂长,回来了?"

"乔厂长,有事?"

"我也刚从市里回来,到你办公室再说。"

看乔康喜形于色,郝兴江猜事已办妥,于是加快脚步想揭开刚才许泽斌没解的补偿金之谜。进办公室关上门,两人放下包刚在沙发上坐稳,乔康就一脸兴奋地说道:"郝厂长,经过梁市长的争取,两件事都办成了。"

既然服装市场地皮划拨手续要等补偿金到位再启动,那现在怎么能说办成?虽然心里这么想,但郝兴江嘴上客气地说道:"乔厂长,辛苦你了。"

"应该的。郝厂长,虽然两件事都办成了,但还有一个坏消息。"

果然问题在后,看来若不能把二期出租,弄到个体经营户搬迁补偿金,等于是画饼充饥。郝兴江平静地问道:"哦,乔厂长,什么坏消息?"

"市里规定钢铁厂和化工厂今后的锅炉和换热器采购我厂设备,不过只实行五年。"

郝兴江呵呵一笑:"乔厂长,这不是什么坏消息,我们改制后应该尽快走市场化、专业化、高端化的道路。"

"郝厂长,那可是到嘴的肥肉呀,但规定只有五年。"

郝兴江不想解释自己的计划,更不愿说自己刚才在许泽斌面前的承诺,他现在关心的是如何解决补偿金,可乔康似乎没有这方面的担忧。于是不得不问道:"乔厂长,那七十九万个体经营户搬迁补偿金我们怎么解决？"

乔康拍了拍脑袋："哎呀，我怎么忘了说这事。郝厂长，这笔钱梁市长会协调某些单位垫资，但要求我们一年内还清。"

郝兴江没想到梁市长考虑如此周到，估计一年内即便没有出租二期，机械厂也完全可以凭借钢铁厂和化工厂的订单还清垫资。当然心里这样想，嘴上仍问道："一年内还清有问题吗？"

这回乔康不再拍脑袋，而是拍着胸口自信地说道："郝厂长，这补偿金我半年内肯定能搞定。"

"那就好。"

"但梁市长还和我们提了个要求。"

郝兴江的心又提到了嗓子眼，急问："什么要求？"

"她说为了支持以前的改制企业，希望机械厂以后的土建施工项目由长海市顺发公司来承接。"

郝兴江放下心来，顺发公司前身就是长海市建筑安装公司，是全市第一批改制企业，不但有资质，更有口碑，交给他们做完全可以放心。他甚至想，若有梁市长这样的领导在统筹全局，全市大企业完全可以强强联手，成为各自行业的领军企业。

看对方不吭声，乔康以为这个条件郝兴江不愿答应，搓手说道："郝厂长若不同意，那我再去想想办法。"

"乔厂长，我没有不同意，这完全是好事，机械厂真多亏有梁市长这样的好领导在操心。"

乔康手一松，长舒口气："我还以为没办好这两件事呢。"

郝兴江拉过对方的手："乔厂长，机械厂涅槃你厥功至伟，职工会永远记得你。"

乔康抽回手，说："郝厂长，厥功至伟真不敢当，我只要别像李默海一样被骂就行。"

郝兴江估计乔康从梁市长那里得到了新消息,就顺着话题问道:"老李情况查明了?"

乔康压低了声音:"查明了,估计要判八年。"

郝兴江暗吃了一惊,按刑期推算,李默海涉案金额近千万。想到两名公安带走的三年财务账本,郝兴江心下惴惴,不知道涉案金额是否都是从机械厂贪污的?也不知道厂里有没有其他人涉案?还有这笔赃款日后如何处置?于是催道:"说具体点。"

"郝厂长,公安部门虽然没发现我们机械厂财务有问题,也没能从李默海家起获现金,更没有什么珠宝黄金或房产证,但却在其柜内查获两幅画和一枚印章。"

"什么画?"

"沙耆的人物画和风景画。"

由于和沙耆同乡,郝兴江早年就听说过这个"傻子公公",由于其在世时数次在长海的学生家中养病,在此期间创作了大量的油画,不少作品散落民间,所以这位天才的作品虽被境外所追捧,但在国内市场价格并不是很高。看来是那枚印章让李默海翻了船。想到这里,郝兴江又细问:"那枚印章很珍贵?"

"听说是汪启淑的。"

郝兴江不懂篆刻,刚想细问,门外传来敲门声:"郝厂长。"

听是周杰,郝兴江看乔康这边情况已了解得差不多,于是应声:"请进!"

周杰推门而进,看乔康在里面,一脸歉意地说道:"不好意思,乔厂长也在,打扰了。"

看周杰急匆匆的样子,乔康知趣地起身,乐呵呵回应:"周主席,我正准备走,你坐。"

送走乔康,周杰马上说明了来意:"郝厂长,根据你的安排,我对方长生和游敏坚持投反对票进行了调查。方长生还是担忧企业改制后,会因他生病无法上岗而辞退他。游敏吧,别看他在单位牛哄哄,其实在家都听老婆的,而他老婆明确让他不参加改制。"

因为只有全体职工通过改制方案,长海机械厂才可以明确股权设置和法人治理结构,并完成公司章程等配套文件制订工作,所以说,想实施改制,前提就是要让方长生和游敏也改投同意票。听了周杰的汇报,郝兴江对如何处置方长生个案心里已有了谱,于是问道:"游敏老婆在哪上班?"

"在万通物流公司当财务总监。"

郝兴江觉得很意外,猜不出这位财务总监究竟是什么原因被吊儿郎当的游敏给迷住了,就因为没有原则地温顺听话?现在这个问题有点棘手,若游敏老婆是公务员或事业单位人员,那可以通过组织去解决。可对方是组织管不到的民企,搞不好本是一件好事,人家还以为是迫害。郝兴江突然发现周杰并没有像往常遇事皱眉头,猜他可能有了对策,于是问道:"你和游敏老婆谈了?"

"没有。"

"哦。"郝兴江有点失落。

"但我打听到游敏老婆为了小孩读书的事正在发愁。"

"说说。"

"游敏女儿今年小学毕业,按她成绩进长海七中只能分在普通班,游敏老婆到处托人想让女儿进快班。"

"乔厂长爱人是七中副校长呀,找他。"

"郝厂长,人家年初已提拔为校长了。"

"哦。那辛苦你再跑一趟,掌握游敏一家情况,尤其是孩子到底有没有分到期望的班级。"

"那我先走了。"

看周杰起身正准备走,郝兴江突然想起乔康提到的汪启淑,于是问道:"周主席,问你一件事。"

"什么事?"周杰重新坐了下来。

"你知道汪启淑这人吗?"

周杰满脑子还是单位的事,对于郝兴江莫名其妙这一问,心里暗吃一惊,是不是汪启仁做了什么令郝兴江不满意的事?就试探着问道:"郝厂长,汪主任怎么了?"

郝兴江先是一怔,旋即笑道:"不是汪启仁,我是问搞篆刻的汪启淑名气大不大?这方面你不是专家嘛。"

周杰暗自发笑,两人名虽相近,但一个清朝,一个现代;一个官拜兵部郎中,一个是小工厂党办主任;一个文化名人,一个普通写材料者,可自己居然把两个浑然不搭的人给搞混了。可旋即他又产生更多的困惑,郝兴江既不欣赏书画,又不爱好古玩,天天盯着机床和换热器,怎么突然对篆刻感兴趣了?好在自己对篆刻有些研究,而且也了解汪启淑,于是自信地答复:"汪启淑名气还可以。"

"那他篆刻的印章现在市场价格大概是多少?"

周杰觉得郝兴江的问题极俗气,但现在整个中国就是这个现状,很少有人潜心搞文化,大多是以投资为目买卖艺术品,一心牟取利润。周杰猜是有人给郝兴江提供了"捡漏"机会,所以提醒自己既不能不报具体金额,又得把话讲清,以免日后对方失手而怪罪自己。于是说道:"这还得看具体材质和印章大小。汪启淑的印章现在在市场上一般能卖三万。"

郝兴江相信周杰的判断，可知道答案后，又觉得李默海案判得有点离奇，这两幅画和一枚印章是怎么评估的？李默海虽然受贿罪有应得，但也不能因为他抵制企业改制而乱加罪呀。没想到周杰这时又补说道："经商致富的汪启淑嗜古代印章，曾搜罗周代、秦代迄宋、元、明各朝印章数万钮，若是刻篆在古印章上，那玩意儿可能就价值数百万元了。"

郝兴江猜李默海的问题就在这枚印章上，冲周杰点了点头，示意对方可以走了。可没想到周杰仍站在原地，主动说道："郝厂长，你若对篆刻有兴趣，周日西泠印社刚好在长海博物馆有场活动，要不我陪你去看看？"

郝兴江笑道："我一来对这个不感兴趣，二来也没有闲钱玩这个，三来企业改制我哪还有自己的时间。"

"哦。"周杰听了越发糊涂，那刚才问这些干吗？

郝兴江想起了什么，盯着周杰关照："刚才我问的事不要和别人提起。"

周杰更摸不着头脑，应声后离开了郝兴江的办公室。而此时留在房内的郝兴江困惑不已，若李默海真有贪污之心，完全可以从原材料采购和厂房建设中捞金，根本没必要去收这些文化人的玩物，他隐约觉得此事有些蹊跷。

7

为了啃下最后那两根"骨头",郝兴江把日常的生产经营全托付给了蔡永伟和徐达阳,让乔康负责服装市场地皮的对接工作。本以为做通已上班的方长生同意企业改制的思想工作较容易,可意外的是这家伙听不进任何劝说,一味认为像他这样的病人只有在国企才最有保障,企业一旦改制他就是死路一条。谈的次数多了,方长生竟然玩起了"躲猫猫",不但让人带来一张请一个月病假的医院证明,还关了手机。

眼看距许泽斌规定的时间只剩三天,郝兴江干脆当天带上汪启仁,一早就去方长生家堵人。巧在当天因台风刚停,不但方长生在家,他的父母也因这两天断货没去摆水果摊。坐在散发水果腐烂味的老房子内,当着方长生父母的面,郝兴江承诺不但日后决不会辞退方长生,而且允诺等他能够正常上班后,马上安排他到轻便的仓库去当保管员。方长生父母虽通情达理,连连感谢厂领导对孩子的关心,可性格偏执的方长生却要郝兴江把承诺写在纸上,并盖上单位公章。哭笑不得的郝兴江随后再怎么解释,一脸青白色的方长生都当耳旁风,闭着眼睛不说话,最后干脆起身向外走去,张着苍白嘴唇说有事要到小区物业处理。

方长生刚出门,周杰就打来电话,说约上了游敏的爱人,郝兴江只好嘱咐老人好好照顾方长生,冒雨走出了逼仄的平房。

车子刚在万通物流公司大门外停下,周杰马上撑着雨伞迎了上来。三人一起进了财务总监的办公室。郝兴江第一次见游敏老婆,可见面后他越发吃惊与好奇。对方中等个子,清澈眼神和微翘嘴角配上乌黑的齐耳短发,既显得干练,又不失优雅。郝兴江暗想,这哪像是游敏老婆,纵观全厂女家属,也难找出第二个。

相互介绍后,郝兴江直接说明了来意。这个叫章柒柒的总监虽然听话过程频频点头,可等郝兴江把话说完,却不硬不软地回绝:"谢谢几位领导雨天还来做职工家属的工作,但这事不是我签字,是我老公的事,你们应该找他才对。"

周杰笑着问道:"不知章总是不是支持我们企业改制?"

"其实你们比我和我老公更清楚机械厂是否适合企业改制。"章柒柒虽然脸上带着微笑,但字字见刀。

"机械厂为什么不适合改制?"

"可以用财务数据去衡量。"

"能具体分析一下吗?"

章柒柒翘着兰花指把额前头发往后一捋,稍做犹豫,取过笔和记录纸,一边报着机械厂近几年的财务数据,一边用公式快速演算,最后得出的结论是两年后企业将资不抵债,不得不破产。看着密密麻麻的数据,周杰和汪启仁头也大了。郝兴江倒是看出了问题,耐心解释:"这些数据应该来自厂里公开的财务清单,但你也明白,国企财务公开部分往往不真实,为了减轻来年的压力,往往会少报产值和利润。"

"如果改制前就这样随意,那改制后缺了监督更会乱来。"

郝兴江没想到自己竟然连出臭招,被对方逼到几乎无招可支。周杰见状赶紧补救:"章总,我们改制后企业只会更加约束领导的权力,我们还计划聘请厂外人士来我厂指导交流,如果您……"

不等周杰说完,章柒柒立马微笑着拒绝伸过来的橄榄枝:"谢谢,我这边工作很忙,无法参与。"

郝兴江还在奇怪周杰怎么莫名冒出聘请厂外人士监督的说法,只听周杰不顾章柒柒拒绝,继续说道:"章总,你听我说完。以前我们只注重邀请公务人员或高校教师来厂指导交流,很少邀请像你这样的专业人士。所以这些年企业生产经营没怎么变化,倒是职工子弟的教育取得了显著的进步。"

听到这里,郝兴江明白周杰是想用撒手锏,于是配合着接过了话:"章总,周主席不提,我还真没想到这事。你看今天我们仨人,周主席的儿子去年以全省第九名成绩考进了清华,汪主任的女儿今年刚保送省二中。"

章柒柒眼睛一亮,双手从把手处移至小腹相叠,微倾上身问道:"敢问郝厂长小孩现在多大?"

周杰马上接话:"郝厂长年轻有为,儿子下学期读初二,七中快班出来的孩子,日后即便不上985,那一本也跑不了。咦,对了,章总女儿今年也该读初中了吧?"

"周主席这个也知道?"章柒柒有些诧异。

"唉,工会就管这些婆婆妈妈的事嘛,厂里规定职工孩子升学要送礼物,今年慰问名单上有你家公主。"

章柒柒忍不住感叹:"国企这点很人性化,记得我女儿上一年级时,他爸爸就带回一个书包,说是机械厂送的。"

周杰假装想了想,说:"章总女儿好像今年也上七中吧?"

"是的,周主席,只是分班不知能不能进快班。"

郝兴江顺势接过话:"如果有需求,你尽管说。"

"您能帮我女儿分到快班?"章柒柒本就明亮的眸子像两颗钻石在发光。

"你把孩子的小学校名、姓名和毕业考各科成绩赶紧给我。"

章柒柒赶紧撕了刚才的财务数据分析,在白纸上认真写下相关内容。郝兴江接过,马上拨打乔康老婆的电话,可没想到连打三次电话都不通。看章柒柒的眼神慢慢暗了下来。周杰干脆拨通了乔康的电话。

"周主席,什么事?"

"怎么老打不通你老婆电话?郝厂长有事找她。"

"嗨,每年这个时候她只能把手机设置拒接,不然每天分班托人情的电话接也接不过来。咦?郝厂长儿子去年不是上了初中吗?"

郝兴江赶紧接过电话按上免提:"乔厂长,游敏的女儿今年要上初一,能不能请葛校长把孩子分在快班?"

"没问题,这事交给我吧。"

挂上电话,章柒柒微倾上身,连声谢道:"谢谢郝厂长,真的很感谢。时间也不早了,外面又下着雨,能不能给个面子中午一起吃个饭?"

既然事情还没有办妥,这个机会总不能推,郝兴江爽快地应允了下来,但提出了要求:"谢谢章总,那就让我来埋单吧。"

"这就不要抢了吧,一来您是客,理应由我来招待;二来您是国企领导,我是民营企业,吃我的放心。"

看对方称呼已从"你"转变成"您",郝兴江心里有了谱,于是假装无奈地摊开双手说道:"那就悉听章总安排了。"

章柒柒莞尔一笑:"很荣幸能邀请到机械厂领导共进午餐。"

郝兴江觉得对方的笑容完全不同于刚开始,不再是客套下的应付,更不是抵触对抗下的迂回,而是发自内心的愉悦,他觉得有信心拿下这一票了。

一行人随章柒柒进了饭店的包厢,郝兴江等人不再提机械厂的事,开始聊孩子的教育。周杰讲儿子才出生就给他念中国革命史,两岁就给他朗读《三国演义》,三岁就养成天天要去图书馆的习惯。汪启仁也配合着聊女儿四岁时,他和爱人是如何培养女儿演讲和辩论,后来又是如何学双语。一餐饭时间让章柒柒感慨万千,想自己常因工作忙而忽视了女儿的教育,很多时候还记不得女儿成长的点滴,光记住了物流公司这几年快速成长背后的业绩数据。再看看爱人单位的领导,他们虽然也忙,但人家能做到事业与家庭两不误,看来自己日后还有很多向他们学习的地方。联想到刚才周杰提的聘请厂外人士交流一事,章柒柒推了推鼻架上的眼镜,说:"真没想到各位领导各方面都这么出色,希望日后能多向你们请教。"

郝兴江会意,马上趁热打铁,试探道:"我们日后是要多邀请像章总这样的专业人士来监督改制后的机械厂。"

"非常荣幸。"

郝兴江暗喜,章柒柒答应了聘请,意味着她认可了企业的改制。看已上主食,他佯装上洗手间,走出包厢,径直到收银台把账给结了,并让服务员开具一张抬头为个人的发票。回到包厢,郝兴江刚落座,章柒柒边吃菜泡饭,边主动问起机械厂改制后的打算,于是郝兴江不但讲了市里对企业改制后的业务扶持,还说明了企业改制后的股权设置和股权结构。章柒柒听完,主动拿起酒杯推椅起身:"仅凭这些,我老公就该同意参加企业改制。"

郝兴江也起身举杯:"我代表机械厂,感谢家属们的大力支持。"

周杰和汪启仁自然也起身,四个酒杯轻轻触碰在一起,发出悦耳的响声。

章柒柒礼貌地询问过客人不再加饮料和菜后,叫过服务员:"埋单。"

服务员恭敬地朝郝兴江这边伸了一下手:"章总,这位先生刚才已经买过单了。"

章柒柒刚伸进包的手抽了回来,扭过头冲郝兴江摊开手掌:"郝厂长,我们可是有约在先哟。"

郝兴江掏出发票递到对方手中:"章总,你得理解我们。今天一来我们仨不是客,而是说客,能得到你的理解、信任与支持,我们真的很感动,这顿饭理应我来请;二来,我们现已砍了许多的招待费,所以任何时候吃饭,我都开发票,但抬头都是个人,以免日后有凭小票补开的嫌疑。"

章柒柒瞄了一眼手中的发票,往桌上一放,当即表态:"有您这样的领导,机械厂何愁日后生产经营不红火。请各位领导放心,晚上我会做通老公的工作,让他明天一早来厂签字,同意企业改制。"

郝兴江如释重负,伸手握住对方的手:"谢谢你!"

章柒柒调皮一笑:"郝总,我欠你们一个大人情,你们欠我一顿饭,得让我有机会还哟。"

"说好了,等我们企业平稳改制后,还得请章总来监督指导。"

"您客气了,日后有用得着的地方,尽管吩咐。"

辞别章柒柒,郝兴江一行人就往机械厂赶。进办公室刚换下被雨打湿的皮鞋,郝兴江的手机响了,看是乔康打来的电话,就顺势一按,接通了电话。乔康在电话中说,方长生现正在市信访办上访。郝兴江一听头也大了,难道就因为没有答应不合理要求,他就跑到市信访办去闹事?望着窗外阴沉沉的天,郝兴江克制住情绪,得知乔康正在市政府,指示对方:"你先过去信访办,我马上过来。"

挂上电话,郝兴江只身一人坐车赶往市信访办。下车刚好看到乔康领着方长生从接待室走出来。看到郝兴江,乔康甩开方长生迎了上来:"郝厂长,已解决了。"

郝兴江没想到如此棘手的事短时间内就被乔康解决了,他越发觉得乔康是块大料,可越是这样想,他越困惑。市里为什么让我来主持机械厂改制?自己不但资历比乔康要浅,而且各方的人头也没有他熟,难道上面有意保护乔康?郝兴江越想越糊涂,干脆打定了顺其自然的主意,淡淡地问道:"这家伙为啥事上访?"

"他在小区公共绿地种中药材,前两天被物业拔了。"

想起早上方长生说有事到小区物业处理,郝兴江瞪大了眼睛:"就为这事?"

"他要人家赔钱,物业没答应,他就来信访局了。"

"扯淡!"郝兴江心里狠狠骂了一声,没让他为毁绿行为赔钱已是谢天谢地,方长生居然还有脸提出让物业赔钱。他低声问道:"乔厂长,确定没有后遗症?"

"放心,我另给他弄了一块地种中药材。"看方长生已拖着长柄伞走到身边,乔康拉着脸警告:"方长生,现在郝厂长也在,我再跟你说一遍,如果再发生这样的事,不但收回那块地,单位也要考核你。"

方长生一点也没有不好意思,刀削斧砍似的脸上涂满了憔悴、忧伤和无奈的复杂表情："我也是没有办法，现在药材以次充好、以假乱真的太多，你们也知道，我的身体可经不起折腾。现在两位厂长解决了我的困难，我肯定不会再来这里。"

郝兴江低声呵斥："以后有什么事和我们说，不要动不动就到这里来。"

方长生蜡黄的眼珠突然闪过一丝光彩，像以往一样抱着胸说道："这里是老百姓最后说理的地方，如果领导不讲理，那我也没有办法。"

这种无耻的要挟，郝兴江和乔康都听得懂。胸口堵得慌的郝兴江感到一丝悲哀，国企其本质是企业，可往往不光要承担经济责任，还要承担政治责任和社会责任。如果遇到的职工讲理还好，遇到这种无耻之徒，怎么可能实现职工价值、企业利益和社会效益三者共同发展的最终目标？且这种人不但开除不了，还往往要处处小心伺候，一不小心就会引爆这个雷，给自己、给企业带来麻烦。而一旁的乔康却像是眼里揉不下沙，指着方长生鼻子说道："姓方的，我警告你，如果你以抵制改制的名义来上访，那就别怪我下狠手！"

"乔厂长，我可没说要上访告机械厂。"

虽然方长生语气老实许多，但乔康依然嗓门不弱地恫吓道："量再借你小子几个胆也不敢！"

郝兴江以前很反感这种盛气凌人的领导作风，尤其是李默海带给自己的那种无名伤痛。但经过这次企业改制，他觉得想要让一个队伍步调一致，作为一名领导不光需要大气、正气、勇气和气，还要有霸气，甚至是匪气，不然镇不住闹事挑事者，只会让自己在受窝囊气中一事无成。其实有的人就像皮球，你越拍他越弹得有劲，不如一针刺破，让他老老实实瘫在地上。想到这里，郝兴江干脆拉下脸呵斥起方长生："别以为企业理所当然要照顾你！

今天我把话搁在这里,全厂现在就差你还没有签字,如果你明天下班前来签,今天早上我答应你的事全兑现。过了这个时间,我让你有果子吃!"

方长生惊愕得手中的长柄伞也掉在地上,蹲身去捡,抬眼看到平时文质彬彬的厂领导像凶神恶煞的黑社会头目似的,青白脸顿时荡起一道淡淡的红晕,苍白嘴唇嘟哝着:"没签字的不是还有……游敏吗?"

"你给我听清楚,现在就你一人,如果你不签,我就按选择不参加改制解除你的劳动合同!"

想到四个选择不参加改制而协议解除劳动合同的职工,方长生的脸色又变成了土灰色,像是抗议,又像是在哀求,嘟哝着:"你们……不能欺侮我,我……是个病人。"

郝兴江咬着牙继续威胁对方:"你再无法无天,我让你病人也做不了!"

这下连乔康也愕然,方长生更是吓得说不出话来,无意识地抹去鼻上汗水,终于服软:"你们领导肯定不会害我,我这就跟你们回厂签字,回厂签字。"

郝兴江有些意外,本以为赌上一把,明天见输赢,没想到现在就赢了个大满贯,他按捺住喜悦的心情,立即和乔康带方长生回厂办理相关手续。

等方长生走后,乔康跟着郝兴江走进办公室,边关门边笑着说道:"郝厂长,真没想到你也会发脾气。"

"其实《农夫与蛇》的故事已经告诉我们,不是所有处在困难中的人都值得被帮扶,淘汰这种人有时也有助于社会的进步。"话音刚落,郝兴江突然为自己的残忍而吃惊,这究竟是当了主要领导之故,还是历经坎坷有了这样的判断?他觉得不应该再讨论这种话题,于是趁转身倒茶之机故意转换了话题:"对了,方长生在小区种什么药?"

"白菊、白背三七和浙麦冬。"

郝兴江估计白菊是指杭白菊,史芳在家也常泡饮。这种菊花冲泡后不散芯、不落瓣,不但花形完整,且馨香宜人,据说还有清热解渴、润喉生津、平肝明目的功效。但另两种没有听说过,于是随口问道:"白背三七和浙麦冬有什么功效?"

"白背三七有'神仙草'之称,不但可降血糖、止血,还可以舒筋、祛瘀。浙麦冬具有养阳、生津、润肺、止咳、清心、除烦的功效,所以早在清末就被日本和东南亚诸国追捧,虽四川、福建也有产,但质量不如本地。"

郝兴江边给乔康递茶,边调侃对方:"没想到你对中药也如此内行,我看你不如当郎中算了。"

乔康欠过身接过杯子,笑道:"中医和其他医学完全不同,它既包含深邃的哲学理念,又有养生祛病的知识,是中国古代文化的瑰宝。不瞒郝厂长,我是想等退休后专门研究中草药的鉴定与功效,将来争取出一本书。"

"好,期盼能读到这本书。"想乔康跟着自己进办公室,肯定有事要说,于是郝兴江在乔康面前坐定后主动问道:"乔厂长,有好消息?"

乔康喝了口水,笑眯眯地说道:"在市里的协调帮助下,服装市场二期引进大型超市方案有了。"

郝兴江没想到今天虽然天气不好,但诸事顺利,他追问:"哪家超市?租金多少?"

"已有两家超市有合作意向。但由于县城的人流量和购买力不如城区,他们认为我们定的每年四十万租金高太多。"

高太多?郝兴江心里一下子没了底,但考虑目前在梁钰的帮助协调下,服装市场个体经营户的搬迁补偿资金已到位,大不了多租几年回本。抱着这种心情,郝兴江问道:"对方愿开多少?"

"一家说每年二十万,每季结付一次,暂签一年,一年后双方再协商。"

无论是租期还是租金,郝兴江都不满意。看乔康额头和嘴角皱纹蓄满了笑意,连圆圆的鼻头似乎也抹上了喜庆的色彩,郝兴江估计另一家肯定比较理想,与原定的出租想法契合度接近。于是问道:"另一家什么条件?"

"家乐超市愿意签五年,租金七十九万,并一次性付清。"

果然是租金不如预期,每年不到十六万,但好处是一次性解决了所欠的个体经营户的搬迁补偿资金,等于让机械厂改制后轻装上阵,没有任何的资金压力。考虑乔康可能是来请示自己的意见,郝兴江当即表态:"我觉得可行。"

乔康提醒:"上次开班子会说服装市场二期地皮由市里统筹安排,两年后归属我厂,如果真同意这个方案,那还得和班子通一下气,现在改为五年了。"

"梁市长给机械厂改制的'嫁妆'丰厚,我想大家肯定会理解与感激的。"

"对了,担心其他单位得知消息效仿,梁市长又一再强调我们要保密。"

郝兴江上身往后一靠,指了指对方后又指自己,说:"整件事全厂只有你我知道,我俩不泄密,谁会知道?"

捏耳垂的乔康笑着抱怨:"现在想当叫花子的企业家太多,争当经济先锋者太少,政府领导也真够为难的。"

"想做事的人总有办法,不想做事的人总有理由。"

"对!以前很多人认为机械厂改制是塘里行船——无出路。但现在看来,只要我们有决心和信心,所有一切不过是逢山开路、遇水架桥罢了。"

郝兴江冲乔康竖起拇指:"你就是机械厂逢山开路、遇水架桥的先锋。"

"那你就是运筹帷幄的元帅。"说完,乔康忽然抱拳行礼,"参见郝帅!"

郝兴江笑得弯起了腰,恰有一缕淡光射入办公室,让隔在两人间的茶几明亮起来。心情大悦的郝兴江扭头看了眼窗外,应景有感而发:"台风过啰。"

话音刚落,手机响起了铃声。看是儿子打来的电话,郝兴江按了通话键。

"爸,成功出舱了!成功出舱了!"

郝兴江听成股票出仓,他历来反感股票,认为股票是实体企业的血吸虫,如今才读初中的儿子居然把精力放在这方面,本已让他有点恼火,加上儿子兴奋的尖叫声,就没好气地冲着话筒呵责:"用得着这么大声叫吗?"

不料儿子反而加大了嗓门:"爸,你难道不激动吗?翟志刚出舱活动了,这是中国第一次太空漫步!"

郝兴江这才想起两天前神舟七号载人飞船的发射,顿时被儿子的情绪所感染,手一拍大腿,说:"对,这是中国首次突破航天员出舱行走技术,载人航天工程终于腾飞了。谢谢儿子的分享,但爸爸还在谈事,回家再聊。"

乔康似乎明白了郝兴江情绪大起大落的原因,等对方挂上电话,特接了一句:"我们机械厂也该要腾飞了。"

郝兴江一语双关:"多难兴邦,是涅槃重生的时候了。"

8

　　游敏签字同意改制的次日，公安部门派人归还了带走的账本，长海机械厂正式启动改制工作。10月8日，郝兴江把利用国庆长假连日整理完的改制方案及相关材料，迅速报送长海市国资委。两天后，长海市国资委正式批复同意《关于长海机械厂的改制申请报告》。

　　10月13日，已提拔为厂办主任的朱小巧一上班，就带上全套资料到柳江县工商局，办理了长海机械厂注销和长海市设备制造有限公司的注册登记手续。

　　仅隔三天，朱小巧就从柳江县工商局领到了新的工商营业执照。郝兴江以长海市设备制造有限公司董事长、总经理和党委书记的身份，召集班子成员商议举行揭牌庆典事宜。会上，大家对朱小巧做的庆典方案很认可，简洁却不失隆重。但在时间节点上，却有了不同的意见。

　　"本月还有两次选有'八'字的机会，十八日既谐音'要发'，又逢周六，加上市局领导这天安排的公务活动少，邀请他们参加揭牌庆典的成功率会很高。"

对于乔康的建议，徐达阳却发表了不同看法："数字只是一个符号，如果利用谐音、象形、附会等方式，硬组合出所谓的含义来，终归只是一种虚无的东西。我倒是觉得工作日举行好，这样不打扰人家休息日的安排。"

蔡永伟也跟着说道："听说十八在我们这里谐音'要发'，可由于阿道夫·希特勒名字中的 A 和 H 是字母表中第一和第八个字母，现成了新纳粹的接头暗号。所以我也不建议用谐音来挑日子。"

周杰干脆借机批判起了当下的社会怪象："数字只是一个抽象的含义，绝不是吉凶的来源。现在医院没了四号病房、床位，住宅没了带四的楼房和楼层。如果我们长期生活在虚拟、无因的世界中，日后我们的孙辈数数可以直接从三跳到五了。"

看三个搭档都反对，乔康捏着厚实的耳垂乐呵呵地说道："这倒是，我们的谐音并不能让不同文化的人理解。如日本人送礼喜欢送钟，因为'钟'与'钱'同音，有兴旺、进财之意；可我们中国却因为与'送终'谐音，送他人礼物忌讳送钟。"

看着乔康毫无尴尬不爽的表情，郝兴江觉得此人内心想法真的是无法揣摩。按说他通过自己的人脉关系，不但为企业改制消除了个别人的阻碍，更为企业发展积攒下丰厚的资本。可他却从不标榜功绩，还希望不公开所做的事。难不成乔康所作所为仅仅是为了迎合上意？即便再想不通，也要尊重这个有功之臣，为了维护其威望，郝兴江刻意迂回表达自己的看法："乔厂长的出发点不错，只是后天就要搞揭牌庆典，时间过于仓促，加上这段时间大家都加班加点，精神高度紧张，容易出纰漏。大家再看看，选哪一天更合适？"

周杰立即接口："我查了一下，本月 29 日是农历十月初一，这月阳历1日又是我们新中国成立五十九周年,感觉蛮有意思。"

郝兴江眉头一皱,刚想说话,发现刚任公司纪委书记的汪启仁张了张嘴似乎想说什么,就问道:"启仁,你想说什么?"

汪启仁吞吞吐吐地说道:"周主席,秦朝就是定于农历十月初一开始。这天还是中国传统节日中的寒衣节。"

在场所有人听懂了汪启仁的前半句,是的,秦朝虽然强悍,但这个中国历史上第一个大一统王朝只喘息十四年就亡了,这种联想虽有些牵强,但完全可以避免这样的日子。至于寒衣节,出身农村的郝兴江自然知晓,刚才他就是想否定周杰的提议,但从汪启仁欲言又止的模样中,猜测他可能也想表达这个意思,考虑别人比自己否定更好,于是就催问了汪启仁。现在看来,汪启仁的理由更加让人信服。

不等众人反应过来,周杰拍着脑门接过了话:"哎呀,你不说,我还真没想到是三大鬼节之一,差点误了公司的大事。"

乔康又提议:"10月23日怎么样?这天周四,按常规国资委也没有什么会议安排。"

郝兴江估计乔康已盘算过请领导的日子,于是这回不等别人开口,抢先说道:"有意思,这天刚好是霜降节气。"

"怎么又是和节气有关?这季节看来没什么好日子。"乔康有点泄气。

郝兴江笑道:"不,这个霜降节气很吻合我们公司的开局。"

包括懂节气的汪启仁一时也听不明白。霜降可是秋季的最后一个节气,这天起,不光池塘里的荷叶纷纷凋零败落。连山野田间也是草木凋零。以这种一片萧瑟景象去打开公司的新局面,那不是自讨不吉吗?因为刚进入公司领导班子,汪启仁不好插嘴追问,好在周杰替大家问出了心声："郝总，这天不说节气还好，论节气，霜降似乎并不好听吧？"

"不知你们是否听过'今夜霜露重，明早太阳红'的农谚？"

看班子成员都摇头，郝兴江继续说道："在霜降的节气里，霜的轻重程度决定了太阳光照的强弱程度，夜晚的霜越重，第二天的阳光就越好越强。我们的改制之路真的很艰难，我们的改制条件并不理想，但如果我们全体职工能够以破釜沉舟、壮士断腕的决心，凝心聚力、苦拼实干，那就必定迎来艳阳高照，从而实现公司超常规、高速度、跨越式的发展目标，迎来更广阔的发展前景。"

"这话好，让我这个年龄的人听了也有冲劲。"

徐达阳话音刚落，蔡永伟也打趣道："徐总，我都还想着冲好这六年劲，你这七年可得保持耐力。"

揭牌庆典的日子在一片笑声中定了下来。

揭牌庆典这天，国资委许泽斌主任和秦副主任等领导悉数到场。活动结束后，郝兴江总觉得有点遗憾。记得上周确定揭牌庆典日程后，他马上联系梁钰的秘书，可对方随后回复说梁副市长有重大活动安排，无法前来参加庆典活动。按郝兴江以前的想法，这样的领导不来反而省心，就怕接待不到位或有所闪失而得罪。但郝兴江对梁钰是发自内心的感激与敬佩，真希望她能见证在其帮助下的企业涅槃重生。

回到办公室，郝兴江想了解一下李默海案件的进展，于是打电话让汪启仁过来。刚挂上电话拿起水杯，口袋里的手机震动起来，他就边掏手机，边吹茶水想喝上一口。当看到是梁钰的秘书来电，赶紧放下杯子接通了电话。

"郁秘书，您好！"

"郝总,梁市长想和您说几句话,现在有空吗?"

"有空,有空!"郝兴江也奇怪自己怎么会激动成这样。

"郝总。"电话那头已变成梁钰的声音。

"梁市长好!"

"习惯厂长改老总了吗?"

郝兴江回过了神,当即回应:"梁市长,这绝对不是一次简单的职务变称,而是我一次脱胎换骨的蜕变!"

"好!今天我打电话的目的是首先要祝贺长海市设备制造有限公司正式揭牌,其次得谢谢你上周的邀请,因为事情太多,没办法到场祝贺,在这里给你道个歉。"

"梁市长言重了。不过我们真盼您能来为公司揭牌。"看汪启仁在门边犹豫着要退出去,郝兴江指了指面前的沙发,示意对方留下。

话筒那边的梁钰笑道:"其实谁揭都一样,重要的是企业终于成功改制了。这标志着长海设制公司正式起步运作,也标志着新公司站在新的历史起点上,开始了新的创业征程。"

郝兴江由衷地说道:"这次企业能顺利改制,全仰仗您的指导与支持。希望日后您有空多莅临公司指导我们工作。"

"郝总,从上周起,我们就是两条线上的人,我从政,你为商,改制就是为了政企分开,我不能再以各种理由、各种身份对企业实施行政干预。当然,政府永远是企业的依靠,无论遇到什么困难,你们都可以随时提出来,我能帮助定全力配合。"

郝兴江又一阵感动,一位市领导不但把自己的姿态放这么低,而且还用配合这词,郝兴江只能在感谢中表态:"谢谢梁市长,我们一定不辜负您的培养与期望,一定会把企业打造成行业一流。"

"我想要的就是这样的回报,我相信你能带领企业带领职工涅槃重生,获得更大的动力,取得更高的成就。"

"谢谢梁市长,我一定怀着破釜沉舟的决心、志在必得的信心、铁杵成针的恒心,把公司的生产经营搞上去。"

"说得好。不过作为一名领导,光有才气和勇气还不够,我还要给你加一颗心。"

"敬请梁市长指正。"

"郝总,既然我们是一家人,那就不要这样见外,我也是有什么说什么,想到什么说什么。"

"是,梁市长。"

"呵呵。"可能梁钰仍觉得生硬,先笑了几声后才接着说道,"郝总,领导人还得怀有谦卑谨慎的敬畏之心。"

"对,谢谢梁市长的指导。"

"行,那你先忙吧。"

郝兴江知道梁市长有别的安排,于是赶快道别:"再见,梁市长。"

"再见!"

挂上电话,回忆梁副市长刚才电话中的殷殷寄语,郝兴江脑海蓦地蹦出一副对联:有志者事竟成,破釜沉舟,百二秦关终属楚;苦心人天不负,卧薪尝胆,三千越甲可吞吴。可刚生出的激情却被随后进来的周杰带来的消息扫了一半,只见他一副夸张的表情说道:"郝总,李默海案审判结果出来了。"

虽然已从乔康处得知李默海的刑期,但郝兴江还是心头一紧,抿着嘴没接话。汪启仁虽想知道结果,但又不方便问。看两人都不吭声,周杰只好自揭答案:"法院判李默海有期徒刑七年零八个月。"

汪启仁吃了一惊,脱口而出:"这么重?"

郝兴江睥了一眼汪启仁,心想,这可是比原来设定的少了四个月。果然只听周杰解释:"按涉案金额,听说这不算重判。"

汪启仁不无遗憾地说道:"李默海真是算了一笔糊涂账,这下不但要蹲大牢,连出狱后的生活保障也没了。如果他不出事,按他改制所得的股份和日后的退休工资,即便按本地男性平均寿命计算,他起码也损失了上千万元。"

郝兴江心中一动,这数据不是廉政教育的最好材料吗?看来坏事和好事也是可以对立统一的。当然,李默海案的宣判让压在郝兴江心头多日的石头也随之落地。既然法院审判都结束了,那表明李默海案与原机械厂没有关联,就更不会有其他职工涉案。郝兴江现在太需要稳定的队伍,只有队伍稳定,才能吹响集结号角,凝心聚力扬起远征之帆。想到这里,郝兴江随即指示汪启仁:"李默海案你写个通报,让大家不要过多议论,集中精力搞好生产经营各项工作。"

"好,我这就去了解一下情况。"

郝兴江点头,等汪启仁走出办公室后,他问周杰:"老李家属情绪怎样?"

"听说他老婆一直在骂他,还准备要离婚。"

"唉,大难临头各自飞。"

话音刚落,朱小巧急匆匆跑了进来:"郝总,李厂……嗯,李默海老婆在厂门口说要见您。"

"真是说曹操,曹操就到。"周杰笑着扭回头建议郝兴江,"还是不见吧,估计没啥好事。"

没想到郝兴江手一摆:"见,听听她有什么困难,毕竟也是企业的老家属。"

周杰指着自己的鼻子确认："我在这里陪你？"

"不。"周杰刚松了一口气，只听郝兴江又说道，"跟我一起下楼去接李默海老婆。"

周杰大为惊讶，人家都避之不及，更何况罪犯还曾是老领导，郝兴江究竟要唱哪出戏？如果说安抚，那也轮不到他来做；如果说解释，那更轮不到他，这都是政府的职责。周杰心里暗自打鼓，郝兴江，你可千万别像改制前那样，大包大揽与企业生产经营无关的事。看对方已起身要向外走，周杰抢前几步拉住郝兴江劝道："郝总，公司现在刚开始运作，各种事千头万绪，你还是别分心这事了吧？"

郝兴江其实早有接触李默海的想法，澄清自己没在对方背后捅过刀，甚至搭档这一年多来，连"下眼药"都没干过。但那时一来企业改制千头万绪难以分身，二来也担心碰面会滋生麻烦事。当然，那时也不可能见到在押的李默海。可今天情况已不同，不但企业已完成改制，而且李默海居然同天被判刑，这已有了见李默海的可能，更何况家属上门来找自己。由于目前还不清楚李默海家属找自己的目的，郝兴江特让工会主席周杰陪同，可现在这家伙有打退堂鼓的意思，所以他推开周杰的手，说："周主席，我知道你是好心，但人家都找上门了，总不能面都不见，何况那还是老厂长的家属。"

周杰不好再推托，只好和郝兴江一起下楼，跟着小朱向厂大门走去。

郝兴江远远看到大门口有两名门卫挡着一名中年妇女。小朱抢前几步和门卫说明后，引着妇女走了进来。四人碰面后，小朱做起了介绍："毛阿姨,这位是郝总,这位是工会周主席。"

看对方长相与衣着打扮,郝兴江觉得机械厂前厂长夫人有点土气。齐耳短发,平脸厚唇,一双无神的眼睛写满了沧桑和无奈,皮肤本就有些粗糙,配上身上这套暗红的外衣,就像是一件脱了釉的陶器。郝兴江主动把手伸向对方："您好!嫂子,我是郝兴江。"

毛阿姨既不握手,更没有笑脸,直接发难："你为什么要害我男人?"

郝兴江被问得哭笑不得,怪不得李默海有次酒后打趣,说他会一辈子"金屋藏娇",原来他老婆真的难上台面。不过郝兴江也放心了许多,这种人没有心眼,不仅容易安抚还能套出真实情况。他耐心地引导："嫂子,我为什么要害李默海,你哪里听说的?"

"我男人在法庭上说了,他根本没有受过贿,机械厂所有的账都可以证明他的清白,是你勾结上面害了他。"

"嫂子,我可以肯定地告诉你,李厂长没有贪污过机械厂一分钱。"

看小朱一脸尴尬地站在一边,四周又人来人往,周杰上前笑眯眯地说道："大姐,我们上楼再说,你有什么想问的,我们一定告诉你。"

"你们把我男人害惨了,今天你要给我说清楚,我要为我男人打官司。"毛阿姨说完抹了一把眼泪。

郝兴江头也大了,看来原先想从李默海老婆身上了解情况的想法过于简单,但事已至此,也只能顺其自然了。到接待室,等小朱倒好茶,周杰示意她关上门出去。

"嫂子,你有什么想问的尽管说,我把我知道的全告诉你。"

毛阿姨哭着问道："你也说我男人没有贪污厂里的钱,可为什么这帮人咬定他贪污?"

这问题问得好!郝兴江赶紧反问："嫂子,警方从家里带走的那两幅画和一枚印章是怎么来的?"

"那是老乡给他的。"

郝兴江觉得问题来了,如果没有经济上的往来,谁会"给"这么贵重的礼物,人家怎么不送别人呢?心里虽这样想,但嘴上却耐心地追问:"这老乡是谁?为什么要给李厂长送这些东西?"

"是我男人的高中同学,他叫什么我不清楚,只知道这人爱好写写画画。我和我男人刚认识几个月,那人就得白血病死了,我见也没见过。"

郝兴江觉得毛阿姨没说清自己刚才的第二个问题,不得不再追问:"他死前把两幅画和一枚印章都给了李厂长?"

"对,说是感谢我男人。"

"他家人同意?"

"谁知道这破玩意现在会这么值钱。据说他爸后来搬房子还把留下的画当废纸卖了。"

爱好艺术的周杰瞪大了眼睛:"当废纸卖了?"

毛阿姨对周杰的惊讶表情很不理解,不得不重重点头肯定答复:"是呀。"

"这不只是他们家个人的经济损失,更让艺术界遭受了巨大的伤害,真是作孽。"

毛阿姨有些小得意,说:"不过没给我男人的两幅画好。"

郝兴江觉得话题偏了,不得不纠正过来,问:"这人怎么有这么多沙耆的画?"

"听我男人说,这画家曾在他们家住过,他们长期照顾他的生活,那些画和印都是他给的。"

郝兴江这下全听明白了,可脑子越明白,心里却越糊涂。明摆着李默海是冤枉的,那么是谁要借莫须有的罪名整他?难道真仅仅是为了推进企业改制?就在他困惑时,毛阿姨又冲着他问道:"你为什么要害我男人?"

"嫂子,你听谁说我要害李厂长?"

"也是我男人在法庭上跟法官说的!"说到这里,毛阿姨又撇开了嘴角。

"李厂长怎么说?"

"他说曾收到职工的提醒,说你头天特意到市里告恶状,开始他不信,还骂那人是故意挑拨领导关系。但第二天公安上门他才恍然大悟,所以被带去公安局前,他还问过这是不是你搞的。"

收到职工的提醒?郝兴江脑海马上浮现出一脸阴鸷的游敏,真希望那雕鼻因撒谎而长长。不光郝兴江,周杰也听出了味道,他本想问郝兴江要不要把游敏叫来对质并呵责,可转念一想,上次座谈会上游敏就有板有眼地公开质疑过郝兴江,郝总却压根没解释清楚,甚至还回避了头天有没有去过市政府一事。今天,李默海的老婆又提此事,看来还是不要插嘴,以免郝总下不了台。这时,只见郝兴江微倾上身对毛阿姨说:"李厂长若是明白人,不可能会信。嫂子,你想想,我若真到市里告恶状,哪个领导会信我?如果我真去了领导那里告恶状,别的职工怎么可能知道?还有,就算我真去了领导那里告恶状,公安又怎么可能不调查马上就找李厂长?"

虽然郝兴江刻意把"抓"改成了"找",可毛阿姨听后还是又哭出了声。但郝兴江的连续三问,让周杰醍醐灌顶,不再质疑,于是提出了刚才的想法:"郝总,要不找人把游敏叫来,当场对质。"

"不是我不敢,那天座谈会我本也想当面锣、对面鼓地说清楚,但这种事并非对方不知真假,而是他臆想后的刻意为之。在他还没有理解我的所作所为前,定会固执地认为我所有言行都是恶毒的、不可告人的。"

"那我们现在怎么办?"

趁毛阿姨揩眼泪之机,郝兴江侧身对周杰耳语道:"打听一下李厂长情绪,一旦稳定,我们去探监。"

周杰觉得这么做虽然有点风险,但也没别的什么招,所以马上点了点头。正在哭泣的毛阿姨听不清两人说什么,于是抬起头问道:"你们还想对我男人怎么样?我是小集体退休,他出来就连养老都难。"

郝兴江猜测毛阿姨过来很有可能是李默海的安排,于是试探着说明日后的打算:"嫂子放心,以李厂长的专业技术,他一出来肯定很多单位抢着要,只要他同意,我们新公司肯定聘请他。"

"你说话算数?"毛阿姨微红的双睛有了丝明亮的光。

松了口气的郝兴江难得拍着胸打包票:"这事我说了算!"

随后,两人又劝了毛阿姨半个小时。看毛阿姨终于放下心,郝兴江让周杰去安排车送她回家。目送毛阿姨上车离开,郝兴江心里很不是滋味,看来李默海真的很干净,不光警察查不出任何经济问题,连老婆工作也没有动用权力。当然,他也是个带有私心不敢作为的领导干部,甚至想以一臂微力,去挡时代前进的车轮。这种领导干部是应该换掉,不能令其成为发展的阻力,可用这种莫须有的罪名来处理李默海,并让他受牢狱之灾,这真是太过了。

"郝总,习文打电话找您。"

看汪启仁递来手机,郝兴江这才想起刚才下楼忘了带手机。接过手机后,郝兴江心下有点不安,毕竟儿子从来没有在上班时打来过电话,于是把手机贴紧了耳朵问道:"习文,什么事?"

"爸,你们单位有数码相机吗?"

"有呀。"

"爸,你看没看今天的《人民日报》?"

"没有。"郝兴江被问糊涂了,儿子这两个问题似乎毫无关联。

"爸,今天的《人民日报》第13版有个《笑脸墙》报道,我看了很感动,所以想借台相机给所有老师和同学拍张笑脸,即便不上墙,说不定日后出了个大人物,也算是给学校留下了宝贵的影像。"

郝兴江这下听明白了,嘴上故意质疑:"借公家东西不好吧?"

"爸,只是借个三五天,又不是不还。"

听儿子急得变了声,郝兴江说出了想法:"由于你这个创意不错,也很有心,所以我支持你买一个。"

"真的?爸,可数码相机很贵的。"

"这倒不是问题。"

郝习文压低了声音问道:"爸,听舅舅说,你现在有很多股份,是大老板,你是不是很有钱了?"

"别乱说,读好你的书。"

"好,我这就把拍照想法和老师说一下。"

"行,老师同意后,我们就去买相机。"

"谢谢爸爸,你真棒!"

晚上,郝兴江下班刚进家门,郝习文就冲过来告知父亲,老师很支持他的想法。郝兴江答应明天就去买数码相机后,他好奇地问道:"对了,爸问你一下,你是怎么看到当天的《人民日报》的?"

"爸,学校计算机机房的电脑可以查阅啊。"

"你每天去查阅?"

"有时间就去看看。"

郝兴江有点不放心,追问:"还看什么?"

"哪有这么多时间,《人民日报》往往都看不完。对了,爸,你有空也可以看看,像今天的《企业社会责任大家谈》《"放心奶"源自"良心活"》这些文章,对企业家都有用。"

"你以后别上网看了,明年家里订一份。"

正在厨房忙活的史芳听后忍不住抱怨:"订报纸干吗?搞得钱没处花似的。"

郝兴江竖起食指放在嘴边冲儿子"嘘"了一声。郝习文会意,点头缩着脖子溜进了小卧室。

9

就在郝兴江准备带领职工大干一番之际,刚蹒跚行走的长海市设备制造有限公司却遭遇了全球金融危机的风暴。随着危机自金融领域向实体经济扩散,整个市场经济进入衰退期。由于投资和需求信心的下降,长海设制公司不但面临着极大的市场风险和经营压力,更因为改制时和职工有过企业效益增长不低于银行的贷款利率、职工的收入增长率不低于本市国企、职工的医疗保障每年都有所提升等承诺,让许多职工感叹改不逢时,郝兴江也深感肩上的担子沉重。而就在如此艰难的时刻,郝兴江怎么也想不到市里原定的钢铁厂和化工厂采购项目会变卦。

按原改制协议,长海市五年内所需的锅炉和换热器定点向改制后的长海设制公司采购。根据财务测算,仅长海市钢铁厂和长海化工厂这两家企业的业务量,就可以让公司兑现企业改制时对职工的承诺。可现在这两家企业以保护国有资产为由,针对市政府与长海设制公司出台"市场化运作、合同化管理、同等优先"的原则,要求所有采购项目公平、公正地向社会公开。谁都明白,这样的"三公"原则,等于是将长海设制公司产品排除在外。长海设公司的产品,无论是质量还是价格,均无丝毫竞争力,更不用说有什么优势。郝兴江急得捏着协议合同找长海市国资委,虽然顺利见到了许泽斌,但对方高明的"太极"推拿,证明以往所有的承诺都是空头支票,现在所有的对话都是空洞无物之言。最后,许泽斌甚至调侃道:"兴江呀,记得你曾拍着胸脯让我相信机械厂是五更天出门——越走越亮。现在才出门,怎么就变卦了呢?"

郝兴江不得不抗议:"许主任,你可是亲口答应三年内钢铁厂和化工厂的锅炉和换热器采购我们厂的,对不对?"

许泽斌皮笑肉不笑地反问:"按你说的,那钢铁厂和化工厂好像我个人开的似的,我有权做这样的决定吗?"

"这……"郝兴江一时语塞,这话虽不能公开说,但事实就是如此。谁不知道国资委就是国企的后台,你国资委主任放个屁,对企业来说都是香的。

许泽斌摆了摆手,说:"别这这了,我看好你的志向,也记得允诺过你,你们投标竞争成功后出厂第一台产品时,我若还在这个岗位,一定来厂祝贺见证。你总不能改制前拍胸脯,改制后拍屁股吧?"

郝兴江哭笑不得地辩解:"这是我三年后的计划呀。"

"兴江呀,亏你还当过国企领导,这想法就不对,为什么要拖三年?你们偌大一个公司难道还要当四肢健全坐等奶瓶送上嘴的巨婴?现在上面对企业的绩效考核越来越严,我们怎么可能指示他们购买高价的生产物资?除非我存心不想当这个主任了。"

话到这地步,郝兴江觉得再也没有谈下去的必要,只得告辞。出了国资委大门,看到候在旁边曾坐过的公务车,郝兴江想起改制后梁钰曾说无论公司遇到什么困难,可以随时向她反映。于是赶紧掏出手机联系郁秘书,不料对方连个见面机会也不给安排,不是推托今天梁市长有会,就是明天已安排调研。无奈之际,郝兴江想到了乔康,现在估计只有他可以联系上梁钰,也只有他有可能得到对方的理解与支持。

"乔总,能不能向梁市长反映一下我们的经营困难?"郝兴江回到公司径直到乔康的办公室,开门见山说明了来意。

"郝总,其实我前几天已向梁市长反映本市企业现在不履行采购我公司产品约定的问题。"

郝兴江追问:"梁市长怎么说?"

"唉——"

听着乔康的叹息声,郝兴江似乎看到了梁钰摇头断然拒绝的模样,忍不住抱怨道:"难不成政府部门签字盖章的协议可以随时推翻?市领导说话一点不作数?"

乔康起身关上门,等重新坐下后,一改往日乐呵呵的形象,一脸肃穆地说道:"也是这次去梁市长那里诉苦,我才真正了解到当下政府的难处,别看政府官员平时很风光,其实心理压力远非我们所能理解。"

看郝兴江听到这里皱起了眉,乔康又笑着解释:"郝总,我这可不是在为政府官员说话,现在规定行政不能干预企业的自主生产经营,谁也不敢违背呀。"

郝兴江不认同乔康的解释,据说,去年中国最强五百家民营企业的利润总和,还不如排名前两位的国企的利润。这种结果并非因为这些民营企业在生产经营和技术创新上逊色,而是行政干预下,国企在政策扶持和资源分配等方面,比民营企业有太多的优势和有利条件。这些优惠政策、资金扶持等,能迅速转化成国有企业的盈利能力和盈利水平。想到这里,郝兴江用食指连敲桌面,说:

"这是违反合同法的行为,是欺骗,政府怎么可以不讲诚信!"

"郝总,梁市长听了我们的情况后,其实很理解公司当前的困境,但企业改制的目的就是要杜绝躺着就能吃饭的怪象,她希望我们每个职工都动起来,开创人人创新创效的新局面。"

郝兴江觉得这些话全是假大空,不但没有实质性的帮助与指导,相反有种指责批评的味道。他忍不住干脆把上次梁钰的话抬了出来:"乔总,你不觉得这都是无稽之谈吗?帮我给梁市长带个信。她曾说我们仍是一家人,无论公司遇到什么困难,可以随时向她反映,她定全力帮助我们。现在这话还算不算数?"

"郝总,这……"

看乔康皱眉的尴尬表情,郝兴江也觉得自己的话有点过了,于是摇手缓了口气说道:"这事算了,刚在气头上。"

"郝总,虽然公司的设备制造业务萎缩了不少,但我们有人力资源和一定的设备检修技术。梁市长建议我们利用自身的优势,拓展设备检修服务,争取接入化工厂、发电厂和钢铁厂的检修业务。"

郝兴江曾在发电厂工作多年,清楚每年的设备大检修工作。这项业务脏苦累,但收入却不理想,以至于企业很难留住人才,往往导致企业陷入收益不好、职工待遇不高、人员流失的恶性循环。但目前看来,这项业务对公司来说,还是有些吸引力,本身人员就有,甚至还有一定的技术经验。略做沉思后,郝兴江说:"乔总,这倒是给了我启发,我们可以试一下。"

"我看也行,即便是鸡肋,至少也可以先充充饥。"

"不,乔总,我是想把这项业务做成全省甚至是全国的 NO.1!"

对于郝兴江瞬间爆发出来的野心,乔康颇为吃惊,但面上仍热情地迎合:"若真能如此,职工的收入就有保障了。"

"事不宜迟,今天班子成员除了汪启仁在市里开民企纪检会,其他应该都在,我让小朱马上通知开会。"

看郝兴江说完后起身拉开门离开的身影,乔康歪脑耸了耸肩,做了个鬼脸,笑了。

看人到齐后,郝兴江把刚才的想法抛了出来,可没想到蔡永伟马上一脸担忧地说道:"公司现还在起步阶段,不能贸然拓展业务。设备检修和目前的新设备制造有较大的差别,我担心职工从来没涉足过这些工作,难以胜任。"

看刚起头就有人泼冷水,乔康不得不快速回应:"蔡总,我们改制的目的就是让公司自寻生存与发展之道,不能还捧着碗等下锅米。如果只是词义上的'改制',而不是'变制',那企业无论是决策机制、管理机制,还是生产经营机制、分配机制,必定带有原体制下的痕迹。所以改制的实质目的是机制的转变,并为企业的经营与发展带来一系列根本性的变化。我认为,公司起步阶段最重要的任务是按现有的人力资源做好战略部署。公司可以凭借现有的能力,由原来独脚跳的设备制造,改为双脚走的设备制造和设备检修。这不但可以让我们的人力资源得到最大化发挥,更可以把公司打造成为受社会尊重的企业。"

听了乔康这一番话,郝兴江暗自想笑,这家伙大概是和政府官员打交道太多,好事从他嘴里说出来往往都变了味,听上去很有道理,但总感觉怪怪的,不接地气。果然徐达阳调侃起了乔康:"乔总,你怎么像是在做政府工作报告。"

乔康又显示出好脾气来:"只要你们认可,我再做几次报告也没啥。"

蔡永伟还是坚持自己的观点:"现在我们对新业务要做的事情

的流程、方法等认识不够,相应的准备太欠缺,一旦服务单位检修出现问题,索赔可不是小数目。"

"蔡总的担忧不无道理,万事开头难嘛。我们今后每迈出新的一步,都标志着另一个新困难的开始,但如果因为担心摔倒而不迈脚,那永远学不会走路。"说到这里,乔康拿起面前的笔筒,取出笔后把笔筒横放在前,边轻轻推向旁边的蔡永伟,边解释。"万事开头难,让这个笔筒开始滚动需要的力量,要远大于保持这个笔筒继续滚动所需要的力量。所以,我们的第一步往往最为困难,不但需要力量,也需要勇气。"

蔡永伟接过笔筒放回原处,说:"我不光担心职工不能胜任新业务,也觉得公司难与同行竞争,就像我们的产品,没有任何的优势。"

徐达阳似乎已考虑成熟,放下手中的笔接过话头:"我倒觉得这可能是一条好出路。一来可以把人给盘活,目前这种三天打鱼两天晒网的工作节奏,会使职工失去激情和战斗力;二来,我们虽然没有干过检修设备的活,但却有相似的制图经验,所以有会拆、会修、会装的基础;三来,如果我们能把业务单位的设备检修做好,他们一旦有设备制造订单,极有可能会交给我们做;四来,我们的职工经过参与业务单位的大检修战役,体验过脏苦累活,不但对设备结构更了解,还会越发热爱手头的工作;五来,可以让我们改制获得的土地得到利用,避免因闲置被收回;六来,随着业务的拓展,我们能够让'想干事、会干事、能干事、干成事'的优秀年轻管理人才走上领导岗位,为我们公司不断发展壮大奠定扎实的基础。"

频频点头的乔康见徐达阳说完,趁机跟进:"徐总分析得很全面,服装市场一期的土地已归属公司,但至今还没有有效地利用起来,如果我们再闲置一年多,那按协议规定不但一期会被收走,二期更是拿不到了。对了,蔡总担心检修是新生领域,我们这种新力量难和同行竞争,但往往新生力量开始时力量微小,却有旺盛的生命力,就像当年刚成立的中国共产党,谁能想到会发展壮大成如今的模样。"

"乔总这一说,我又激情澎湃了。"爱打趣的徐达阳见众人笑了后,继续分析,"不过我相信,人只有在竞争中才能提升自己的素质。同样,竞争不但是企业的生命,也是促进企业发展的动力。现在连国家间的贸易壁垒都在消除中,竞争早已成为一种趋势。所以只有以全新的意识,并创造全新的竞争条件,来适应改制后的全新竞争环境,才能在竞争中立于不败之地,甚至获得持续高速的发展。"

蔡永伟暗想,这拓展的检修业务除乔康很难承接项目外,最大压力还在徐达阳,既然他俩都信心十足,自己怎么能打退堂鼓呢?于是举双手作投降状笑言:"其实最懂这新业务的是徐总和乔总,苦的也是他俩。我就不再泼冷水了。"

受氛围影响,徐达阳也开起了玩笑:"蔡总,如果定下来,我们都是一条绳上的蚂蚱,我届时一定把你拖去吃苦。"

由于分管工会工作,又位列班子成员最后,周杰暗把自己比作"打帘军机"。涉及生产经营时,向来不主动发表看法,而是在意见基本统一时,恰到好处地引用历史来佐证意见的正确性,以示班子成员意见的高度一致。这次依旧如此,只听他说道:"有时改变自己,可能才是改变世界最好的方式。蒲松龄和左宗棠都在科考中名落孙山,但前者创作出传世佳作《聊斋志异》,后者更成为后人敬仰的政治家、军事家、民族英雄。检修业务我不敢断定会给公司生产经营带来什么样的变化,但如果有念头就放弃,我们永远都不知道会错过什么。"

郝兴江见意见已一致,就按程序进行表决。在班子成员全部同意拓展检修业务后,他说道:"诚如刚才大家所说,设备检修是份脏苦累的差事,但我们公司现状是人多活少,若像土地一样长期闲置,那距企业倒闭的日子也不远了。我想,只要我们领导干部带头拼搏奋战,再脏再苦再累,职工肯定也会跟上。只要团结一致上下拧成一股绳,公司必定能攻克一个又一个的难关,实现一个又一个的目标。"

乔康趁势鼓劲道:"那我们就为荣誉而战。"

郝兴江却摇头纠正:"不,我们现在只是为生存而战。"

没想到这几近悲壮的口号让在场的人甚是动容。徐达阳蓦然想起那天晚上和郝兴江吃饭时的对话,于是轻声哼起了《国际歌》。蔡永伟、乔康和周杰莫名其妙地看着徐达阳,一直到郝兴江跟着唱到"从来就没有什么救世主,也不靠神仙皇帝,要创造人类的幸福,全靠我们自己"时,终于明白了意思,也跟着两人的节拍动情地合唱起来。

歌声一停,郝兴江立即说道:"虽然过去我们由于种种原因不能改变自己,但现在我们已经有了改变自己的机会,我们断不能放弃。加油!"

"加油!"其他人也跟着喊道。

10

在周杰的安排下,春节过后不久,郝兴江终于去监狱探望了李默海。

看着李默海走进指定接见室,即便有心理准备,郝兴江还是暗自心惊。这前后不到一年的时间,李默海不但头发全白了,背也佝偻许多。但当他坐到面前,即便隔着玻璃,郝兴江依然能感受到那咄咄逼人的眼神。

"拿话筒。"

"是!政府!"听到身后狱警的指令,李默海下意识地应了一声,摘下挂在玻璃上的话筒。

郝兴江和李默海几乎同时将话筒贴在耳边。经过短暂两秒的停顿,郝兴江先开了口:"李厂长,终于又看到你了。"

李默海冷笑了一声:"哼,你是来看笑话吧?"

"李厂长,别误会,我来这里是想澄清一些事情。"

李默海隔着玻璃指着对方:"你是不是元凶我不知道,但你肯定是帮凶。"

"你看什么事总是很武断,但有的事并不是你想象的那样。"

"能把我定受贿罪,真不知道你下了多少血本!"

不等郝兴江反应,身后狱警已几近呵斥地提醒:"注意谈话内容!"

李默海挺了一下腰:"是!政府!"

郝兴江极为不满地看了一眼狱警,对方精瘦干练,一脸严肃,就像是严阵以待的战士。郝兴江猜对方可能觉得刚才的谈话涉及案情,所以呵斥不让继续,既然如此,那只好转换话题:"李厂长,嫂子曾来找过我。"

"与虎谋皮!没脑子!"

这大大出乎郝兴江意料,看来李默海根本没有让毛阿姨来找自己,更没有为出狱后做打算。

"她和你说啥了?"

对李默海的追问,郝兴江抬眼看了一下狱警,只能隐晦地说道:"你的大致情况。"

"很让你们这些人失望吧?"

"李厂长,不是失望,是震撼,是意外,没想到嫂子还是小集体退休的。"

"唉。"也许是触动了李默海的内心,只见他叹气后垂下了头。

"李厂长,你放心,家里有什么事我会尽力。"

李默海重新抬起头,不耐烦地摇了摇手,说:"今天答应和你见面,我根本不想说这些,只想知道机械厂现在怎么样了?"

"机械厂去年10月23日已改制为设备制造有限公司,现在不但开展原有的设备制造业务,还拓展了检修业务。"为了避免刺激李默海,郝兴江刻意避免提到"成功""顺利"等词。

"检修?我那时也有过这想法,干得怎么样?"

"刚接下钢铁厂的检修业务,下月进场,效果要等6月份结束后验证。"

李默海似乎兴趣不大,又追问:"那设备制造业务呢?"

"受经济形势影响,订单严重萎缩。"

"别被一时的困难障目。我虽在里面,但依然判断我国发展仍处于可以大有作为的重要战略机遇期。机械厂一定要准确判断重要战略机遇期内涵和条件的变化,千万别干捡芝麻丢西瓜的蠢事!"

对于李默海不要侧重检修业务并守住主业的提醒,郝兴江知道这是对方作为一名老厂长的经验判断,虽然话说得很难听,但正因为对企业有感情,才会有这样的情绪。郝兴江干脆把两项业务的比喻拿了出来:"检修和制造日后将成为公司生存和发展的生命线,前者只能果腹,后者才能饱腹且食之有味。"

李默海没想到郝兴江居然把这么严肃的话题说成吃的,而且还比喻得挺贴切。既然对方听得进,又有相同的见解,于是更放开,提出了自己未曾实现的想法:"我们厂原有的设备产品很难在市场上占一席之地,主要原因是缺乏技术上的创新,绝非制作过程过于粗枝大叶。后者可以通过'5S'等现场管理法加以改进,并且效果往往立竿见影,但想要在技术上进行创新,这难度很大。"

"李厂长,我们正设法联系欧美厂商,争取买到相关的技术专利。"

"胡扯!"李默海骂完后马上又平静了下来,说:"技术看上去可以自由买卖,但最核心的部分肯定无法用钱买到,必须靠自主创新来解决。"

"李厂长,我们都知道只有自主研发才能扼住命运的咽喉,但……"

李默海摆手打断:"你打算主打什么产品?"

"板式换热器。"

李默海闻言情绪瞬间怒涨:"把机械厂交给你,真是让我不放心!"

看着李默海痛心疾首的模样,郝兴江颇为生气,什么让你不放心,你以为公司江山是你打下的?我来看你只是敬重你以前工作没有私心。现在倒好,我越敬你,你越无法无天,不但爆粗口,还在牢中颐指气使指挥起了我。郝兴江本想顶回去,但看到李默海身上的橘色监狱背心,又把快出口的话咽了下去。

也许是意识到自己的态度过于莽撞,李默海挠了挠光溜溜的头皮,深吐一口气后才悠悠说道:"我在里面虽然脾气好了许多,但一听到机械厂的事,还是容易激动。"

对于李默海变相的认错,郝兴江觉得既要表示接受并认同,也得让他知道这种错不应再犯,于是平静地表达了自己的看法:"我很理解,李厂长,毕竟你在机械厂待了三十多年,对企业的这种感情无论何时何地,注定难以割舍。其实我现在也一样,虽然才来两年多,但也融入了真情实感,任何想法的出发点肯定是为企业好,如果观点有碰撞,我们一定要坦诚相待。"

李默海是个粗人,一时没听懂郝兴江强调"何地"的用意。由于死要面子,他不愿再认错,就顺着对方坦诚相待的提议说道:"凭你这句话,那我得说说看法。"

"李厂长,请讲。"

"板式换热器密封性较差、易漏泄、需常更换垫圈,不但适用的工作压力和工作温度低,而且不适用于易堵塞介质。这种设备只能用于较小的塔,而如今的企业都是大规模生产,所以这种重量轻、占地面积小的优势,也即将成为劣势。"

"你是说我们的主攻方向该是绕管式换热器?"

"对!如果能把绕管式换热器打造成拳头产品,那机械厂大有可为。"

郝兴江也知道,现在绕管式换热器广受炼油化工企业的欢迎,但由于技术含量高、生产难度大,所以许多企业有心干却无能力制造。改制前一年,也就是郝兴江刚调到机械厂不久,厂里曾为长海化工厂制作交付了一台重85.58吨,管板厚达480毫米的绕管式换热器,但事后财务核算,厂里不但没有赢利,还亏了近一万元。于是就直接问道:"上次我们给长海化工厂制造的那台不是亏损了吗?"

"那时是公对公,长海化工厂这台设备的价格是上面定的,我们只管制造,事后才知这个定价要比市场低了近十万元。"

想起为制造这台设备当时动用了上百人,花了一个多月时间,郝兴江不解地问道:"李厂长,即使按市场价格计算,那利润也不高啊?"

"这可是同等板式换热器价格的两倍!我们当时是不计人力和物力,现在如果还这么干,那就是你的管理没水平。"

"明白了,李厂长。"

"不,你还没听明白。"李默海毫不留情地指出,"绕管式换热器换热面积大,既可用于高压工作,又能承受设备启动和关闭操作中的热冲击。同时,由于具备内部互不干扰的特征,我们通过技术创新可以实现一台处理多种料流的目标,因此,对于结构紧凑的装置绕管式换热器特别有市场。"

"李厂长调研过?"

"我国早就告别了物质匮乏的时期,现在是产能过剩的新时代。这样的时代注定充满激烈的竞争,注定容不得丝毫的懈怠,容不得任何的隐患和瑕疵。但即便这样,只要设计和制造过硬,订单照样不是问题。现在机械厂最大的困难是进行技术突破,我原想法是等人心稳定后,就设立'绕管式换热器制造项目',争取报国家火炬计划。"

这是郝兴江第一次听到李默海的宏大计划,要知道由科学技术部组织实施的火炬计划是一项发展中国高新技术产业的指导性计划,能列入这项计划的项目,那可都处于行业的龙头地位。郝兴江突然有个想法,如果去年李默海能支持企业改制,有这样的专家加野心家当家,自己就不会有现在的生产经营压力。

看对方不接话,李默海皱起眉头问道:"你觉得我在说大话?"

"李厂长,我都记下了,谢谢你。"

"还有,你不是拓展了检修业务吗?绕管式换热器的缺点就是检修及清理困难,如果你们能干好这个业务,等于省去了订货方的后顾之忧。同时,不但要让设计人员参与业务单位装置的设计,还要参加检修,这可是了解设备缺陷难得的实践机会。"

"李厂长,你的这些点子真是太好了。"

李默海自顾自地说道:"机械厂多年只招一线操作工人不招大学生,不但导致技术断层,更无法和其他企业比拼技术。"

"李厂长,去年因为改制来不及,但今年班子已决定招十名设计专业的大学生。"

郝兴江发现李默海眼睛一亮,旋即又暗了下来。他暗责自己光顾着大谈公司的超前布局和谋划,却没顾及对方失落的心情。郝兴江决定转换话题:"李厂长,我和班子已打过招呼,只要你同意,我们立即聘请你当企业总顾问。"

"你这是可怜我还是想取笑我?"

"李厂长,你的能力我们心里很清楚,如果你被同行挖走,那就是我们……机械厂无法弥补的损失。"

李默海体会到了郝兴江改口机械厂的用心,略做矜持后坦言:"任何不利机械厂的事,我绝不会做。但如果不还我清白,我不会回机械厂。"

郝兴江了解对方的固执性格,就像去年改制这件重大事情,他认为不利于企业,就不怕任何压力顶着干,以至于自己身陷囹圄。所以也不劝说,而是真诚地望着对方一字一句说道:"李厂长,日后会证明你是清白的。"

"头顶乌云不散,阳光肯定照不到……"

身后的狱警当即打断:"再次提醒你!"

"是!政府!"李默海应声后抬眼看了看挂钟,说:"时间快到了,不谈了。"

不等郝兴江反应,李默海已挂上话筒,起身在狱警的陪同下,疾步离开了接见室。

举着话筒的郝兴江望着已空的接见室出神,直到有狱警拍肩提醒:"会见结束了,赶紧离开。"

"谢谢,我这就走。"挂上话筒,郝兴江在狱警的指导下,按程序给李默海在监狱的账户打了一千元。他本想多打点,可狱警好心提醒,多打也用不了,反而容易被同监室的牢头盯上。等郝兴江心事重重地迈出登记室,恰逢太阳从云层后跃出,只见万道金光刹那间揭去朦胧的纱帐,直扑大地,轻轻摇曳淡金色的光斑。

"但愿好人平安!"郝兴江合掌朝天默默祈祷。

11

　　从监狱回公司的路上,郝兴江就制定了四步齐走的战术。于是在简单的会议后,公司班子明确了各自的分工,即:徐达阳负责长海市钢铁厂的检修项目,蔡永伟抓"5S"现场管理,乔康收集绕管式换热器的技术资料,准备报国家火炬计划,周杰和人事部部长制定五年招人规划和三年全员培训计划。

　　郝兴江本以为抓"5S"现场管理是最简单的事,一度把工作重心放在了首次参加业主单位检修工作上。不料,已习惯了粗犷管理的职工,对"5S"现场管理表现出极大的抵触情绪。

　　这天早上,当制造车间主任丁可力按蔡永伟的指示,组织人力要拉走制造厂房堆积如山的边角料时,游敏突然跳出来质疑起正在干的活:"丁主任,干吗把这些料拉走?"

　　丁可力有点恼火,呵斥起了游敏:"这两天不是和你们开过会了吗?你小子有没有记住'5S'管理?"

　　"丁主任,你一会儿在车间大会上动员,一会儿到班组强调,我虽然记不住洋名,但整理、整顿、清扫、清洁、素养这五个中国词我还是记得清清楚楚。"

"你小子的确机灵。我不管你大脑记住的是洋名还是中国词,行动必须要跟上。"

"丁主任,你有没有感觉公司最近有点不正常?"

"别没事找事,赶紧给我装车!"

游敏顺手捡起一小段钢管,说:"丁主任,你看看,这料以后是不是可以做设备的吊装口?"

"这里面的料你有没有用过一次?"

游敏愣了一下,边扔下手中的钢管边说:"丁主任,我没用过不等于这些东西没有用嘛。"

"以前就因为觉得裁下的料堆在这里不算浪费,所以领料、取料都大手大脚。这下等清理干净后,看谁还敢浪费!"

游敏眼珠一转:"丁主任,我觉得公司有领导想贪污这些材料。"

看游敏有生事嫌疑,加上远远看到郝兴江走进了车间,丁可力赶紧打住话头:"干活,少给我胡扯!"

"丁主任,我可不帮贪官偷东西,要拉你们拉,你们爱拉哪里就拉哪里,我啥也没看见。"

"兔崽子,说了半天原来又想偷懒。我警告你,再不干这月奖金扣百分之二十。"

对丁可力挥出的撒手锏,游敏一点也不惧:"你若扣,我就告,就算不是公司领导贪污,那他们也是'败家子',这样的领导我们不信任!"

"你又想告谁?"

游敏被身后的声音吓了一跳,扭头一看是郝兴江,顿时又来了精神,说:"有人偷盗公司财产,你是公司老总,这事管不管?"

"当然管,而且管定了!"郝兴江把后一个管字咬成重音。

"好，我看你怎么管。"游敏说完嬉皮笑脸地招呼起四周同事，"大家停一停，我向郝总举报有人偷材料，他现场要处理了！"

郝兴江掏出手机走到边上打了几个电话，等回到堆边角料处，让丁可力召集大家在现场开会。丁可力又气又急，不知郝兴江接下来会如何处置，只能狠狠剜了一眼游敏，赶紧按老总要求做。

不一会儿，正在公司的蔡永伟、汪启仁和人事部部长相继赶到了现场。游敏一看这架势，心开始有点虚，但事已至此，他只能给自己打气，硬着头皮上。

"游敏！"

游敏收拢双手歪着头问道："郝总，啥事？"

郝兴江指着汪启仁说道："你不是想'举报'吗？现在管纪检的书记在，你有什么话可以说了。"

"好，"游敏扭头转向汪启仁，"汪书记，有人偷盗公司边角料。"

汪启仁早已明白郝兴江叫自己来的目的，于是没好气地问道："游敏！你见过这么多人一起偷盗吗？你见东西拉出公司大门了吗？"

"我没见过，但是没见过不表示不可能。你总不能因为我有强烈的责任心而批评我吧？"

汪启仁没想到对方如此油嘴滑舌，这反问不仅破了自己刚出的招，一下子还难以还击。唉，既然郝总叫自己来那肯定是想治治游敏的滑头、杀杀游敏的无理，他就干脆拉下脸呵斥对方："游敏！今天我倒是要看看，是你想把我当猴耍，还是我让你求饶！"

"不得了了！不得了了！大家听到了吧，领导干部居然公开打击报复要举报的职工。"

对于游敏的表演，很多人知道他这是无事生非、无理取闹，但对很多人来说，现在不用再拉边角料，还可以轻松看热闹，自然津津有味地等着好戏推进。果然，被激怒的汪启仁指着游敏恫吓："我就是要打击到你老实为止！"

"大家听到了吧？我要去上告，机械厂改制后，领导无法无天，还公开说要打击举报人。"说到这里，游敏扭头冲着郝兴江问道，"对了，郝总，你也听到了吧？你得给我作证。"

郝兴江一开始觉得汪启仁在应对无理取闹的职工时，似乎缺少些经验，但后来却感觉这样硬气挺符合纪委书记的身份。尤其是对付游敏这种人，往往越是给好脸，他越蹬鼻子上脸。所以也加重了口气："你爱上哪儿告上哪，就是想去联合国也没人阻拦你，这是你的自由！"

"好，看谁先软！"

看游敏说完就想向外走去，郝兴江手一伸，说："等等。"

游敏嘴角滑过一丝得意，歪着脖子问道："怎么说？"

"告不告是你的自由，但你现在是在上班，没这个自由，请你马上服从指挥去装车！"

游敏本以为郝兴江心虚不敢再激自己，没想到对方居然还这么强硬，这下他没了下坡机会，只能豁了出去："行，那我请假，现在就请假。"

从郝兴江把几位公司领导和人事部部长叫到现场的那一刻，丁可力就暗自叫苦不迭。这架势明摆着自己没有带好队伍，估计不但要打破制造车间主任是被提拔厂领导的第一人选纪录，而且迟早要被调离这个重要岗位。想自己拼搏二十年的成果即将被游敏破坏，丁可力气不打一处来。现在听到游敏要请假，早已按捺不住的他终于找到出气机会："我不批，你胆敢走出车间，我就发违纪告诫单！"

"哎哟,郝总,这应该算是阻碍合法举报的证据吧?"

对方肆无忌惮的挑衅让郝兴江怒火中烧,他猛然摘下安全帽,狠狠往地上一摔,说:"游敏!你给我记住,现在我们是民企,公司没有责任和义务养懒人,想不干活拿钱,我只有让你卷铺盖滚!"

游敏被安全帽砸地的声响吓了一跳,但马上镇定了下来,只见他双手向上一拱,朝着众人大声说道:"我这就去市信访办和市总工会上告,在场的请给我作证。"

郝兴江扭头吩咐丁可力:"叫大家赶紧干活,别浪费时间,这里我来处理。"

丁可力巴不得丢下这个烫手山芋,应声后立即带人去装运边角料。

看同事陆续散开,站在原地的游敏有点尴尬。想离开公司,可老总话已讲到这地步,他还真没有胆;想去干活,可没人叫他,自己直接过去,这脸好像有点挂不住。正在这时,他突然看到周杰居然陪着章柒柒走了过来。游敏顿时傻眼了,这应该是老婆第二次来厂,距上次已有十七年。不光时间隔得久,而且那时还是未婚妻身份的她连厂门也没进,只是给突逢雷雨的自己送雨衣。今天不光进了公司,而且还到车间现场来了。游敏突然觉得腿肚子发软,对,肯定是女儿在学校有什么突发状况,不然老婆来这干吗?可再仔细一看,游敏忍不住暗暗叫怪,老婆心情好像不错,和周杰又说又笑。

"咦?小敏,你怎么和郝总在一起?"

游敏本想先问老婆为啥来这里,可被老婆这一问,脸一下子红了:"我……"

章柒柒关切地追问:"小敏,你是不是又犯错了?"

"我……"支吾着说不出话的游敏脸红得像发高烧,蔫头耷脑,像名犯错的学生。

郝兴江没想到刚才还油嘴滑舌的游敏会紧张得说不出话来,不过他现在关注的不是游敏,而是游敏的老婆——章柒柒。从看到章柒柒向自己走来,到现在还是猜不出对方来公司的目的,甚至不清楚周杰是陪同她来公司,还是刚从公司门卫室接她进来。由于周杰没想到会在这里碰上游敏,而且看样子对方极可能犯了大事,不然不可能四位领导都在这里。因为事发突然,周杰只能静观其变,好在章柒柒已主动询问游敏。

看游敏不回答自己,章柒柒已猜出大概,转身向郝兴江赔起了不是:"郝总,实在抱歉,我老公又让您和各位领导操心了。"

郝兴江灵机一动,笑着说道:"章总,这次你可错怪老游了。"

"哦?"章柒柒有点意外,因不好接话,只能等对方解释。

看游敏头垂得更低,郝兴江更对自己的判断有了自信,说:"章总,老游刚才干得很好,而且还跟我提了一些管理上的建议,很不错,有想法,有胆量,还有一定的组织能力。"

游敏羞得恨不能钻地缝。蔡永伟、汪启仁和人事部部长也是听得摸不着头脑,刚才还怒气冲天,连安全帽都砸了,现在却表扬起了对方,郝总干吗要给游敏面子?闹不好就是农夫与蛇故事的翻版。聪明的章柒柒早就从老公的肢体语言中看出了名堂,想既然郝总给足了自己和老公面子,不如顺势下坡。"谢谢郝总对我家小敏的肯定和鼓励。"说完,扭头朝向游敏道:"你也不谢谢领导,赶紧好好去干活。"

"嗯。谢谢各位领导,我先干活去了。"

郝兴江大气地拍了拍游敏的肩膀:"去吧,好好干。"

等游敏离开,周杰这才上前解释:"郝总,章总给我们带来个好消息……"

郝兴江摆手打住:"周主席,怎么让贵客站在这里说话?"

周杰赶紧调侃自己:"哎呀,看我高兴得都忘了礼数。"说完,手一伸:"章总,前面就是我们办公楼,请——"

蔡永伟三人和章柒柒打过招呼就去忙自己的事,郝兴江和周杰引章柒柒到会客室坐定后,周杰就接着刚才的话说道:"郝总,章总前天在省里开会,遇到了来自山东的物流企业。"

联想刚才在现场的话,郝兴江心想,两地物流企业开会能给我们带来什么好消息?难不成他们联手承接超大件设备业务?章柒柒接过朱小巧递来的茶杯后,主动告知前来拜访的目的。"郝总,前天听山东同行说,他们当地正在新建三家地方炼油厂,由于抢时间开工,当地设备制造企业已满足不了供应。所以我委托对方帮我打听,刚才他终于给我发来相关信息的邮件。"说到这里,章柒柒放下杯子,从包里拿出两张纸,一边递给郝兴江,一边说道,"这是其中两家较为可靠企业的设备采购清单,里面标有厂址和联系电话。"

郝兴江接过纸来匆匆翻看了一遍,上面的采购量几乎是公司一年的制造能力。虽然对外来的信息并不放心,何况是隔了两层传递过来的信息,但面上仍客气地谢道:"章总,太感谢了,这商情很宝贵,让您费心了。"

"郝总,我也只是举手之劳,更何况上次我女儿上学能分到快班,还多亏了您。"

"章总,这是两码事。"

章柒柒端起茶杯抿了一口,淡淡回应:"万物皆有因,万般皆有果。"

郝兴江抬手看了一下时间，扭头吩咐周杰："你让小朱安排一下，通知班子成员 11 时到会议室开会。"

周杰领会，马上退了出去，并随手带上了门。郝兴江指着设备采购清单笑着说道："如章总刚才所言，有因才有果，所以若能接下这些业务，我们必定酬谢。"

"郝总，奖励也罢，提成也好，我是不会要的。"章柒柒矜持一笑，"郝总，我爱人就在贵公司，能为贵公司做点事，等于是在为我爱人做事。"

郝兴江暗自佩服，这话等于是在请自己多关照游敏，想起刚才几乎恼怒到要开除此人，郝兴江不置可否地点头应了一声："嗯。"

"郝总，能问您一件事吗？"

"章总请说。"

"郝总，我爱人是不是犯错了？"

郝兴江略做沉思后坦率告知："真人面前不说假话，游敏今天不肯干活还闹事。"

章柒柒起身朝郝兴江深深鞠了一躬："郝总，对不起。"

"章总，不说这些，已过去了。请坐。"郝兴江觉得章柒柒像一枚针，轻轻一扎，让他肚中的怒气瞬间一泄而空，人一下子有了轻盈感。

章柒柒不但没坐，而且朝郝兴江又深深鞠了一躬："郝总，谢谢您。"

郝兴江愕然，一会道歉，一会致谢，对方究竟是啥意思？他不动声色地看着对方直起身，重新坐下。

"郝总，谢谢您刚才给我们面子。"

郝兴江明白第二次鞠躬的原因后，平静地说道："不用谢。"

"郝总,这正是让我感动的地方。美国现代教育之父约翰·杜威曾说,人类本质里最深远的驱策力就是希望具有重要性,希望被赞美。今天我爱人犯了错,可您还是原谅了他。相信一旦精神需求被满足,他会充满自信和工作动力。"

郝兴江听了哭笑不得,如果今天说的不是游敏,全公司包括方长生,他都觉得能套上这话。可游敏是另类,他的动力就是捣乱,给人添麻烦。如果再赞美表扬他,那还不上房揭瓦?想到这里,郝兴江故意端起茶杯不做回应。

"郝总,游敏刚读初一,父亲就因病去世。两年后,母亲再嫁。不料养父是个酒鬼,一喝就醉,一醉就疯,一疯就打人。为了游敏,母亲忍气吞声,直到儿子考上技校搬出家,有天晚上养父喝醉后,又动手打了他母亲。在给游敏留下遗书后,他母亲在自家厕所里上吊自杀。"

郝兴江第一次听说游敏的身世,没想到这家伙少年时期这么悲惨,怪不得平时老拢着双手斜睨,其实那是一种自卑、恐惧、慌张情绪下的肢体语言。突然,郝兴江发现章柒柒的脸颊上滑下两行泪,赶紧放下水杯,抽了几张餐巾纸递给对方。章柒柒脸一红,摘下眼镜把泪揩干。

"章总,我知道了,以后我会注意的。"

"郝总,其实游敏很喜欢自己的工作,他还自费订了《焊接》杂志。"

郝兴江更为惊讶,今天这话若不是出自章柒柒,他必定认为说此话者要么骗人,要么被骗。要知道《焊接》是北大核心期刊,里面都是一般工人根本看不懂的深奥论文。他如实说道:"章总,这真是大大出我意料。"

"郝总,相信我,游敏很聪明,用得好肯定是块好料。"看该说的已说完,章柒柒起身告辞,"郝总,您等一下还要开会,我先告辞了。"

"好,谢谢章总,改天再来坐坐。"

站在办公室从窗口俯视章柒柒的背影,郝兴江越发好奇,这样优秀的女人为何会嫁游敏这样的人。报恩？以游敏的状况,不可能帮人家,不牵累已是谢天谢地。同情？那不可能产生爱情。被胁迫？更不可能,游敏看到老婆时那厌样,简直就是老鼠见到猫的最好诠释。难不成是娃娃亲？郝兴江感觉这个可能性相对大些,如果说真是这样,那章柒柒和她的父母太伟大了。在即将走到门卫室时,章柒柒突然转过身,郝兴江吓了一跳,赶紧放下百叶帘。通过帘子的空隙,他隐约看到游敏跑了过去,两人说了几句后,章柒柒这才亲热地拍了拍游敏的手臂,转身向外走去。游敏看老婆离开后,转身望了望郝兴江这边,迟疑片刻后,终于迈开了脚步。

郝兴江蓦然有种感觉,游敏极有可能按老婆的意思来找自己道歉,于是返回办公桌,佯装忙案头工作。

"笃、笃。"

从敲门声郝兴江就得出判断,来人肯定不是小朱,而且敲这么轻恐怕是心虚或有求于自己,所以他头也不抬地说道:"请进。"

"郝总,边角料都已装车拉走。"

郝兴江抬头一看,原来不是游敏,而是丁可力。他暗自发笑,从时间上判断,即便游敏有刘翔的运动能力,也不可能这时就到办公楼,更不用说到自己办公室。看丁可力走到自己面前忸怩不安的样子,郝兴江猜到了他来的目的,于是说道:"老丁,办成就好,做好职工思想工作,以后注意领料、用料的考核,不能再出现边角料成堆的现象。"

丁可力没接这个话题，直接说明了来意："郝总，我是来向您赔罪的，都怪我没带好队伍。"

"这与你无关。"

丁可力轻舒了一口气，旋即又道明此行目的："郝总，能不能把游敏调走，我宁愿车间缺员一人。"

郝兴江放下了手中的笔："不可能！"

"那把我调到其他岗位吧。"

"更不可能！"

丁可力有点激动起来："那我……"

郝兴江打断对方问道："游敏后来是不是来干活了？"

"也不知道这小子吃错了什么药，后来整个装运不但没有偷懒，相反还有点小卖力。"

"你看，这不是变好了嘛。"

"可一大早闹了个天翻地覆的，我可受不了，谁要这人，我谢……"

看百叶窗后有人影走来，郝兴江赶紧再次打断丁可力："老丁，坐下来慢慢说。"

丁可力刚坐稳，就听到后面有人轻声问道："郝总，我能进来吗？"

不等郝兴江答复，丁可力"腾"的一声从椅子上跳起，冲着游敏喝问："你来这里干什么？"

"哎，老丁，来者都是客。"郝兴江抬手让丁可力坐下，随后扭头平静地问游敏，"你有事找我？"

游敏站在门口低头看着不停轻划地面的右脚尖，说："郝总，今天我错了，请你原谅我。"

丁可力瞪大了眼睛，真怀疑自己是不是听错了。郝兴江则仍一脸平静地说道："进来说话吧。"

游敏踌躇一番,还是走到了郝兴江面前。

"坐。"

游敏像小学生一样,乖乖与丁可力相邻而坐。

郝兴江盯着游敏问道:"你是真觉得自己错了,还是被逼着来认错?"

游敏脸红了一下,垂头坦承道:"我还不是很认可拉走边角料的做法,即便这的确有利于日后领料和用料的考核。但我这种吵闹的方法肯定是错的,老婆刚才也批评了我。"

郝兴江放松了表情,歪着头问道:"那你认为边角料该怎么处理?"

游敏抬起头:"其实这些之所以叫边角料,就是因为它们更多的是属于呆料,而非废料。呆料,我们有时在原型上稍加修改,就能够加以利用。如果留下的同款数量够多,我们还可以借新产品设计的时机消化掉。这不但可以降低公司的生产成本,还可以让职工在动手改造中得到操作锻炼,更能让公司生产、计划、采购和质检等部门联动起来。"

"有道理。"

看郝兴江点头认可,游敏胆子更大了些,问道:"郝总,那你同意这样做?"

郝兴江心想,现在边角料都已装车拉至废品库,即便真有你游敏所说的几个作用,那也不可能再拉回来。朝令夕改不但会让职工觉得白费精力,更会让自己失去威信,使职工日后的执行力下降,甚至可能令而不行。看丁可力张嘴要说话,郝兴江赶紧抢过了话头:"这不行。"

"郝总,有……有问题就改不是挺好嘛。"

这回丁可力熬不住了,抢先说道:"你胡扯啥?!说什么呆料利用,你自己都承认没有用过一次!"

游敏又梗着脖子顶撞丁可力:"我刚才是向郝总建议,又不是和你说,你也知道许多人都有看法,只是他们不敢说,我会讲出来而已。"

郝兴江暗自偷笑,看来游敏的性格的确是吃软不吃硬,也许这就是他怕老婆的原因,既然对方有心把"错"说成"问题",自己反驳他意见时,也得给足面子。于是抬手压住正在发火的丁可力,扭头对游敏推心置腹地说:"我刚才肯定你有道理是建立在大家有节约意识的前提下,但现在我们还不具备这样的条件,所以不清理,只会让这些东西越堆越多。那时,即便有人想利用,也不想大海捞针一样费力去找。你认为我说得对不对?"

游敏本就觉得郝兴江说得有道理,被对方这么一问,情不自禁地点了点头:"对!"

郝兴江又说道:"虽然制造厂房出现边角料不可避免,但堆积过多就会影响施工作业的安全性,也会使叉车作业交通受到一定的限制。你认为我说得对不对?"

游敏又不得不点头:"对!"

看对方再点头认可,郝兴江乘胜追击:"如今作业场地清理干净了,不但你们工作时安全方便,心情肯定也舒畅。同时,大家为了干完活不用再费力清理边角料,会不自觉地养成提前精算的习惯,尽可能少产生边角料。这就起了你刚才说的降低公司的生产成本作用,你看是不是这样?"

游敏习惯性地点了点头:"对!"

郝兴江也冲着对方点了点头:"其实你刚才让公司生产、计划、采购和质检等部门联动的建议很好,下步我们该往这方向做。谢谢你！"

游敏大为意外，挪了挪屁股，边搓手边说："郝总，我还能提些关于'5S'现场管理的想法吗？"

虽然游敏余光发现丁可力白了自己一眼，但郝兴江却拿起笔鼓励道："好呀，在一线的人，往往最清楚问题在哪，该怎么解决。我们任何时候都欢迎职工提意见和建议。"

游敏正了正上身，说："郝总，相比边角料的堆放，我们更需要管理的是现场的各种'额外装备'。前者有可能用得上，后者却是败了队伍的士气。"

"什么'额外装备'？"

游敏脱口而出："制造厂房内的各种椅子。"

郝兴江心中又一喜，他和蔡永伟就是想通过这次5S现场管理东风，对制造厂房进行大整改。由于考虑到职工接受心理，商定循序渐进做好边角料清理和机床旁座椅清除两件事。这些椅子或是某个办公室的淘汰货，或是职工自家更换下来的旧货，可谓五花八门。不但材料截然不同，有木椅，有铁椅，而且样式也大相径庭，有板凳，有靠背椅，有转椅，甚至还有小沙发。所以想在处置完边角料后，让职工看到洁净生产带来的好处，再着手把游敏口中的"装备"清理干净。现在游敏主动提出这个问题，不如干脆激他一下。于是郝兴江放下手中的笔，问游敏："你愿不愿意为公司做好这件事？"

听到郝兴江要让自己去负责这件事，游敏又惊讶又感动，心想：郝总非但没有质疑自己的能力，反而客气地问愿不愿意。游敏很想爽快应允请求，但是考虑到旁边有丁可力在，所以只是轻轻点了点头。

"很好，谢谢你！"

游敏又说道："郝总，我还有个建议。"

"都说出来。"

看郝兴江重新拿起笔，游敏郑重地建议："郝总，为了确保焊条的使用量，也为了避免设备制造过程中误用不同规格的焊条，公司应该要求必须回收所有的焊头。"

丁可力气不打一处来，他娘的，这不是自己给自己找麻烦吗？可当着郝兴江面又无法发作，只能干瞪眼着急。

"非常好！"

让丁可力更为意外的是郝兴江肯定游敏的建议后，居然放下笔对自己说道："老丁，提前和你打个招呼，制造车间质量员我另外安排，就让游敏当你的质量员。"

丁可力越发瞪大了眼睛，似乎要把眼眶撑破，可还没来得及说话，郝兴江挥了两下手，说："你先回去吧。"

面对老总不容置疑的态度，丁可力很想把气往肚里咽，但起身时还是加了一句："郝总，我把话说在前头，日后有啥质量问题，我可……"

"老丁，人是我强用的，我会负主要责任。"

话说到这一步，丁可力只能悻悻而去。游敏在单位第一次感到莫名的紧张，不知所措地看着郝兴江起身去关门，可就在门合上的那一刻，朱小巧出现在门口提醒："郝总，人到齐了，是不是现在开会？"

郝兴江抬手看了一下时间，马上就到 11 点，说："我现在还有点事，请大家等我十分钟。"

"好的，郝总。"朱小巧应声后主动替郝兴江合上了门，可在余光看到游敏时又大为不解,难道接见一个爱闹事的小混混比公司班子会还重要?

重新落座后,郝兴江问游敏:"考虑过处理椅子和回收焊头的难度吗?"

"郝总,想改变现状都会有阻力,但只要出发点是为企业好为职工好,时间一久,职工一定能理解和支持,就像您去年顶着压力要推进企业改制。"

"你这样想就好。刚才你也听到了,你是我强用的,我们已不是简单的上下级关系,而是一条绳上的蚂蚱,可以说是荣辱与共。"

"谢谢郝总的信任。"游敏哽咽着低下了头。

"你是不是常看业务论文?"

游敏把头埋得更低,搓着双手说道:"我爱好焊接,所以会去关注当下的技术论文。"

"你有没有办职工大讲堂的想法?"

游敏惊讶地抬起了头:"郝总,我只是个门外汉……"

不等游敏说完,郝兴江当即打断,说出了自己的想法:"不,你长期自学的精神足以感动许多人,如果能让公司形成一个良好的学习氛围,那你的功劳巨大。"

从郝兴江语气节奏的变化中,游敏知道不能再耽搁对方,于是赶紧表态:"郝总,我一切听从您的安排。"

游敏本以为谈话就此结束,不料郝兴江突然拉下脸问道:"那今天的事怎么处理?"

一脸尴尬的游敏起身低头说道:"郝总,刚才来认错时,我还真没有完全认识到问题的严重性,现在我诚恳地向您认错,并接受您的任何处罚。"

"刚才在现场我点了一下人数,包括你共有五十三人。大家为你所谓的举报一事,每人浪费了近一个小时。按八小时工作制,等于六个工作日。现在给你两条路,要么扣三个月奖金,要么三个双休日你都来上班,但不能补休,更不能拿加班工资。"

"有错当罚,重错重罚。郝总,我不能再浪费您的时间,我也不能有选择权,必须同时接受这两条处罚。请郝总相信我,我决不会六天只出勤不出力。"

"好,我看你行动。"

游敏咬着嘴唇,笔挺地朝郝兴江敬了个礼。这样的礼节让郝兴江一时不知该如何还礼,最后还是起身伸手重重握了握对方的手。他相信此时不用再言语,一切都在这掌心中传递。

12

借着章柒柒有心提供的商情,长海设制公司经过一番努力,还真成功揽到了山东两家新建地方炼油厂的绕管式换热器业务。这些业务不但让制造车间重新忙碌起来,而且由于规定交货的时间紧,所有人都忙得不可开交。

这天下午,准备去上厕所的乔康看郝兴江从电梯里出来,疾步上前堵住了对方:"郝总,报国家火炬计划的项目书你看了吗?"

"乔总,我看了,忘了和你交流。"

听对方似有修改意见,乔康更急了:"郝总,时间很紧,能不能快点告诉我哪里要改。"

看对方一脸急样,郝兴江很是感动,但嘴上却打趣抱怨:"乔总,你这是让我连喘气时间也没有。"

"郝总,你还在水里,我可是要急上火了。"

"别,上你屋说。"

两人进办公室时,为了不受人干扰,乔康随手关上了门。郝兴江也不客气,拿起茶几上的矿泉水,拧开盖先喝了两口,这才说道:"乔总,我想既然我们报的是国家火炬计划,那瞄准的就是当下国际一流的绕管式换热器制造，现在这个计划格局相对小了些，不容易通过。"

看郝兴江喝水，乔康这才想起自己刚才是要去上厕所，这一想尿更急，他赶紧夹紧双腿说道："梁市长说她会出面去打招呼，应该希望较大。"

虽然得知梁钰答应帮忙，但郝兴江觉得此事靠一个副市长的面子肯定不行，毕竟火炬计划是由国家科学技术部组织实施，不但全国申报的单位很多，而且这是一项发展中国高新技术产业的指导性计划，是以市场为导向，促进高新技术成果商品化、高新技术商品产业化和高新技术产业国际化。也就是说，如果没有技术含量，那就不可能申报成功。于是郝兴江摇着头说道："不，现在我们即便通过关系申报成功了，日后真刀真枪上，还不是立马现原形败下阵？"

"那我们怎么办？"

"乔总，我想等公司拿到几个国家专利后，再去申报国家火炬计划。"

乔康乐呵呵的表情一下子僵硬起来，继续追问："那怎么来得及？"

"我想这事不能急办，基础不牢，地动山摇。若是肚里无货，到头来有机会也只能看着它从手中溜走。"

想到自己这几天在白费力，乔康皱起了眉头："你想拖到明年再报？"

郝兴江摇了摇头："不。乔总，我想成熟再报，哪怕是后年或者更晚。"

乔康像是泄了气，人往后重重一靠，有些赌气地说道："那就听你的。"

郝兴江向乔康这边倾了倾上身,说:"乔总,虽然公司取得了一些成就,但我们这些'土专家''田秀才'不可能做成大事,我想把公司设计室升格为研究院,想听听你有什么意见。"

乔康一下子又从沙发靠背上挺起腰,惊讶地问道:"民营企业还搞研究院?"

郝兴江指着乔康笑着说道:"哈哈,连你也质疑,估计反对意见会很多。"

"我们又不是大公司,去年被改制出国企队伍,也是因为没什么效益。如果日子稍微好过些,就开始折腾,那必定撑不久。"

郝兴江没想到乔康的意见这么大,有些担心自己多日的努力会付诸东流。他边佯装喝水,边思考着如何说服这个有背景的搭档,让他兼任研究院院长。等放下矿泉水,这才缓缓说道:"乔总,我们企业现在规模的确很小,正因为这样,我们极容易被'大鱼'吞食。所以我们要有成为别人不敢吞食,甚至不敢觊觎的目标……"

乔康拧着眉打断了郝兴江:"如果建研究院,不但今年山东业务的利润要贴光,以后每年的开支从哪里出?职工分红股份当从何处来?"

"以后我想把企业当年百分之二十的利润用于技术开发和创新,让职工分红保持低位,只有这样,我们才不会在安逸中不思进取,也只有这样,我们的股份才永远不会贬值。"

乔康没料到郝兴江会下这么大一盘棋,他的想法其实还是比较简单的,即在有限的六年工作中,拿到更多的钱,如果有人变相把自己该拿的钱用于投资,而这种投资又和自己日后无关,何必这么辛苦。所以他继续找理由打退堂鼓:"就算有意向成立研究院,哪来这种人才?"

"乔总,我刚从长海大学回来。"

"挖到人了?"

"还没有。"

"那你是啥意思?"

"我大学同学上月调任长海大学当副校长,今天他答应帮我物色即将毕业的设备设计专业的优秀硕士生。"

乔康暗笑,这不是画饼充饥吗?别说是优秀硕士生,估计连硕士生都不可能招聘到。读近二十年的书,目的就是求个有可靠保障且体面的单位,怎么可能看上我们这种企业。想到这里,乔康坦率地说道:"现在的人不像我们当初,领导让去哪儿工作就去哪儿,服从组织的分配。如今推行的是双向自主选择,这些凤毛麟角的硕士完全可以进机关或国有企业拿铁饭碗,怎么可能来我们这座小庙捧泥碗?"

这时,放在茶几上的手机震动起来,郝兴江瞄了一眼,挂了电话后说:"乔总,这个不一定,你我都是从国企出来的,在国企你说我们能有多少用武之地?只有在民企,方有施展才华的机会。"

"人家年轻人没这种社会经验,更没有这种体会。就算年轻人同意,人家父母会愿意吗?"乔康说完撇了撇嘴。

郝兴江没想到乔康比同学还要难说服,只能笑着如实相告:"我还想请你兼任研究院第一任院长,现在你这么一说,可真让我有点难开口。"

"郝总,如果真要办设计研究院,要么调懂技术的中层领导负责,要么请蔡总兼,我来兼肯定不合适,毕竟我对技术属于一知半解。"

"乔总,为了推动技术创新,也为了更好地满足市场需要,设计研究院等级一定要比其他部门高,所以我想让副总来兼任院长。

按理说，设计是要归总工程师管，但我今天和同学一谈，发现我们的很多设计是脱离市场的，属于闭门造车，设计工程师无法了解到市场到底需要什么样的产品，这种设计单位自然没有什么存在的价值。如果让你来牵头，就会让这些人知晓需要干什么，至于怎么干，那是设计工程师们的事。"

看乔康单手托着下巴沉思的样子，郝兴江干脆闭口不言，默默地等着对方回应，办公室一下子静得能听到墙上电子挂钟秒针的有规律跳动声。过了十多秒，乔康开口问道："郝总，你下定决心了？"

"这可能是我们发展路上非常艰难的一步，而且见效的周期相对长一些，需要我们一起以破釜沉舟的勇气去做成。"

"郝总，你打算搞多大规模？"

细心的郝兴江发现乔康说话前打了个激灵，并夹紧了双脚。心里暗想，破釜沉舟只是我用来表决心，这又没有过大的风险，至于这么紧张吗？虽然心里有点瞧不起对方，但嘴上却热情地回应："我的思路是起步阶段十五人左右，四年后达到八十人的规模。"

乔康很是奇怪，一般都是三年、五年和十年的规划，郝兴江怎么冒出一个四年的计划来。于是脱口而出："为什么是定四年后的人数规模？"

"乔总，再过四年，服装市场二期地皮不就归我们了。那时，我希望能在这块地皮上盖起设计研究院和培训院。"

乔康突然伸出手："郝总，我保留所有意见，听你的，干出一番模样来。"

"行，乔总，那我们先谈到这里，丁可力有事找我，我先过去了。"

"好，你忙。"乔康猜刚才电话就是丁可力打来的，于是起身准备送客。可当看郝兴江起身又喝了一口水,他觉得腹部一阵抽痛,顾不得握手送客,紧捂下身急匆匆向外冲去,只留下一句:"郝总,我快憋不住尿了。"

联想起在楼道口的相遇和乔康刚才的激灵,郝兴江这才明白对方一直憋着尿,他突然为自己刚才的推测而脸红。是啊,去年改制过程中乔康始终没有惧怕过,并立下大功,现在这些事怎么可能比国企副处身份都没了还可怕?

郝兴江刚缓步走出乔康办公室,就看到候在自己办公室外的丁可力。他不知道丁可力今天为什么找自己,但看他在走廊上来回踱步的急样,猜肯定不是什么好事,而且十有八九和刚被自己"重用"的游敏有关。

丁可力听到了动静,扭头一看,转身迎了过去:"郝总,我有事找你。"

"好,进去说,"郝兴江边说边掏出钥匙,打开办公室引对方并排坐在三人沙发上。

"老丁,有啥事,看把你急得,脸都红了。"

"郝总,车间被游敏闹翻天了!"

郝兴江打趣道:"呵呵,他属猪,不属猴,没这个本事。"

对郝兴江明显的袒护之意,丁可力带着明显的情绪开始抱怨:"郝总,你在水里,我可是在火里。"

郝兴江直了一下上身:"不急,慢慢说。"

"郝总,这家伙自从岗位调动后,就像是当上了奉旨的钦差,不等我做职工思想工作,就擅自在各班组宣布,要求次日中午前将施工操作现场的椅子全部搬走。"

"后来怎么样?"

"第二天虽然有人把椅子搬走了，但还是有人根本没有地方放这旧椅，干脆扔在原地不吭声。中午这家伙像打了鸡血一样，扛着榔头巡视了一圈厂房。只要看到椅子，无论是木椅还是铁椅，一律砸掉，扔进垃圾箱。搞得整个厂房鸡飞狗跳。"

郝兴江心想，当时游敏提出取消"额外装备"和回收焊头两项建议后，丁可力的表情就极为反感，估计今天他找到了出气的理由，一并来说前面的事。平心而论，此事游敏错就错在没把主任放在眼里，擅自行动。可话说回来，如果按丁可力原先国企管理的经验，什么先做思想工作，这又得开会浪费多少时间。其实有时越是宠，越是难管，结果也越糟糕。游敏这家伙的方式的确粗暴，但很有用。前些日子听说现在制造车间的厂房没了椅子，一旦机器停下，再也看不到坐倚在机器旁玩手机的人，大家全自觉到班组休息室。所以郝兴江没接这个话头，问："那回收焊头也是他在张罗？"

"郝总，这事现在名义上是车间推进'5S'现场管理，实际就是他在搞。"

"怎么在搞？职工服不服？效果怎么样？"

丁可力听了很不是滋味，从郝兴江三连问的口气及用词中，能感觉得到他对游敏的信任与支持。什么服不服？这明显是带偏向性的问题。因为带有情绪，他没好气地说道："这月1日开始，他不但要求职工必须回收所有的焊头，做到库房出料和回收量一致，并天天去查垃圾箱，发现焊头按每个扣五元质量奖处罚。"

郝兴江听出了问题所在，于是问道："垃圾箱里的焊头如何确认得到责任人？"

丁可力如溺水者看到一块木板，马上挺直上身抱怨："就是！可他却说既然没法落实到责任人，那就扣全体焊工，说什么'其势难匿者,虽跖不为非焉'。"

郝兴江一头雾水,问:"什么意思?"

"一开始我也没听懂,还特意去查了一下。这话出自商鞅颁布的连坐法!"丁可力不解释意思只说出处,并且刻意将连坐法咬成重音。

虽觉得游敏的做法有点过激,但郝兴江还是追问:"现在已经过去二十二天,罚了多少钱?"

"前面二十天还行,一共也就一百多元。可第二十一天他从垃圾箱翻出六十多个焊头,因为查不到责任人,而且库房出料和回收量对得上,所以想要把这些罚款平摊在所有焊工头上,搞得大家怨声载道。"

"那多出来的焊头从哪里来的?"

"我们也分析了,有两种可能,一是有人恶搞,从外面带来废焊头故意扔里面;二是有人使用了早先领出的焊条,所以账上能对起来。"

郝兴江似乎看到了游敏推进"5S"现场管理的难度,无论是何种原因,那都是无声的抗议。现在必须设法减轻他的压力,就像改制前梁钰支持自己一样,没有强大的靠山,想扭转原有的工作思路及方法,那简直是痴心妄想。于是,郝兴江反问丁可力:"你认为哪种可能性大?"

"现在大家都很忙,第一种可能性估计不大。"

"那我们还得感谢游敏了。"

丁可力吃惊地问道:"什么?他把车间闹得鸡飞狗跳,我们还感谢他?"

郝兴江发现丁可力告状点名后,再也没有提游敏两字,都是以"这家伙"或"他"来替代,可见成见极大。为了压压丁可力的怨气和怒气,郝兴江故作生气地说道:"老丁,你没发现以前的管理有漏洞吗?我们不但没有对料耗进行管理和考核,更没有在作业过程中进行核对。现在我甚至认为个人手中留存的焊条,若不是被带出厂私卖,那就是埋在公司的一枚枚地雷。如果有人大意用错了焊条,可能会使我们公司面临巨大的经济和名誉损失。"

丁可力这些天一直思忖着如何搬走游敏这盏不省油的灯,根本没心思想问题,现在被郝兴江一点,倒是吓了一跳,毕竟自己是车间第一负责人,出了大事那可真要吃不了兜着走。好在他反应快,马上想出了整改办法:"郝总,我回去后马上组织人员挨个柜子进行检查,确保没有一根焊条留存在职工手中。"

郝兴江点了点头:"行,当初我们没有精细管理,但现在亡羊补牢也不算迟。游敏提出的撤椅子和查焊头这两项建议,当初我只是想试试,但现在看来的确有效果,无论是生产物资还是产品的质量,都在这些细小的规定中得到了强化。"

丁可力听到这里刚好打了一个嗝,觉得胃中的酸水直涌胸口,泛起的酸意令他阵阵难受。他低头从包里翻出一张纸,展开后递给郝兴江,说:"郝总,这是游敏向我提交的申请报告。"

郝兴江不动声色地接过一看,原来是申请增设监控设备的报告,除厂房增设两个外,还有一个居然是安装在垃圾箱边上。郝兴江心里说道:游敏啊游敏,你小子的确够执着,真是不达目的不罢休。既然老祖宗都说疑人不用,用人不疑,那就全力支持他,更何况这家伙还真搞出了花样,搞出了效果。想到这里,郝兴江立即表态:"我看可以,既花不了多少钱,又有利于现场的管理。"

"郝总,我还有件事要反……请示你。"

即便丁可力把已出口一半的"反映"改成了"请示",郝兴江知道肯定与游敏有关,就冲着对方笑了笑,问:"说吧,还有什么事?"

"游敏想在车间办职工讲堂活动。"

郝兴江心里一暖,自己那天提的早已忘在脑后,可人家游敏不仅记在心上,还立即想办法在自己的一亩三分地中落实与推进。郝兴江蓦然有了提拔游敏的想法,但考虑到这家伙以前的表现,还是忍住了。为了能充分了解游敏的压力,郝兴江问丁可力:"老丁,我想听听你的意见。"

"郝总,每天我们干活都来不及,哪来时间搞这些东西。工人只要一心把活干好就行,哪来这么多婆婆妈妈的事,更何况游敏他本人也不过是技校生。"

郝兴江起身从办公桌上取过一本杂志,回到三人沙发后,把手中的杂志递给丁可力,说:"老丁,翻到第二十七页。"

丁可力不明所以,接过这一期的《焊接》杂志,翻到郝兴江所说的页码,瞄了一眼这页上的《经验交流》栏目,抬起头不解地问道:"郝总,你的意思是让我们车间通过讲堂进行技术交流?"

郝兴江挪了一下屁股,靠近对方后,指着上面的一块"豆腐块"问道:"认识这个作者吗?"

"游敏!"丁可力惊叫起来,可旋即扭过头问郝兴江,"这应该是同名同姓吧?"

"如果我没有查明确是游敏所作,也和你一样,误以为是有人重名,甚至怀疑游敏抄袭或买人家的文章。"

考虑到游姓人较少,且焊接行业从业者也不多,丁可力一开始也怀疑过抄袭,但鉴于郝兴江对游敏的呵护,不敢贸然说出口,只好用重名来否定游敏。但现在郝兴江已断定,那自己自然不能再质疑,于是埋头匆匆读了起来。在这篇文稿中,游敏按工作经验,对焊缝收尾所用的划圈收尾法和反复断弧法进行了利弊分析。读完后，丁可力顺着郝兴江的意思说道："郝总，没想到这小子还真有两把刷子。"

"所以我们不能以学历论英雄，不光是游敏，可能还有许多人才没被发现，没被利用。我们要想尽一切办法，给人才搭建舞台，让职工有成才机会。"

"可现在真的是没空余时间，大家在现场都忙得快趴下了，再搞职工讲堂会不会让职工反感或抵触？"

"过度劳累反而不利于生产，不如让大家停一下手中的活，花半个小时坐在一起学习或商议。你说说当下遇到的困难，他聊聊这次的工作经验，这不是对生产很有帮助吗？"

"郝总，既然你说过度劳累不利于生产，那我又要反映一件事。"

想到上次让游敏接受加班不计回报的处罚，郝兴江主动问道："是不是游敏加班的事？"

"是，这家伙两个多月才休了一天！"

郝兴江也暗吃一惊，但嘴上仍平静地说道："工作是应该要积极主动，但绝不能打疲劳战，不然容易出事，我抽空找他谈一下。"

丁可力很不满意这样的结果，现在郝总不但很认同游敏的作为，更认可他的能力。似乎游敏是肯奉献、会管理的职工楷模，自己倒成了眼界不高、思路狭窄的反面典型。

"郝总，游敏能不能调离制造车间？"

"这不行，他不光爱好焊接，而且掌握了一定的专业技能，调离制造车间，相当于搁龙于溪。"

丁可力觉得该把丑话说在前头："郝总，如果出……"

郝兴江抬手制止了对方，说："老丁，人是我强用的，一切后果我负主要责任。"

丁可力觉得无法再谈下去，只好告辞。刚走到门口，突然身后的郝兴江叫道："老丁，等等。"

丁可力止步转过身："郝总，还有事？"

郝兴江从书柜上取下安全帽，说："我这就和你一起去看看游敏。"

什么一起去看看游敏，肯定不是批评，而是慰问。想到今天这么长时间，自己居然做了反向功，丁可力心里颇为懊恼，冷冷地应道："那走吧。"

郝兴江刚走进制造厂房，远远看到游敏正蹲着身子手把手指导一青工焊接。由于神情专注，游敏没留意到身后站了两人，扯着嗓门教身边的年轻同事："右手一定要灵活，内旋外旋，不能僵硬地焊到底。现在开始要收尾了，注意，我们焊接的是薄板，所以不能用划圈收尾法。对了，就在这弧坑处熄弧……好，开始引弧……对，就这样操作，直到填满弧坑为止。"

当游敏起身摘下面罩，扭头猛然发现面前站的居然是郝兴江，一下子没反应过来。一旁的丁可力没好气地说道："郝总来看你了。"

游敏赶紧把面罩夹在腋下，取下手套，刚向对方伸出手，突然发现手上有油污，于是伸到半空的手又缩了回来。郝兴江佯装不知，抬手拍了拍游敏肩膀，接着顺势一滑，握着对方的手夸道："不错，和杂志上写得一样。"

"谢谢郝总。"游敏不但声如蚊蚋，脸也"腾"的红了。

"怎么搞得像干了坏事一样？这种大喜事该让大伙都知道。"说完，郝兴江左手指着游敏，扭头吩咐丁可力，"老丁，找人写个报道投《长海设备制造之窗》，题目就取《一线的技术明星》。"

丁可力哭笑不得，眼中的"拖油瓶"现在居然要封技术明星了。他暗骂自己，不但没能踢走对方，反而还给对方锦上添花。因为心有抵触，所以故意为难道："郝总，我们这里不是大老粗，就是理工男，文字还真拿不出手。"

郝兴江清楚这是一种变相的抗议，他不想硬下命令，于是摆摆手说："这事我另外安排，你先去忙吧。"

察觉郝兴江的举止和语气明显不满，丁可力顿生悔意，但又不好意思再违背公司一把手的意思。就在丁可力考虑怎么留下，免得听不到游敏在老总面前胡说八道，只听郝兴江冲着游敏挥了一下手："走，到外面说。"

游敏紧步跟在郝兴江身后向外走去，丁可力望着两人的背影，悻悻地站在原地。

出厂房，郝兴江从水泥地迈进草坪，在一颗梧桐树下站稳后，扭头问游敏："听说你两个多月才休了一天？"

"嗯。"游敏还是声如蚊蚋，好在脸没再红。

"家人没意见？"

"郝总，是我老婆让我来的，说必须要像孩子做错题一样，只有加倍惩罚自己，才不会重复犯错。"

郝兴江没想到又是章柒柒在背后"指使"，好在这次是好事，看来一个成功男人的背后还真得有个女人。郝兴江突然颇有兴致地问道："你老婆还说啥？"

"让我好好工作报答你的好心。"

"言重了。"郝兴江话虽这么说，但心里却很舒坦。

"这……"

看对方吞吞吐吐的样，郝兴江催促："想说什么都说出来。"

"郝总,我没言重,而是你情重。"

郝兴江觉得还是说重点,于是问道:"新岗位两个月了,感觉怎么样?"

"有点累,但很开心。"

"这就很好,人在社会就该这个样子。当然,你还得学会让他人也开心。"

游敏立刻明白了意思,说:"郝总,想要改变原有的状态,我肯定会得罪一些人,但现在已步入正轨,我知道接下来如何做。"

郝兴江暗吃一惊,这口气与格局完全是领导人的样子,真无法把他与以前那个吊儿郎当的小痞子相联系。既然对方是个聪明人,就没有必要再把话点明,更不用出主意,于是,郝兴江和游敏谈了一些焊接的最新理论后,离开了制造厂房。

晚上到家,郝习文一脸兴奋地告知:"爸,学校挑了些我拍的照片,明天也要搞个'笑脸墙'。"

"祝贺你。"郝兴江伸手摸了摸儿子后脑勺。

"爸,明天下午你能不能来学校参加活动仪式?"

郝兴江一算,明天下午是公司月度经济分析会,只好遗憾地说道:"爸爸明天下午有个重要的会,要不请你妈妈参加?"

史芳白了一眼老公:"知道这事肯定指望不上你。"

"哎呀,老妈,老爸又不是偷懒不肯去,他是单位领导,身不由己,多理解一下嘛。"

史芳回头又白了一眼儿子:"算是白生你了,就知道事事护着你爸!"

郝习文冲着父亲做了个鬼脸,本有丝愧意的郝兴江心情立马开朗起来。

13

每年初春都是各大高校毕业生应聘就业旺季。由于企业生产日渐红火，长海设制公司不但正式启动三年全员培训计划，并且及时推进五年招人规划。虽然一线招工没什么问题，可招聘高校毕业生却连连败北。别说是本科生，连专科生也没几个报名递简历的。对于肯屈就的报名者，人事部部长一翻简历就没了洽谈兴致。郝兴江听完汇报就急着给韩宇打电话，催他帮公司物色专业对口的大学生。考虑现实情况，郝兴江不敢再提想招聘到优秀硕士生。他暗自提醒自己，再想挑三拣四，别说是招到人，估计连个人影也看不到。

又过了近一个月，韩宇终于给郝兴江来了电话，说是替他物色到一个即将毕业的设备设计专业硕士生，不但专业成绩优秀，而且还是名有三年党龄的中共党员，对方愿意到民营企业，但前提是先要到企业考察一下。

郝兴江迫不及待地表态，只要这名学生告知什么时候有空，他随时派车接送，并亲自陪同全程考察。

经韩宇撮合，这名叫石耿耿的学生约定次日早上九点在校门口等来接的车辆。谢过韩宇后挂上电话,郝兴江临时改变主意,决定亲自去接这名学生,这样可以有更多的时间考察对方。

次日一早,郝兴江比约定时间早了五分钟抵达长海大学校门口,靠边停稳后,看着一张张朝气蓬勃的年轻面容,郝兴江颇为感慨,萌生在校门口转转的想法。可下车才走两步,一名扎马尾辫的漂亮女孩挡住了他的去路,问:"请问您是长海市设备制造有限公司派来接人的吗?"

郝兴江很是纳闷,接个人怎么还安排别人先来对接?就问对方:"对,我来接石耿耿,他人在哪?"

没想到姑娘手一伸:"您好!我就是石耿耿。"

郝兴江大为意外,韩宇怎么会给自己介绍个女孩子?趁握手之机,他打量起眼前这个女孩,只见对方手拎插着文件袋的公文包,一袭流畅简约的水蓝色裙装紧贴在纤瘦匀称的身上,鹅蛋脸上镶嵌一双漆黑清澈的大眼睛,娇俏瑶鼻配上微翘薄唇,让人觉得聪慧又俏皮。脖子上戴了条心形的银链,越发衬托出闪着象牙般光泽的光洁肌肤。郝兴江心里暗暗奇怪,这样标致的女孩怎么会取如此男性化的名字?甚至怀疑韩宇是不是把自己的公司搞错了,我们可不是搞时装设计,也不需要长相出色的模特,而是紧缺设备制造设计的人才!由于期望落空,原本激昂的情绪迅速退去。出于礼貌,他向对方自我介绍:"我是郝兴江,欢迎你考察我们公司。"

这下轮到石耿耿吃了一惊,本来说好是司机来接,在看到车里下来的这名男子后,还以为是办公室的工作人员,没想到会是公司老总亲自出马。好在聪明的她看出郝兴江心思后,马上掩饰着笑问:"郝总以为我是个男生吧?"

郝兴江无法否认,可承认又觉得会让对方难堪,于是只是微笑着点了一下头。没想到石耿耿倒是大方地说道:"石姓本就硬,很多人会联想到石达开。名是爷爷取的,他没什么文化,特别强调忠诚,所以给我起了这个名。"

郝兴江猜石耿耿爷爷是个农民,只知道耿耿有忠诚的含义,却不知还有心里不安的意思,一般人可不会给孙辈取寓意不好的名。出于没法正面回应对方,干脆朝商务车一伸手:"我们上车再说吧。"

"郝总请。"石耿耿退后一步,请郝兴江先走。

郝兴江也不再客套,径直走到车旁,打开副驾驶坐了进去。石耿耿则落座在后排,等车启动后,她把手中的资料袋朝前一递:"郝总,这是我的个人简介和毕业论文。"

郝兴江接过袋子,打开就看了起来。石耿耿的个人简介可以证明韩宇并没有夸大其词,这个女孩不但年年获得学校的奖学金,还荣获两次全国大学生装备设计大赛的二等奖。再粗翻毕业论文,郝兴江更觉得石耿耿是难得的人才。在《当下我国制造业的困境及发展战略对策》论文中,她不但用翔实的数据剖析了中国的制造业为何会陷入难以可持续发展的困境,更从企业人力资源、产品设计、原料采购、物流运输、订单处理等环节上,提出详细的应对策略。

车到公司办公楼,郝兴江合上资料袋刚下车,游敏拿着一张纸迎面跑了过来:"郝总,我想报长海大学设备制造专业函授班,您能不能帮我批一下?"

虽然职工主动要求学理论知识是好事,但郝兴江担心其他人效仿,公司开支会过大。所以没有立马接游敏手中的申请表,问:"费用要多少?"

"郝总,费用我自己解决,但因为每周二晚上要开课,能不能允许我早一小时离开公司?"

郝兴江这下放心了,在拿笔签字前,给游敏介绍起身边的石耿耿:"这位就是长海大学的研究生石耿耿。"

由于游敏手按着纸让郝兴江签字,所以只能扭过头客套地说了一句:"欢迎石老师莅临指导。"

签完字,郝兴江引石耿耿走进会客室。乔康和人事部部长已提前到场,当郝兴江介绍后,乔康和人事部部长相互望了一眼,满眼的疑问。寒暄坐定,郝兴江一边将手中石耿耿的资料袋递给乔康,一边介绍起了公司。石耿耿似乎心不在焉地听着,甚至没打开包取笔和本。郝兴江大致介绍完后,问对方:"小石,你在论文中指出现在中国制造很多是中国组装或仿造,那什么才是真正的中国制造?"

"三位领导,我这是比较二十世纪七十年代的'德国制造'和八十年代的'日本制造'而言,不难发现我们的'中国制造'和他们是完全不同的概念。"

郝兴江追问:"德国和日本不是一样也经历过'山寨'时期吗?"

"对,郝总。以邻国日本为例,当初无论是电脑、汽车、通信等高端领域,还是日常消费品,都是步步紧随美国,几乎所有行业都有'山寨'历程。"

"那区别在哪?"

"日本在发现陷入'山寨'旋涡后,立即意识到单纯依靠技术引进不能促进日本经济的持久发展,必须培育自身的科学技术创新能力,并提出了'科技立国'的战略口号,不但通产省及时发布了《80年代通商产业政策展望》文件,科学技术厅也紧跟着公布《科技白皮书》,再次明确提出了'科技立国'战略。从此,他们不仅恶补理论知识,还买来竞争对手的产品进行拆解,在对每个部件都研究透彻后,在吸收他们设计的基础上,进行更高层次的设计。从而在激烈的国际竞争和贸易摩擦中居于不败之地。相反,我们现在不少企业却津津乐道于模仿或引进先进国家的技术,这种视日如年的短视行为,其实就是苟且偷生,日后必定付出沉重的代价。"

正在翻看简介的乔康听不下去了,把资料袋往人事部部长这边一推,说:"依你所说,那日本制造业怎么会衰落萎缩,中国反而竞争力强了呢?"

"乔总,我个人分析,一方面是出于全球工业国对美出口和产业链布局的调整,另一方面是中国企业能满足本国市场的需求。现在日本除汽车外,许多产业失去中美两国全球最大市场的迹象已很明显。而中国因为庞大的国内市场,加上低成本的劳动力市场,促使企业能在短期内快速发展。但现在已开始暴露出一些问题,如果我们企业再不创新奋进,迟早会被同行扼杀。"

乔康不以为然,说:"盛极而衰,否极泰来,这是千古不变的自然规律。我们不能站在已知的现实,来推断历史的演变。"

"作为领导人,必须有更宽的视野和更高的格局。国家要调动一切手段,将资金与智力资源向能源产业、电子信息产业、计算机产业与大型制造业等输送⋯⋯"

乔康越听越觉得石耿耿就是纸上谈兵的赵括,若公司花大成本去引进这样夸夸其谈的"人才",肯定是竹篮打水一场空,必须想办法阻止郝兴江的计划,所以就打断对方揶揄道:"看来你天生是省长以上的料。"

郝兴江悄悄观察石耿耿的情绪,只见对方波澜不惊地回应:"乔总,没有人天生是哪方面的料,都不过是后天努力的积累。还有,我不觉得省长要比企业领导伟大,也许有的企业领导人所具备的气质与素质,比省长更出色。"

郝兴江没想到一个还没出校门的女孩有这样的定力和思辨力,不亢不卑的答复有理有据。为了不激怒乔康,让对方有个台阶下,郝兴江故意打趣:"乔总,小石好像给了你我更多的自信。"

不等乔康反应,石耿耿抢先说道:"郝总,其实是您给了我自信。"

郝兴江有些好奇,追问:"哦,怎么说?"

"今天我有两个没想到,一是没想到您会屈驾接我,二是没想到三位领导抽出宝贵时间一起考察我,这一切说明公司很重视我。"

郝兴江故意"打冷气":"说实话,我们第一次招硕士毕业生,比较慎重。"

"郝总,我也是因为韩校长的鼓励,才萌发到民营企业来试试的念头。"

郝兴江觉得气氛反而更沉重,于是就笑着提醒:"小石,接着你刚才的分析,继续说下去。"

乔康不想再听,刚好手机响了,于是边接手机边走出了会客室。石耿耿瞟了对方一眼,镇定地说道:"具体到任何实体企业,那就要确立'科技兴司'的战略,集中人、财、物三力,不断推进重点实验室、设计研究院的各项工作。只有结束模仿,甚至断绝改良,才能杀出一条血路。"

郝兴江觉得这个思路与自己办研究院的想法不谋而合,颇有兴致地追问:"细说看看。"

"简单说,就是学习日本的'逆向工程',即对一项目标产品进行逆向分析及研究,从而演绎并得出该产品的处理流程、组织结构、功能特性及技术规格等设计要素,摒弃高成本、低效率的生产模式，为下阶段的技术创新模式变革打下坚实的基础。"

郝兴江点头应了一声："嗯。"

"同时，产品尽可能直接与最终用户交流沟通，不要通过代理商或经销商，不然会导致对市场反应速度慢，更缺乏客户使用产品的反馈，缺乏改进机会。"

"有道理。"

"郝总，虽然我们许多制造企业曾靠成本竞争兴起，但随着生产经营成本的提高与金融危机的影响，制造业举步维艰。好在现正处于产业中心转向高价值制造业的急剧变化过程，所以在大家都觉得难时，一定要挺住。只要努力打通产品设计、订单处理、原料采购、设备制造、物流运输、安装服务等环节，杜绝公司各部门各自为政、各自为战，确保研、产、销、服四链无缝隙连接，就可以实现节省成本、迅速应变、高效运转的目标，从而占据更大的市场份额。"说到这里，石耿耿停顿了一下，双手比画着强调，"要知道全世界都在努力生产美元能够购买的商品，而美国只是负责生产美元，现在到我们取代美国的时候了。"

郝兴江觉得无论从老同学的面子，还是石耿耿个人的惊人见识，都应该予以留用。于是试探着问道："小石，你觉得在我们公司可以胜任什么岗位？"

石耿耿却爽直地拒绝伸来的橄榄枝："郝总，我们可是提前说定了。虽然我还没有参观贵公司的生产现场，但从目前的情况来研判，我决定不来。"

"为什么？"郝兴江觉得刚才谈得好好的，怎么一下子变卦了？

石耿耿狡黠一笑："有些事不点破更好。"

郝兴江余光刚瞟了一眼右边的空椅，对面的石耿耿已起身向这边鞠了一躬:"谢谢两位领导,打扰你们了。"

一场特殊的"招聘会"不欢而散。其他三人没觉得啥,唯有郝兴江懊恼不已,觉得自己今天真是画蛇添足,干吗叫上乔康?!

14

又一场雨后,长海的寒意更浓了。金黄的色彩悄然从枝头滑落,连长海设制公司大门前的荷花塘,此时也是满塘枯叶。只有依然耸立的黑黄色荷茎,似乎在告诉人们,它将铁骨铮铮地经受寒冬的侵袭,并在池底孕育新的生命。

在郝兴江的支持下,乔康正式向市科技局申报国家火炬计划。这天他来到市科技局递交相关资料,找到高新技术及产业化科门牌后,敲了敲开着的门。

"请进。"

乔康看房间里的三人都埋头干活,就朝说话人走了过去:"您好!我来……"

乔康愣得说不出话来,因为那人抬起了头,居然是大半年前不被自己看好的石耿耿。倒是石耿耿没事人一样,起身笑盈盈地主动问道:"噢,是乔总啊,您是来申报国家火炬计划的吧?"

一脸尴尬的乔康迅速回过神来,斜睨桌牌标识一眼,确认石耿耿就是高新技术及产业化科主办,就双手递上资料袋,说:"对,石老师,这是我公司的申报材料。"

石耿耿接过资料往桌上一搁:"乔总,材料就放我这里,届时局里会组织专家审核,如果有什么问题,我会及时联系您。"

"那好,谢谢,麻烦你们了。"

直到出电梯走到大门外,乔康才觉得今天之行不是滋味。如果仅仅是递个申报资料,用得着亲自跑吗?可现在对方根本没拿自己当回事,不但不给沟通交流机会,甚至给软钉子吃,连送客也是象征性地到办公室门口,连门也没迈出。估计这女人是报当初自己冷眼的仇,但手段高明,让人只能打断牙往肚里咽。上车后,乔康暗自琢磨:既然石耿耿有能力考公务员,当时干吗来公司应聘?是郝兴江另有小算盘,还是这女人有背景?乔康决定调查石耿耿的来头。于是他给市人事局的朋友发了个短信,求帮查一下新进市科技局的石耿耿的家庭情况,当然理由也编得很好,说是朋友儿子介绍对象之托。

快到公司,人事局朋友就来了电话,调侃一番后告知,石耿耿的爷爷是参加过解放战争的老兵,父亲是省纪委的副书记,母亲是省医学院的教授。乔康这下更是叫苦不迭,同时愈发地困惑,既然有这样的背景,石耿耿为什么不在省城上高校及就业?还有,郝兴江到底抛了什么诱饵,让出身名门的石耿耿一度想来公司应聘?下车后,乔康干脆直接来到郝兴江办公室,刚到门口,却看到游敏坐在背对自己的单人沙发上,正滔滔不绝地对并排坐在三人沙发上的郝兴江和徐达阳说着什么。

乔康正犹豫着是进还是退,眼尖的郝兴江已扭过头招手:"太好了,乔总,你也来听听。"

乔康心想,我现在哪有心思听游敏的瞎掰,但又不好拒绝郝兴江,只好进去,落座在游敏对面的单人沙发位上。刚坐定,只见徐达阳把手中的图纸往乔康手中一递,说:"这是游敏设计的导轨切割工装和密封环焊接支撑工装,不但可提高劳动效率,更可以确保施工的质量和安全。我觉得这些技术都可以报专利。"

乔康心里暗笑,一名一线工人折腾出来的东西能有什么价值?还夸能提高劳动效率,那不过是偷懒的借口,和高大上的专利哪有半毛钱关系?但看了设计图后,乔康忍不住暗暗叫好。既然郝兴江叫自己进来,现在又看了设计图,自然也得表个态,于是说道:"很巧妙,有水平。"

猜乔康刚从科技局回来就找自己,估计有急事,于是郝兴江对游敏说道:"你有一线的工作经验,现在又在夜校充电,可谓实践与理论兼备。这两个工装设计得很好,图也画得精美,完全和专业设计有得一拼。接下来我们会落实制造,并代你申报国家专利。"

"国家专利?"游敏上身晃了一下。

"对,你这个也是发明,属于实用新型专利。"

看郝兴江说完瞄了乔康一眼,游敏马上知趣起身:"谢谢三位老总的肯定与鼓励,我先走了。"

游敏前脚刚迈出门,乔康就故弄玄虚地问道:"郝总、徐总,我刚从市科技局回来,你们猜我碰到谁了?"

徐达阳打趣:"看你这样子,难不成碰到国家科技部部长万钢了?"

乔康突然想起石耿耿和徐达阳没有照面过,于是笑道:"怪不得徐总猜不到,这人你没见过,但郝总比较清楚。"

郝兴江觉得自己在市科技局并没有认识的人,难道乔康说的这人刚好也在申报国家火炬计划?那会是谁?想了半天也琢磨不出一个头绪来,只好问乔康:"你碰到谁了?"

"石耿耿。"

"哦,她现在在哪家公司?"郝兴江边说边瞥了一眼乔康,心想,若当初我们都能以礼相待,怎会再现晋材楚用的悲哀。

乔康是个机灵人,怎能看不懂郝兴江这一瞥的含义。但他并不紧张,因为郝兴江这一问表明他与石耿耿根本没什么联系,于是他决定套出郝兴江当时用什么诱饵,让石耿耿愿意来公司应聘。想到这里,乔康更神秘地说道:"石耿耿现在就是市科技高新技术及产业化科主办,知道她为什么能马上成为主办吗?"

徐达阳虽然不认识石耿耿,但听出了门道,问:"家里有背景吧?"

"对!"乔康兴奋得像个桥头阿三,比画着手解说,"她爷爷参加过解放战争,她爸是省纪委副书记,她妈是省医学院的教授。在我们这里,也算得上名门望族。"

乔康特意抹去了老兵这个词,就是想让人更有想象空间。徐达阳不明白前因后果,看的角度自然不一样,说:"那市科技局的庙是小了些。"

郝兴江没有接话,他当初除了暗自埋怨乔康怠慢石耿耿外,曾质疑过韩宇是不是为了应付而忽悠自己。像石耿耿这样优秀的硕士毕业生,本就不太可能来民营企业,现在清楚她的家庭背景后,更觉得石耿耿的实地考察,不过是一场毫无破绽的演出而已。看郝兴江沉思不语,乔康只好直接发问:"郝总,当初她有意向来我公司,我们开出了什么条件?"

"哪有什么条件,第一眼看是小姑娘,我还不想要呢。但看了她的简介和论文,我就觉得招进此人对公司推进生产经营有作用。那天在隔壁谈话后,我感觉请到了诸葛亮,就问她想担任什么岗位。当时我想,即便让她当马上成立的研究院常务副院长也值得一试。只是没想到她不想留下。"

乔康听明白了,原先不但没有设诱饵,更没谈年薪和股份,为了掩饰当初自己的武断与莽撞,故意说道:"郝总,像这样的人才,我觉得不但要伸出高年薪的橄榄枝,还得配上一定的公司股份,不然我们肯定争取不到。"

徐达阳这下也终于听懂了这个叫石耿耿的情况,说:"郝总,我觉得乔总说得在理。尽管我国每年有大量工科毕业生,但许多人的素质根本没有达标,导致制造业技术人才匮乏。如果有机会引进人才,我们是该下血本。"

"明年再到高校去试试,也去科研院所打听一下。遇到合适的人才,我们必须全力以赴,一定要争取为我公司所用。"

乔康知道郝兴江为什么把"我们"咬成重音,主动请缨:"郝总,东北是我国重工业摇篮,现在有些老企业经营状况不理想,我可以带人去排摸一下。"

"乔总,这的确是个抢夺人才的好机会,但现在我们手头上的重点工作太多,而且这个季节去北方太冷,不如等开春后班子会议再定。"

"好。"

送走徐达阳和乔康,望着茶几上游敏的设计图,郝兴江思考了片刻,还是拨起了电话。

电话一通,就听到章柒柒在那头说道:"郝总,很高兴接到您的电话。"

"章总,游敏的确是块好料。"

"谢谢郝总的认可。"

"章总,应该是我感谢您。"

章柒柒听明白了,问道:"郝总,有事您尽管吩咐?"

"今天山东设备制造项目款项全结清了,按规定,您有一笔奖金可领。"

一阵银铃般的笑声后,章柒柒再次申明:"郝总,我上次已说过我不会领这钱呀。"

"章总,如果您真不领,那我有个建议不知道您愿不愿意听听?"

听郝兴江并不勉强,而且似乎早有计划,章柒柒也就放心地表态:"且听郝总安排。"

"我打算用这笔钱给游敏设立技术创新工作室。"

"这……"

郝兴江故意追问:"难道你不同意?"

"郝总,我很感激您,但担心别人会有想法。"

"谁敢?!"郝兴江低吼了一声。

章柒柒没料到郝兴江的情绪一下子会愤怒起来,赶紧申明:"郝总,我不是这个意思。"

郝兴江愤愤说道:"国企不少人就有这样的毛病,自己没本事,还由不得别人有本事。现在若有人将这坏毛病带到改制后的公司,我肯定容不得他存在。"

章柒柒接不上话,只能一味谢道:"谢谢,谢谢郝总的关照!"

"是金子总能发光。"

"郝总,那可不一定。如果始终深埋矿山,金子永远黯然无光。任何人只有在适当的时间、地点、环境下,才能发挥出作用,如果没有机会,即便有一身绝学,也只能在岁月蹉跎中淹没。所以平台才是成功的关键,而您恰恰就是给游敏平台的人。"

虽然章柒柒这番言论是在感谢自己,但郝兴江还是忍不住点了点头,似乎又看到那锃亮的额头和睿智的眼神。是的,人的生命有限,工作期限更短,一个人不可能像金子那样,用无限的时间去等待,既然自己已从国企处级领导转为民营企业家,那就要尽最大的努力去创造让自己闪闪发光的机会。看已对接完毕,郝兴江客套后正准备挂机,却听章柒柒又说道:"郝总,我们两年前有笔账不知什么时候可以结清?"

郝兴江一愣,一时想不起对方指的是什么,只好反问:"什么账?"

"郝总是贵人多忘事,我可记得很清楚,我欠你们一个大人情,你们欠我一顿饭,可两年多过去了,还没给我还债的机会。"

郝兴江本想马虎过去,可又担心对方不会让自己轻易过关,直接回绝又显得过于生硬,突然灵机一动,说:"章总,前段时间游敏加班加点没顾上家,我若再占用你们家人团聚的时间,内心肯定过意不去。另外,公司这段时间又是申报国家火炬计划,又是扩大生产经营,一时还真抽不出时间来。这样,等我忙过这段时间,我们再定个时间聚聚。"

章柒柒不但听得懂郝兴江的本意,更知道对方给自己留足了面子。既然如此,那也只能客气地回应:"郝总,希望日后您方便时,给我们表达谢意的机会。"

"一定,一定。"郝兴江觉得这次简单的客套话说得很别扭。

相互问好后挂上电话,郝兴江打电话让财务核算出章柒柒可拿的奖励金,旋即起身带上游敏设计的两个工装图,准备去蔡永伟办公室商议如何制作和投用,并就设立游敏技术创新工作室听听对方的意见。刚走到门口,差点和拐进办公室的游敏撞了个满怀。

"郝总,真不好意思。"游敏连退了两步。

郝兴江一脸和悦地问道:"游敏,有事找我?"

游敏看了眼郝兴江手中的设计图,挠着头皮说道:"郝总,刚才没和您说清楚,这……图纸……"

郝兴江觉得有点不对劲,举起设计图问道:"这图纸不是你画的?"

看游敏点了点头,郝兴江感觉一股无名火瞬间蹿上胸口。设计创新最怕剽窃,现在倒好,游敏连抄袭都懒得做,直接偷了人家的成果。郝兴江连连怪罪自己,明明刚才看出这图纸制作非常专业,不可能是游敏所为,为什么还表扬他?为什么还准备兴师动众地为他搞技术创新工作室?看对方鹰眼雕鼻的阴鸷样,气恼的郝兴江把设计图往对方身上一甩,厉声问道:"为什么刚才要骗我们?"

游敏被吓了一跳,联想到刚才的对话,猜郝兴江可能误解了自己,于是赶紧捡起设计图解释:"郝总,这两套工装是我设计的,但由于绘图水平有限,所以请夜校认识的老师朋友帮我重新画了一遍。"

郝兴江为刚才冲动的言行而后悔,为了掩饰尴尬,故意问道:"什么老师朋友,那人到底是老师,还是朋友?"

"对了,郝总,那人还是您介绍给我认识的。"

郝兴江暗自奇怪,长海大学自己就认识韩宇,虽然他调到长海大学也有一年多,但因为各自工作忙,到现在也就见了三次面。可以确定的是那三次见面游敏肯定不在场,那游敏怎么说是自己介绍认识的?为了验证事实,郝兴江问道:"在哪里介绍你们认识的?"

"就在办公室楼下呀。"

郝兴江心想,韩宇从来没来过公司,那这人会是谁?出于刚才的鲁莽,他这次不再武断,耐心追问:"我想不起来了,是谁?"

"石耿耿。记得那天我找您签字时,她就在您身边。"

郝兴江暗暗发笑,今天真是见鬼了,刚才乔康让我猜的人是石耿耿,现在游敏绕了一大圈,说的居然也是石耿耿。他重新从游敏手中取回设计图,端详了半天,觉得设计图真可谓"虽由人作,宛自天成"。

"郝总,我来找您就是想说若报国家专利,是否可以把石耿耿也列在其中。"

"这个你自己决定,但我个人认为若她只是帮你画画图,没这个必要。"

游敏瞪大眼睛强调:"郝总,这两套工装设计过程中,她给了我许多的指导。"

郝兴江觉得游敏完全变了样,这种谦让既是成熟的标志,也是懂得取舍的智慧,他平和地冲对方点了点头:"好,我听明白了。"

"谢谢郝总,那我走了。"

"行。"

两人一前一后离开了办公室,看着小跑下楼的游敏背影,郝兴江感慨万千。在科技日益发展的今天,看来企业最大的财富真的就是人力资源。没有一名职工天生工作消极,也不会有职工天生工作积极。所谓的责任心和执行力,都是靠后天的平台调动起来,所以有人说"企业没有不合格的职工,只有用不好职工的管理者"。郝兴江越发觉得自己不是在肯定与帮扶游敏,而是在纠正自己的管理思维和工作方式,从而让每名职工都热爱上手头的工作,释放出更大的能量。

15

让乔康大为意外的是石耿耿不但没有"公报私仇",且不断联系自己修正申报的相关资料。同时,对游敏两项专利的申报,也提出自己仅仅帮忙画了设计图而已,不能算发明人之一,坚持去掉自己的名字。郝兴江听了乔康的汇报后,越发为没能招到具有这样品格的人才而遗憾。

元旦刚过,国家科技部火炬高新技术产业开发中心发布了《关于发布 2010 年国家火炬计划重点高新技术企业评选结果的通知》,长海市设备制造有限公司被授予"国家火炬计划重点高新技术企业"称号,同时获得了"国家火炬计划重点高新技术企业"证书,这是公司获得的第一个国家级认定证书,也打破了柳江县"国家火炬计划重点高新技术企业"零的纪录。

此时,随着游敏设计的两套工装投用,长海设制公司在制造绕管式换热器封头上,无论是制造速度还是质量,都有了明显的提升。丁可力对游敏的看法也渐渐发生变化,开始按郝兴江的指示,腾出一间库房,装修起游敏技术创新工作室。

要为游敏设立技术创新工作室一事,犹如在公司引发了一场大地震。有人叫好，觉得原先吊儿郎当的家伙设计的工装，不但让施工作业更加快捷，而且特别安全，是该搞个房间让他安心创新。但有些人不这么看，觉得工作室的设立是画蛇添足，个别人甚至还怀疑这只是郝兴江拉拢造反派的招数，游敏肯定是针线穿豆腐——根本提不起。

其实游敏也感觉很意外，本来这只是工作之余做的事，现在搞得如此高调，反而有点不适应。这就好比开弓放箭，只是很幸运地射中了靶心，却不料人家以为我是神射手。考虑到自己"势单力薄"，日后可能难以突破技术壁垒，于是趁双休日想了个主意。"腊八节"早上吃完"腊八粥"，游敏一上班就径直来到郝兴江的办公室。

办公室门开着，可郝兴江不在里面。游敏正准备回岗位，却发现隔壁小会议室门开了，三个陌生人跟着郝兴江走了出来。见有客人，游敏想下午再来找郝兴江。不料还没迈脚，郝兴江已吩咐跟在最后的朱小巧："你陪盛总先过去，我马上来。"和三位客人打过招呼后，郝兴江转身问游敏："找我有什么事吗？"

游敏有些惶恐，自己不小心打扰了郝兴江，他明明可以陪同客人去办事，却先接待了自己，就直接道明了来意："郝总，技术创新工作室能不能聘请石耿耿做顾问？"

对于游敏的建议，郝兴江很是意外，反问："想法很好，你能请到吗？"

"今晚她刚要给我们上课，如果您同意，我想试试。"

郝兴江不假思索："好，只要她同意，无论是工资还是股份，你先答应下来，我来做工作。"

"谢谢郝总！"

"那就这样，我这边还有事要处理。"看对方没其他事，郝兴江说完疾步向楼道走去。

晚上下课后,提前整理好用品的游敏来到讲台边:"石老师,我有件事想麻烦你。"

石耿耿边关电脑边问:"怎么,又有好点子了?"

"不是好点子,是好事。"

"哦,什么好事?"

游敏挠着头皮压低了声音:"公司要给我设立技术创新工作室。"

石耿耿停下正在收拾的讲义资料,大方地伸出手祝贺:"嗯,是喜事,祝贺你。"

游敏接过一握,说:"也有你的份。"

"什么意思?"石耿耿那双大眼睛盯得更紧,似乎要从对方身上搜寻答案。

"公司想聘请你当工作室顾问。"

石耿耿抽回手,把散在额前的头发向后捋了捋,说:"让我考虑考虑。"

游敏抬眼看其他人已走出教室,这才说道:"郝总说条件你尽管提,工资或股份都可以。"

石耿耿想了想才答复:"你帮我约一下郝总,我和他直接谈。"

游敏觉得这是最好的结果,既然石耿耿肯和老总直接谈,那自然是愿意当顾问的,如果自己中间传递得不好,反而容易搞砸。但又觉得还没有和郝兴江汇报,如果直接拨通电话让两人谈,显得有点唐突,所以故意说道:"那最好,明天一早我就找郝总。"

告别石耿耿出长海大学校门,游敏就打电话给郝兴江,详细汇报了刚才的对话内容。郝兴江当即答复,除了周一早上有生产调度会,其他时间均可,地点也让石耿耿来定。

老总的态度让游敏更加放心,挂上电话正准备拨打石耿耿号码,突然想起自己刚才和对方说的是明天才向老总汇报,现在打电话过去等于是打自己的脸,于是放下手机,拦了辆出租车向家赶去。

石耿耿次日接到游敏电话,很干脆地说今明两天要随队去考察,如果可以,就定周五下午三时在外滩广场的咖啡馆和郝兴江约谈。听了游敏汇报,郝兴江让朱小巧把这事列入当天的行程安排。

当天,郝兴江抵达外滩广场向咖啡馆走去,石耿耿恰好从另一个方向走来。虽然已近一年没见,但郝兴江还是一眼认出了对方。只见石耿耿上穿藏青卫衣,外套宽松加厚白色羽绒服,下搭黑色高腰裙装,脚蹬一双高靴,配上咖啡色的手拎包,既显高挑身材,又完美展现高雅气质。石耿耿也看到了郝兴江,远远微笑着摇了摇手算是打招呼。

进包厢,服务生送上柠檬水并向石耿耿递上菜单。石耿耿看也不看,说:"一杯热蓝山。"说完,就把菜单往郝兴江这边推了过来。

郝兴江没接,对服务生说道:"和这位女士一样。"

"郝总也喜欢这个口味?"石耿耿有点意外。

郝兴江摇了摇头,笑道:"我不喝咖啡。"

服务生立马俯身打开菜单,指着饮品页面介绍:"先生,不喝咖啡可以点清凉护目汁、凤梨健胃汁、胡萝卜营养蜜、爱琴海果汁……"

郝兴江挥手打断了对方:"不用,就这样。"

"那委屈郝总了。"

"能请到你,这算啥。"

郝兴江发现石耿耿脸微红了一下,可马上又恢复了平静。石耿耿趁服务员收菜单,故意岔开话题,从开年以来美国国防部部长罗伯特·盖茨对中国的访问,到中国歼 20 试飞成功,聊了各自的看法。等服务生再次进门上齐咖啡退出后,石耿耿立即进入主题:"郝总,为什么要为游敏设立技术创新工作室?"

考虑到对方不让游敏传话,而是直接约谈,郝兴江有点琢磨不透这话的本意,是批评我不应该这么做,还是认为做得好在探问出发点?他喝了一口柠檬水,诚恳地说道:"首先,这次游敏发明的工装对企业生产有贡献,理应有这样的待遇。其次,也是为了让他日后更能专注于搞创新技术,推动企业的发展。最后,这也可以带动整个公司的创新氛围,如果人人爱学习,个个肯创新,那我们的企业就会有巨大的发展前景。"

"可我听说游敏以前和你对着干,还造谣你……"

郝兴江放下水杯,挥了一下手,只是比刚才打断服务生时多了笑容:"这都是老皇历了,再说那也是见解不同加彼此误解所致。我作为企业的负责人,如果公报私仇,不但让自己平添烦恼与痛苦,更会害了企业。现在这样不是挺好,游敏成了技术骨干,企业生产经营也蒸蒸日上。"

石耿耿点头:"有大情怀和大格局。"

郝兴江趁机追问:"不知石老师肯不肯当游敏技术创新工作室的顾问?"

石耿耿没有马上接话,端起杯子抿了一口咖啡,边放杯边确认:"游敏说你会答应我开的条件。"

原来对方闷了半天是为了这个原因。郝兴江虽对石耿耿的好感稍打了些折扣,但也认可这种先小人后君子的做法。心想,既然对方敢这样说,那胃口应该不会小,出于诚意干脆先报个能让她满意的价,于是说道:"你看十万股份加每月一万工资行不行?"

不料石耿耿听后却摇了摇头。郝兴江有点吃惊,没想到这女人的胃口这么大,自己开的报酬等同她在科技局的工资,这还不包括年度的股份分红。为了能让对方答应,他只好主动加码:"股份不变,每月二万工资可以吗?"

郝兴江对自己新开出的价也吓了一跳,这可是公司中层正职领导的月薪,要知道他们拿到这份收入不但需要起早摸黑,更是要把汗珠摔成八瓣才行。但万万没想到石耿耿居然还是面不改色地摇了摇头。顿时,郝兴江对眼前这个贪得无厌的女人没了一丝好感。

石耿耿手拿小勺轻搅咖啡,郝兴江则干坐着不再吭声,与外隔绝的安静包厢只偶尔听到小勺与咖啡杯的碰撞声,现场气氛有些凝重。终于,石耿耿放下小勺开口说道:"郝总,别误会,我摇头只是想说,作为公务员,我不能拿这个钱。"

郝兴江感觉对方这个话有点莫名其妙,现在这样兼职的多得是,又不是你开创先例。既然不能拿钱,那为什么还要问我条件?石耿耿似乎看出了对方的心思,又说道:"你两次出价,也让我明白了自身的价值。"

郝兴江越发觉得对方无聊透顶,考虑日后有的地方还得仰仗这个科技局办事员,所以嘴上只能客气地问道:"你的意思是不当游敏技术创新工作室的顾问?"

"不当。"石耿耿的回答一点也没有拖泥带水。

郝兴江有点愤怒,你既然早就想清楚,那何必让我这么远空跑一趟。他端起玻璃杯,仰头一口饮完柠檬水,像是要浇灭胸中的怒火。石耿耿睥了一眼对方,抖出了考虑多天的心思:"郝总,我不想当顾问,而是想成为你们公司的一员。"

刚准备起身的郝兴江,屁股半离椅子,瞪大了眼睛看着对方。石耿耿头一歪,笑盈盈地问道:"怎么?不收历届毕业生吗?"

这女人到底想干什么?难不成真愿放弃公务员的身份到民营企业?那她图什么?除了自己刚才开价要比公务员收入高,其他如社会地位、日后保障等可都不如公务员。重新坐定后,郝兴江当即表态:"小庙若能请到你,那是我们的荣幸。"

"郝总,那就这样定了,按第一次开价中的工资方案。因为还没有为公司做贡献,股份我绝不能拿。"

郝兴江暗生好奇,明明可以就高而取,明明可以多要,石耿耿为什么放弃?既然连钱也不要,那她图啥?为了搞清楚对方的目的,郝兴江先追着确认:"你确定不要股份?"

"确定,每月一万工资,不拿股份。"

"为什么?"

"可以给你减轻压力。"

郝兴江一怔,石耿耿考虑事情如此周到,这和她的年纪实在不相符。若没有经过班子讨论,自己私自引进一名相当于中层的领导干部,即便石耿耿有着高学历和公务员身份,但由于对企业没有任何贡献,即便有人嘴上不说,心里肯定会有意见。如果日后有其他领导也效仿,那岂不是坏了企业的用人制度?不过郝兴江有信心说服大家,更何况乔康现在也清楚对方的潜能。想到这里,郝兴江也用小勺轻搅起了咖啡,说:"你的能力我们许多人都知道,我不会有压力。"

"钱不是问题,也不用再谈,我关心的是平台。"

郝兴江明白了对方的意思,开口询问:"公司正筹备将设计室升格为研究院,你看是不是愿意当常务副院长?"

"院长是谁?"

"由乔康副总来兼任。"

"怎么是他?"石耿耿眉头轻皱了一下。

郝兴江只能放下小勺,比画着解释当初的设想:"一来副总兼任院长可使设计研究院规格比其他部门高,二来由经营副总兼任可让技术创新更好地满足市场需要,不会闭门造车脱离市场。"

石耿耿重重点了下头:"考虑很周全,高明。"

"那就这样确定了?"

"不行,这个平台看似可作为,其实还是难施展拳脚。"

郝兴江不得不主动点破求证:"你指乔康会妨碍你?"

"技术创新有很大的风险,不能让瞻前顾后的人来主导,我要求能自己做主。"

石耿耿虽然没有正面回答,但要求非常明确,这让郝兴江有点为难。自己早已和乔康打过招呼,且对方也在好说歹说下接下这个任命,如果出尔反尔会产生矛盾。但他又舍不得石耿耿这个人才,何况人家分析得很在理。就在他左右为难之际,石耿耿端着咖啡杯主动说道:"看来兼任一事已定,那就不改了,但要给我保留直接向你这个一把手汇报的权限。"

郝兴江舒了一口气,说:"这没问题。"

"那我下周就办辞职手续。"

听石耿耿说得如此轻松,就像是放下手中的咖啡杯,郝兴江反而有些替对方担忧,问:"你家人会同意吗?"

石耿耿一愣,扑闪着大眼睛反问:"你说呢?"

郝兴江很直率地答复:"如果我儿子这么做,我会竭力反对。"

石耿耿抿嘴一笑,狡黠从嘴角散至面颊:"我爸搞纪检,我妈当老师，思想都开明，也相信我的判断。放心，他们肯定不会认为我是被胁迫或拐骗到民营企业的。"

居然把当厅级领导的父亲和当教授的母亲说得这么轻描淡写，看来石耿耿的确不自抬身价。郝兴江举起咖啡杯，说："为公司成功引进人才而干杯！"

"郝总，你不是不喝咖啡吗？"

"今天高兴，破例。"

石耿耿依然没有举杯迎合，人反而向后一靠，既像侃侃而谈，又似在规劝："郝总，你是领导干部，任何时候不能有破例的想法。只有按例，才能杜绝放纵、侥幸、麻痹、虚荣、从众等念头。"

"好，听你的。"郝兴江迅速放下咖啡杯，耳根不禁红了一下。

"郝总，你是不是奇怪我的决定？"

郝兴江本就想探问石耿耿"弃公投民"的真正目的，既然对方自己提起，自然不能放过。于是说道："的确想不出有什么理由值得你这么做。"

"郝总，你知道今天发生了什么重大事情吗？"

"你是指长海市新市长当选？"

"放在整个国家，这只能算鸡毛蒜皮事。"石耿耿的眼神明显有点失望。

郝兴江想了想，还是理不出头绪，只好请教对方："那是什么事？"

"2010年度国家科学技术奖励大会。"

"噢，对。"郝兴江嘴上应着，可还是不明白这事和石耿耿决定来公司有什么联系。

石耿耿吃惊地问道："作为国家火炬计划重点高新技术企业的老总，您难道不觉得这事很大吗？"

郝兴江没想到对方这么不给面子,只好再次详细地表达:"对,这是国家大事,更对我们企业今后推动创新工作有激励作用。"

"郝总,其实你留心一下去年12月10日至12日在北京举行的中央经济工作会议,就会发现我们国家的政策引导是越来越有效,越来越接地气。"

郝兴江觉得脸有点热,就好像小学生面对老师抽考,突然发现好多都答不上来。好在石耿耿没有再发问,而是直接表达起自己的看法:"这次中央经济工作会议提出了多个今年经济工作主要任务,其中有个就是要加大改革攻坚力度,推动经济发展方式转变。而据我了解,公司现在推的绕管式换热器主要用于煤化工企业,虽然经营和安全运行压力不大,但我并不看好煤化工行业发展趋势,它的市场份额只会越来越小。所以,我们必须调整战略,把产品打入日益红火的炼油行业。由于炼油工艺很复杂,加氢装置的压力都高达一百公斤以上,而且现场空间很紧凑,这就要求我们既要考虑材料和尺寸大小,还要全盘考虑流量等,从源头将产品设计得更加合理。"

郝兴江有点听明白了,感慨地说道:"原来你早有思路,太好了。我们公司的春天是真的来了。"

"其实我才是来投奔春天的,虽然在科技局我也能干点事,但在前景广阔的民营企业,我应该更能发挥出能量。"

"石老……嗯,石院长,公司能引进你是大幸。"

"郝总,不能这么说。去年第一次见面,你亲自来接,这次又屈驾这么远,不喝咖啡陪我在这里谈,并开出了这么多优厚的条件,遇到你才是我之幸。"

"谢谢,合作愉快。"

石耿耿握住郝兴江伸来的大手,边握边说:"郝总,我们不是合作者,是上下级。祝企业发展顺利!"

郝兴江一双眼睛眯成了月牙儿,像鸽子似的连点两下头,说:"好。祝企业发展顺利!"

16

周一中午,看乔康在一张餐桌前坐下,郝兴江端着托盘快步走到他对面。

"乔总,怎么吃这么少?"

乔康拨了拨托盘,说:"到这个年龄,我得控制自己的嘴。我老婆也说,我的饮食控制力度比学校老师对学生的作业监管程度严多了。"

郝兴江放下托盘落座,指着红烧肉说道:"我还是不行,在家被老婆管住了,出来老抵不住红烧肉的诱惑。"

说完,郝兴江故意夹了一块肥肉多的肉要往乔康碗里放,吓得乔康端起碗往后藏:"郝总,我血脂高,不能吃肥肉。"

"乔总真不吃?那我就独乐乐了。"郝兴江手势一转,筷子往嘴里一送。

看随着对方的双颊蠕动,溢出的油汁在上下唇闪闪发光,乔康心里暗自奇怪,就算以前没改制,那份工资也能吃肉吃到撑,现在改制了,想吃什么根本不成问题,可郝兴江怎么还像个农民工一样,连口肉都能吃出这样的滋味?乔康挑了一片青菜压在香菇上,然后叠着夹起,边嚼边羡慕地说道:"郝总,看来你的身体是真好。"

郝兴江嘟哝着回应:"我一直认为当身体缺乏某种元素时,就会向大脑发出信号。所以我从不刻意去克制,想吃啥就吃啥。"

按郝兴江的理论,那他的身体就像一具能行走的木乃伊,始终处于严重缺油水状态。乔康为自己的幻想笑出了声,为了掩饰失态,故意指着面前那盘炒胡萝卜丝自嘲:"郝总,那我估计前生是只兔子,老想吃胡萝卜。"

看对方心情不错,郝兴江慢慢引入正题:"乔总,刚才调度会我想起一事。"

"什么事?"

"设计研究院一拖又是两年,现在项目急需创新,我想马上筹备起来,过完年就正式成立。"

乔康心里暗自嘀咕,虽然这事早就提过,可郝兴江现在根本不是商量的口吻,更像是在通知自己,难不成他又有什么想法不成?想到这里,乔康故意问道:"郝总,这事晚推不如早推,但将设计室升格不是牌子一挂就行,总得有人吧?原先你说先搞个十五人左右的规模,可现在设计室一共才六人。"

"乔总,可以让车间推荐一些人才,我还给你请到了得力助手。"

车间?得力助手?乔康一下子联想到了游敏。现在也不知道怎么了,郝兴江居然把游敏当成了宝,还搞什么技术创新工作室。虽然游敏这家伙的确有些小发明,但这和技术没多大联系,更和创新扯不上半毛钱关系,最多算是小创意。由于内心抵触,乔康一脸不屑地问道:"谁呀?"

"石耿耿。"

乔康伸出去夹菜的筷子停在了半空中,问道:"什么?石耿耿不是在科技局上班吗?"

"石耿耿同意'弃公投民'。"郝兴江把愿意改为同意,以强调对方是请来的。

乔康有些吃惊,当初自己因为觉得石耿耿装腔作势而走眼,现在不但知道她有才气,更关键的是人家成了管理我们的公务员,她怎么会放弃大寺院到小破庙念经?于是他夹了一筷子胡萝卜丝,故意恭维:"如果能请到石耿耿,那全是仰仗郝总之光。"

郝兴江匆匆咽下口中米饭推辞:"乔总过奖了,希望你能满意。"

"石耿耿之才远高于我,也谈不上什么助手,我看不如技术上她全面负责,我就负责下外围工作。"

郝兴江没想到对方居然毫无异议地接受了石耿耿,而且还主动提议技术上的事由石耿耿全面负责,暗自庆幸三方能够不谋而合。当然在回应时,郝兴江还是很恰当地赞美乔康:"乔总客气了,我知道你也很忙,但石耿耿对公司还不熟悉,不光从车间选拔进研究院的人要你把关,后年的设计研究院和培训院更需要你多张罗。"

"都是一家人,不说客套话,有啥需要我出力的,尽管说。"乔康似乎心情很好,说完连扒了两口米饭。

郝兴江也放下心来,拿起盛红烧肉的碗往饭里浇些肉汁,用筷子一拌,正准备吃,手机响了起来。郝兴江只好扒了一口饭,边嚼边掏手机接通了电话。

"郝总,毛阿姨今早自杀了。"电话那头,朱小巧慌慌张张地说道。

郝兴江来不及咀嚼直接吞下米饭:"啥?人现在在哪里?"

"听说已直接送殡仪馆。"

"马上派车,通知周主席十分钟后从公室楼出发!"

挂上电话,郝兴江和乔康简单说了来电内容。乔康皱了皱眉头,主动请缨:"郝总,我也去,看有什么事可以帮着处理一下。"

郝兴江本就担心这事会牵连公司,现在乔康主动提出要出力,那再好不过。于是点了点头,说:"肯定少不了乔总出力。"

两人匆匆扒拉几口饭菜,回到办公室换下工作服径直下楼。已候在一楼大厅的周杰和朱小巧迎上前,四人向门口的商务车走去。

车辆很快就到了殡仪馆。朱小巧下车后先到办事厅,以公司的名义买了一只大花圈。在工作人员的指点下,郝兴江等人走进毛阿姨的告别厅。告别厅里人不多,除了挽黑纱的家属,还有两个穿警服的人比较醒目,估计是办案的。敬上花圈,郝兴江走到李默海女儿和女婿面前,刚想劝慰对方几句,不料李默海的女儿瞪了一下红肿的眼,别过脸不搭理,好在李默海女婿客套地道了声"谢谢"。

"节哀顺变。如有需要,尽管联系朱主任。"

朱小巧立即递上名片,李默海女婿接上谢过。郝兴江觉得待这里也没什么意义,就在准备转身离开之际,一旁的乔康插问:"毛大姐有什么交代吗?"

"妈昨天中午还和我老婆通了个电话,说后天去看爸。不知为什么,突然想不开走了。"

郝兴江感觉李默海女婿答不对题,好在李默海女儿回过头冲着丈夫叫道:"你要说就说真话!"

李默海女婿一把搂过老婆:"好,不说,不说了。"

看这场景估计说下去多是非,郝兴江朝乔康使了个眼色,一行四人相继走出了告别厅。

到厂后,郝兴江觉得李默海女儿刚才似乎话中有话,想后天是探监的日子,既然毛阿姨遭遇不幸,他决定独自去探望李默海。

到监狱办理完相关手续,郝兴江静静地在会见室等着李默海的到来。过了近十分钟,对面的门开了,狱警带着李默海走了进来。李默海隔着玻璃望了一眼郝兴江,缓缓坐了下来。郝兴江发现狱警这次没有在一旁监视,而是退了出去,并带上了门。

郝兴江先取下了话筒,并做了个请的姿势。等李默海把话筒贴在耳上,这才开口说道:"李厂长,你又瘦了。"

"你什么时候见里面的人胖过?"

由于监狱方提前提醒过郝兴江,李默海已知道老婆去世,情绪很低落,所以听着对方嘶哑的声音,看着那疲倦的神情,郝兴江心里很不是滋味,一下子不知道怎么说才好。好在话筒里又传来李默海沙哑的声音:"你把厂搞得很好,你不是帮凶。"

郝兴江觉得李默海这上下句之间没有关联,可蓦然想起第一次探监时,李默海曾说虽然不能确定自己是不是元凶,但肯定我是帮凶。既然今天他这么说,应该是确认自己无害他之意。于是面露微笑地回应:"厂有起色,全靠李厂长的指点。"

"我有一件事,你能不能帮一下忙?"

郝兴江觉得对方像是在打谜,但既然开口让自己帮忙,那自然要答应,于是脱口而出:"李厂长有事尽管说。"

"找到我女儿,劝她不要急,等我刑满出来再说。"

郝兴江发现李默海说这话时缓慢合了一眼,再回味刚才刻意加重"找到我女儿"的重音,联想到前天在殡仪馆时,李默海女儿话中有话的样子,终于明白了过来,于是忙点头答应:"好的。"

"如果我女儿不信你,你就说2005年10月,我拒绝中金造纸厂业务就是为了今日的清白。"

郝兴江暗自算了一下，2005年自己还没有调到长海机械厂，也没听说中金造纸厂和单位有什么事，看来只能回去问问朱小巧。看对方盯着自己，郝兴江就点头重复："'2005年10月，我拒绝中金造纸厂业务就是为了今日的清白'。好的。"

李默海像是安顿好了一件大事，舒了一口气。为了缓和对方心情，郝兴江说道："李厂长，我们引进了一名硕士毕业生，打算过年后就把设计研究院办起来。"

"好！你是真遇到了大好时机。"

"是的，这两年国内形势真不错。"

"改制都第三年了，国家火炬计划也如愿评上了，可没想到你的格局还是这么小。"

对于李默海嗤之以鼻的口吻，郝兴江虽有几丝不快，但知道对方肯定看出了不足之处，于是虚心笑问："李厂长，我还存在什么问题吗？"

李默海不答反问："知道今天奥巴马邀请谁到美国进行国事访问吗？"

对于重大时事新闻，郝兴江现在基本上都知道。自从儿子看上《人民日报》后，他也基本上天天看，昨天报纸头版就是《胡锦涛主席接受美国〈华尔街日报〉和〈华盛顿邮报〉联合书面采访》，前天也刊发了《胡主席访美对推进新时期中美关系意义深远》。于是一脸轻松地肯定答道："李厂长，是胡锦涛主席。"

"看到了什么？有什么判断？"

郝兴江皱起了眉头，问这些有什么意义？难不成我不当企业家当政治家或外交官？李默海似乎看出了对方的不满情绪，说："其实也不能怪你，我若不是在这里，也不会对新华社稿子读得这么认真,更不会去思考。"

"李厂长有什么高见？"

李默海舔了舔干裂的嘴唇,说:"企业改制前,中美两国关系曾出现许多杂音,这也是造成我误判从而抵制企业改制的原因。但你记住,当今世界正处在大发展大变革大调整时期,求和平、谋发展、促合作已经成为不可阻挡的时代潮流。今年是中美重新打开交往大门四十周年,如今的中美关系已经成为当今世界最重要的双边关系之一。由于两国对话沟通密切,经贸联系紧密,人员往来频繁,合作领域广泛,所以两国共同利益远远大于分歧。随着胡主席对美国进行国事访问,我国将有更多的优质产品冲出国门,你一定要抓住这样的机会,让技术创新后的换热器去占领国际市场。"

虽然李默海的说法中很多用词都是报纸上的,但归纳得很顺,尤其是最后的点题,很是亮眼。可郝兴江听了却不敢接话,占领国内市场都这么难,还想去抢占国际市场,这不是痴人说梦吗？不知李默海是感到疲倦,还是觉得自己在对牛弹琴,他抬眼看了一下墙上的挂钟,抬手一挥,哑着嗓子:"没啥好说的了,你回去吧。"

"好,我会联系上你女儿。"

"你是领导,上千人交给你,你不远虑和深谋,必有重患和近忧,我就是前车之鉴。"说完,李默海挂上电话,扭头用力喊了一声,"报告！"

门开后,狱警走了进来。

"报告政府,会谈已结束,申请回房。"

狱警诧异地抬手看了看手表,善意提醒:"还有十五分钟,你放弃？"

"报告政府,该说的已说完,我现在申请回房。"

狱警睨了一眼郝兴江，见对方也是平静地看着李默海，一脸狐疑地带李默海离开了会见室。

回公司路上，郝兴江打电话给朱小巧，让她想想企业改制前，有没有和中金造纸厂有业务。没想到朱小巧一口答复没有。挂上电话，司机却开口说道："郝总，我以前送乔总办业务时，在车上听到他与中金造纸厂领导打过电话，应该是业务上的事。"

"老曲，还记得是什么时候吗？"

郝兴江发现后视镜中的老曲回望了自己一眼："哎呀，郝总，这是改制前的事，现在改制都已两年多，有点想不起来了。我估计有五年多了。"

这和李默海说的年份基本吻合，郝兴江继续探问："老曲，当时乔总谈的是什么业务？"

"这我不清楚，只听乔总当时说，如果市领导决定了，我们必定全力支持中金造纸厂。"

郝兴江陷入了沉思，从李默海、朱小巧及老曲三人提供的中金造纸厂信息中，不难看出这件事有点复杂。李默海为什么拒绝中金造纸厂业务？而乔康又为什么会一口答应？连办公室工作人员都不知道的业务，为什么市领导会做出决定？这个市领导是谁？按乔康目前的关系来推，应该是梁钰副市长。现在李默海似乎把拒绝中金造纸厂业务当作自己的廉政表现之一，难不成梁市长……

郝兴江不敢再胡乱猜想，决定找机会尽快见李默海女儿。刚打定主意，手机响了，看是朱小巧来电，郝兴江估计是她找到了当年中金业务的相关情况，于是接通了电话。

"郝总，李厂长家人想见您，我怎么答复合适？"

"他们在公司？"

"不是,他们在李厂长家。"

郝兴江抬手看了一下手表,当即指示:"我再过十五分钟就下高速,让他们在李厂长家等我。"

"好的,郝总,我尽快提前到。要不要叫其他领导陪同?"

"不用通知其他人,你也不用过去。还有,刚才我问的中金造纸厂业务不要和别人提起。"

"好的,郝总,我明白了。"

挂上电话,郝兴江吩咐老曲:"先去李厂长家。"

"好的,郝总。"老曲应声后加大了油门,时速指针迅速拉到高速公路限定的最高值。

半小时后,郝兴江按司机的提示径直上楼,刚按响李默海家的门铃。里面就传来脚步声,来开门的是李默海女婿。他没招呼一声,只是把身子一让。郝兴江也不搭话,默契地拎包进了门。李默海女婿关上门,引郝兴江来到客厅。

客厅不大,约十几平方米,装修也一般。电视机对面是把三人木沙发,李默海女儿居中而坐,见郝兴江进来,也没起身,只是淡淡地说道:"郝总,打扰你了,请坐。"

郝兴江明显感觉到对方这次见面虽态度有些平淡,但没了前天的敌意。他点头走到三人沙发前,选靠门这边坐了下来,并顺手把包放在茶几上。李默海女婿则绕过茶几,坐在了沙发的另一边。

"郝总,这是我母亲的真实遗书。"

真实遗书?难不成还有伪造的?遗书内容怎么有这么多?郝兴江一脸疑惑地接过李默海女儿递来的一沓纸,只见上面第一张写有"遗嘱"的纸上内容很简短,只写了"太累了,我不想活了,你们保重"。再看第二张,居然也标了"遗嘱",不但整张纸写得密密麻麻,而且开头还标注了一句——"2011年1月15日的遗嘱是本人假遗嘱,所以特意把嘱字少写了最后一点,本份遗嘱是我离开这个世界的真心话"。

郝兴江特意又回看了第一份遗嘱,果真那一笔一画的字体中,"嘱"缺了一点。重新回过头看这份长遗嘱,表达的意思只有一个,那就是李默海是冤枉的,她愿以生命为代价,请政府彻查案件。再粗粗翻看遗嘱后的纸张,每一页应该都是探监后李默海的回忆和质疑案件的记录。

李默海女婿略带歉意地解释道:"郝总,不瞒你说,因为相信岳父是清白的,所以我们全家原先怀疑你不是见利起意,就是落井下石。"

郝兴江心想,这不就是李默海当初对自己究竟是元凶还是帮凶的评价吗?好在不光李默海,如今他们全家应该都相信自己不是小人,更不是坏人。考虑到今天李默海家人找他的目的是想告诉自己真相,于是平静地说道:"事实可能会被一时掩盖,但时间会慢慢揭开真相。"

李默海女儿插话:"问题是现在真相基本清楚了,可我们该怎么办?"

"我想先问一下,嫂子为什么要立两份遗嘱?前一份是给谁看的?"

李默海女儿边回忆边说:"星期天中午,我妈打电话给我,说公安局那个坏人又来了,威胁我妈若再去上访,就把我爸关到死为止。"

听到这里,郝兴江知道要么毛阿姨精神出了问题,要么是公安出了个为虎作伥、助纣为虐的败类。从目前的迹象来判断,后者的可能性比较大。也就是说,前一份假遗嘱是给那个公安里的坏人看的,于是细问:"嫂子说的那个坏人是谁?"

"市公安局经侦大队支队长钱凯俊。"

郝兴江眉角一跳,他不但认识钱凯俊,还知道钱凯俊是梁钰的外甥。如果是为了阻止毛阿姨上访,不应该由钱凯俊出面,即便要由公安出手,那也是治安支队干警的活。郝兴江继续追问:"嫂子是什么时候认识这人的?"

李默海女儿从茶几上拿起另一沓纸,说:"查我家那天,钱凯俊当时是经侦大队副支队长,由他负责。但我们推测他背后是市里主管经济的梁钰副市长。这是我妈记录的我爸出事前后所有的经过。"

郝兴江没有接,而是问道:"为什么今天要告诉我这些?"

李默海女儿说:"这两份材料是我妈出事前通过邮政EMS寄给我的,我今天早上才收到。我爸和我妈都说你是改制事件的经历者和决策者,而且是个好人,如果想要胜诉,必须得到你的支持。"

看来李默海家人是铁了心要上访,只是苦于没有李默海被冤枉的证据,更缺少相应的支持。郝兴江提醒自己不能搅这趟浑水,靠根本算不了证据的毛阿姨"回忆录",就算只是告钱凯俊,也没什么胜算,更不用说位高权重的梁钰。如果李默海家人硬要为之,那最后结果估计是搬起石头砸自己的脚。想到这里,郝兴江主动求证:"你们想上访?"

"不!"

听李默海女儿斩钉截铁的否定,郝兴江心稍松了一下,可没想到对方指着手中的材料说道:"是申冤,为我爸申冤!"

郝兴江开始后悔自己的草率决定,干吗要去送毛阿姨?干吗要去探望李默海?干吗要单独与李默海家人见面?自己现在的身份是一企之主,任务就是搞好生产,让公司有长足的发展,让职工有美好的未来。现在这样子弄不好不但自己惹麻烦，而且可能会拖累公司。想到老婆、儿子和上千名职工，郝兴江既像是表明态度，又像是劝慰对方："我个人认为靠嫂子的遗嘱和记录根本行不通。"

李默海女儿像是在溺水中看到了一块木板，朝郝兴江伸直了脖子问道："郝总有其他证据？"

郝兴江摇头："没有，我甚至第一次听闻你说的事。"

李默海女儿的眼神顿时暗了下来。郝兴江突然想起中金造纸厂业务事件，于是低头赶紧翻阅，果然毛阿姨在探监记录中记有此事。大致意思是2005年10月21日下午，中金造纸厂总经理登门来订一批滚轴，但要求虚开发票金额，说是为了完成投资指标。李默海当场拒绝了对方的要求。

串联李默海和司机老曲所提供的信息，加上这份记录，郝兴江终于理清了事件经过。中金造纸厂总经理想贪污，以虚开发票捞回扣，此事还得到了市领导的认可和支持。乔康应该知道事件的来龙去脉，但商谋参与的可能性不大。但无论如何，这件事只能证明李默海没有参与中金造纸厂贪污一事，并不能佐证其一生清白，更不能证明有人在中金造纸厂滚轴买卖上有贪污行为。郝兴江开始琢磨如何脱身，李默海女婿倒是劝慰起了老婆："我想这些材料也没有多少说服力，坚持上访可能会让我们像妈一样……"

"你害怕就不要和我在一起！"

"我不是害怕，只是不想让我们的家庭再受到伤害，也没有必要把别人再拖进来。"

李默海女儿突然扑向老公哭出了声，李默海女婿一边拍老婆肩膀，一边说道："好，不哭，不哭了，我们先把这些材料收好，等有合适机会，我一定陪你上访或上诉。"说到这里，又抬起头半叮嘱半请求郝兴江,"郝总,今天看到的东西请替我们保密一下。"

"一定!"郝兴江觉得李默海真是挑了个好女婿,有他在,李家应该能渡过这次难关。

"谢谢郝总!"

为了安抚李默海女儿,郝兴江当即表态:"若有需要我作证的地方,我会如实说。"

李默海女儿听了立马坐直身,似乎要特意提醒郝兴江:"我爸猜测改制过程中肯定有人趁机贪了一笔。"

郝兴江大为不快,甚至立场也发生了转变,觉得李默海一家人性格很相似,极度偏执。如果猜测也能当真,那岂不是笑话。这改制过程可是我一把抓,这不是在影射我是犯罪分子吗?

李默海女婿觉察出了异样,马上补充:"我老婆没说清楚,爸是根据以往的经历,估计上面这么积极,可能是有人暗捞了一把,甚至可能是里外勾结。"

郝兴江越听越不顺耳,上面是捞了一把,可那只是政治资本,与贪污没有关联。改制是里外勾结,但这勾结只是一心想把企业搞活、搞好,所以梁副市长顶着压力给我们拨地盘,给我们增业务,可不是你们一家的阴暗揣摩。郝兴江觉得不能再在这里听这对小夫妻瞎扯了,于是起身说道:"公司还有些事,我先走了。"

也不等对方反应过来,郝兴江拎起包转身离开了李默海家。

17

设计研究院成立后,不但有不少人说风凉话,更有人等着看热闹。就连一些老设计职工也很不服气,公司领导居然让一个小丫头来主政,并从车间调了三个工人来设计研究院,这简直是滥竽充数!

这天,汇报完下月的经营计划,乔康把设计研究院职工的牢骚一股脑倒给了郝兴江。没想到郝兴江认真听完后,根本不发表意见,而是盯着对方问道:"乔总,你怎么看?"

乔康心想,谁都知道我在设计研究院只挂个虚名,真正的一把手就是石耿耿,幕后老板就是你郝兴江。就是因为有看法,所以才跟你说这些事。可现在郝兴江直接问我的看法,那只能从一线操作工人转设计研究专业干部说起,暂不炮轰你的红人——石耿耿。所以乔康好像很随意地说道:"郝总,我觉得有些意见有一定的道理。"

"哦,哪些?"

对于郝兴江的追问,乔康仍不急不躁地说道:"比如把一线工人调到设计研究院工作。"

"乔总，记得上个月在食堂吃饭时，你同意由车间推荐人才补充到设计研究院，解决人才紧缺问题呀。"

看对方把球踢给自己，乔康马上回应。"当时我光顾着说引进石耿耿一事，没有细想，但现在看来的确有点问题。游敏他们是有一技之长，但这种小发明和技术谈不上联系，更和真正的技术创新靠不上边。"说到这里，乔康故意停顿了一下，手握拳头向虚拔一下，"这种重用有拔苗助长的嫌疑。"

看着对方夸张的肢体动作，郝兴江觉得乔康的认知还是停留在企业改制前，仍着眼于工人与干部的身份差别，紧盯爱好发明与技术创新的差别。于是替游敏打抱不平："乔总，就说你提到的游敏，他不但在实践中取得了两项国家专利，而且明年就可以取得长海大学设备制造专业毕业证，这样的人难道没有资格进设计研究院吗？"

"郝总，这只是函授，说实话，这种文凭还不如厕纸实用。"在乔康眼里，函授文凭就是一张废纸，即便在有些人身上，这是一张升官的"通行证"。

对乔康的不屑口吻，郝兴江感觉很不舒服。作为一名领导，理应肯定与支持职工的自学，怎么能这么歧视与否定？所以当即予以纠正："其实不论全日制与函授，最终衡量的还是学到了多少知识。据了解，游敏现在还应用所学的知识开始写技术分析，这对我们来说，都是实实在在助推公司发展的干货。同时，公司不拘一格用他们，既可解决生产实际的困难，更可激励职工勤学奋进的精神。"

既然游敏你护得这么牢，那干脆再试探一下在给石耿耿待遇上的态度。乔康故意紧抿了一下嘴唇，先装作一副欲言又止的表情，随后叹了口气说道："唉，但现在连设计研究院许多人也觉得我们的激励有偏差。"

"哦,你听到什么了?"

"大家都说石耿耿的待遇太高了。"

"不就一万月薪,我还觉得委屈人家了,连个股份也没给。"想起石耿耿说减少薪水和不拿股份是为了减轻用人压力,郝兴江忍不住翘起了嘴角。

"郝总,企业改制后招的职工一律不安排住宿,可石耿耿我们却给包了县里最高级的柳江宾馆客房。"

"乔总,你认为有必要吗?"

"郝总,按我意见,宁可再给她加钱,也不应这么做。"乔康很直率地予以否定。

"许多人觉得钱给多了,可我当时还想给她中层正职待遇,她谢绝了。如果我们连住宿也没安排,是不是太过意不去?"

乔康干笑了一声反问:"她值这样的代价吗?"

郝兴江歪着脑袋也反问:"我们还能以这样的代价,再引进有硕士学历且在政府部门工作的人吗?"

乔康想了想,很坦诚地摇了摇头。

"国以才立,企以才兴。我认为,想让职工日后在公司安心、用心、尽心,我们必须着力提升职工精神上的归属感、工作上的成就感、生活上的幸福感,尤其是特殊人才,更要特殊对待。一定要让他们在工作生活上,甚至是思想精神方面都有归属感。"

见不但说不动郝兴江,而且事情往自己不愿看到的方向发展,乔康决定见"坏"就收,不再商议此事。虽然和郝兴江共事不到五年,但乔康已摸透了对方的性格。此人看上去文质彬彬好说话,其实内心任何时候都有主意,而这种主意配以铁的意志,那就会一条路走到底。想到这里,乔康话锋一转,说:"郝总,都说你是个好人,希望游敏他们不辜负你的栽培,也期望设计研究院在石耿耿的带领下,努力开发出符合市场需求的产品。"

"乔总,我刚才也在考虑,公司三季度的经营计划压力很大。如今我们视作拳头产品的绕管式换热器,不少制造企业也加入竞争。由于这些企业在地域空间上的优势超过我公司,估计日后营销部工作压力会越来越大,只能不断研发市场急需的新产品,我们才有立足之地。"

"我也觉得只有手有利器,出去揽活才有底气。"对乔康来说,营销部是"亲儿子",设计研究院最多算个"干儿子"。前者不可无,后者有无都一样。现在既然一把手理解"亲儿子"苦衷,并把压力加在"干儿子"上,何乐不为。

郝兴江知道对方已完全把自己架空于设计研究院,当然,这也是自己想要的结果,只有这样,石耿耿才不会被束缚手脚。但嘴上却说道:"反正营销部和设计研究院是乔总的手心肉和手背肉,还得靠乔总日常多费心了。"

乔康皮笑肉不笑地应了声:"应该的。"

看着乔康离去的背影,郝兴江悲哀地意识到,自己和乔康的隔阂在拉大,两人再也回不到当年为改制而并肩作战的战友情。但郝兴江知道,自己的决策是正确的,更是无私的,该坚持的原则必须坚持,哪怕乔康对自己有误解。同时,郝兴江也提醒自己,在最艰难的时候,乔康可是自始至终支持自己。当初,无论是机械厂改制时争取到的丰厚"嫁妆",还是后续安抚人心工作,乔康真称得上厥功至伟,对这样的功臣,日后还是要多尊重些。想到这里,郝兴江在打开的笔记本上写下:"世无完人,列功覆过。以责人之心责己,以恕己之心恕人。"

最后一捺还没收笔,传来"咚咚"的敲门声,郝兴江不用抬头也知道是朱小巧:"请进!"

朱小巧拿着一封信走了进来,说:"郝总,徐总让我马上呈您批示。"

郝兴江接过抽出信纸一看,是台湾地区志强公司总经理写给徐阳达的信,大意是当地有大型炼油厂上马,他们承接下了所有换热器制造业务。由于人手紧缺,现想把加氢绕管式换热器委托其他厂商制造,如果长海设制公司有合作意向,志强公司将派人考察并洽谈相关事宜。郝兴江心想,刚还在为三季度的业务发愁,如今有人主动伸橄榄枝,简直是想什么来什么。不过公司还没有涉及过境外业务,得从长计议,先向徐达阳问清楚此事来龙去脉为好。于是,郝兴江放下信问朱小巧:"徐总有事出去了?"

"郝总,长钢厂制氧机突发故障,徐总带人过去处理了。"

"徐总来找过我?"

"是的,徐总让我呈这封信时说,因为您和乔总在谈事,就没进来打扰。吩咐我等乔总出来,马上呈您批示。"

郝兴江暗自奇怪,办公桌面朝门窗,以前和所有人谈话时,都能发现谁在楼道进出或等待,可今天居然没发现徐达阳和朱小巧。难不成是今天与乔康谈事过度专注之故?另外,像这事完全可以和主管营销业务的乔康一起商议,徐达阳干吗要回避他?郝兴江决定和徐达阳见面后再摸清情况,于是对朱小巧说道:"好,我知道了。"

按惯例,朱小巧此时该退出办公室,可今天她却问道:"郝总,今天您需要订花吗?"

"干吗要订花?"郝兴江很是奇怪。

"今天好像是您夫人的生日。"

郝兴江看了一下台历,更为吃惊:"你怎么知道的?"

"去年今天郝总傍晚急着回家,说是小舅子过来要给姐姐过生日。"

"谢谢!那就帮我订一束吧。"郝兴江有些感动,一年前的事朱小巧居然还记着,并有心今天提醒自己。

"好,下午三时我放您办公室可以吗?"

"好的。"

等朱小巧离开,郝兴江赶紧订了个包厢,随后打电话通知老婆。

接到郝兴江的电话及安排,史芳有些惊喜,可嘴上却讨伐:"谢谢老公,你居然会记得我今天生日,还主动订了酒店,莫不是做了什么亏心事吧?"

郝兴江哈哈一笑:"说实话,真感觉有点亏心。"

"好吧,老实交代。你也知道我党的政策,坦白从宽,抗拒从严。"

"我交代,家里全靠你在照料,真的很感谢!"

"算你还有点良心。那我马上约爸妈和小力,儿子放学后我直接接到酒店。你先忙吧。"

"好,辛苦老婆了。"

挂上电话,郝兴江看着桌上七年前的全家福笑了。照片上妻子的笑明显刻意而为,而现在和自己在一起时,不但笑脸常挂,连做的饭菜也尽量按杭帮菜口味,看来女人的性格好坏真和男人的地位与财富成一定的正比。改制这几年的分红,已让小家庭过上了富裕的生活,不但住上县城最好的楼盘,而且还给史芳买了辆汽车。郝兴江打定了主意,改天抽空重新拍张全家福。

安顿好小家庭,郝兴江旋即拨通了徐达阳的手机。徐达阳说刚在现场初步诊断了长钢厂制氧机的问题,为了不影响抢修任务,约定下午一上班就到郝兴江办公室商议台湾业务事宜。为了试探徐达阳是否有意要回避乔康,郝兴江故意说道:"那我把乔总也约上吧。"

"郝总,我想先听听你的意见。"

见徐达阳的态度很明确,郝兴江就顺势说道:"好,那我们俩先商议一下。"

郝兴江设的下午上班闹钟声还没响,徐达阳已敲响了门。郝兴江起身打开门,一边回身收拾折叠椅,一边打趣:"徐总,你是风风火火,我却悠悠闲闲,好像有点不公平。"

身穿橘红色连体工装的徐达阳把门一关,笑道:"历史上向来都是将帅坐镇淡定指挥,冲锋陷阵当然由我们来。"

"你先坐,自个儿倒茶,给我两分钟时间。"

徐达阳捏了一小撮红茶放进杯子,说:"不急,离上班还有十多分钟。"

"哈哈,看来你比人事部门考勤严多了。"

郝兴江放好折叠椅取上毛巾出门,等从洗手间回来,挂好毛巾关上门,边取桌上的台湾来信和水杯,边问:"长钢厂制氧机抢修怎么样了?"

"这是公司的重要客户,没搞定我可不敢离开。"

郝兴江走到沙发前和徐达阳并排而坐,放下手上的信和水杯,说:"辛苦你了。"

徐达阳也不客套,指着信开门见山说道:"这是早上收到的,我也奇怪,这都信息时代了,怎么还是用老方法联系,真担心会耽误正事。"

徐达阳明着是说台湾的做事风格，其实是在催自己尽快做决策。郝兴江自然当即表明了自己的看法："我正为三季度业务发愁，就怕人等活、机器不转，现在有这样的机会，我们当然不能放弃。"

"郝总，对方可不是出于友谊而伸橄榄枝，而是把技术难度最大的加氢绕管式换热器交给我们制造，这台设备压力高达140千克，重量达300吨。无论是重量还是工艺要求，我们没有任何的经验，如果设计制造稍有闪失，就可能造成对方炼油厂厂毁人亡的重大事故。"

"徐总，你把问题和风险看得很清楚，但我想事在人为，更何况我们也该给设计研究院出出考题。"

"我担心乔总会反对。"

郝兴江这下明白徐达阳为什么要避开乔康了，也摸清了徐达阳有接这项业务的意图。为了给对方鼓气，郝兴江笑道："既然你这个负责制造的人都不怕这根硬骨头，相信石耿耿也一定会攻破这个设计难题。放心，最终是由我来签字。"

"此业务涉及两地，我们还没有接待对方考察与洽谈的经验。"

这时，郝兴江的手机闹钟响了，他关了闹钟后才说："船到桥头自然直。这都是小事，更何况同根同源，长的都是黑发黄肤，说的都是汉语，连直接沟通都不是问题。"

徐达阳放下了心，说："那我立即发邮件答复对方，公司同意合作。"

"不。"

徐达阳一愣，刚刚还信誓旦旦说要接这项业务，怎么到临门一脚却蔫了？就在徐达阳大为不解中，郝兴江又说道："徐总，回复就说我公司随时欢迎他们莅临指导。我们既不能表明急着想拿下这个业务，又要不失礼节，这样后续谈判时才能不处于劣势。"

徐达阳由衷敬佩对方的谋略，竖起拇指赞道："郝总考虑周到。"

郝兴江亲热地拍了一下对方大腿："哈哈，徐总你可不能给我戴高帽，不然我更找不到北了。"说完，又追问："对方怎么认识你的？"

徐达阳喝了一口茶，放下杯子说道："说来也巧了，上次山东制造业务投标中遇到过，互换了名片。没想到当年的竞争对手成了要合作的对象。"

"他们很用心，三年了还保留着名片。这次用信件的方式，就是怕你不在公司了。"

徐达阳恍然大悟："我还真没想到这一点。"

"商场上既没有永远的对手，也没有永远的合作者，互利双赢才是长久之计。如果成功，那将是公司产品首次出境，其战略意义非同小可。"

"行，那我马上邮件加电话去回复。"

郝兴江拿起水杯举向对方："辛苦你了，祝一切顺利！"

徐达阳也不接话，端起茶杯与对方碰了一下，喝上一口放下茶杯，拿上安全帽就朝自己的办公室走去。

18

2011年6月6日,台湾地区志强公司总经理高喆亲自带三人到长海设制公司考察并洽谈。为了显示诚意,郝兴江当天早上暂停了调度会,亲自和徐达阳到机场迎接。

徐达阳介绍完双方后,郝兴江边握对方手边打量。高喆个子不高,皮肤略黑,五官深邃,面容和善,谈吐举止温文儒雅中能让人感受到澎湃激情。车上,通过行程的交流,郝兴江大致了解了对方企业的规模,也清楚了他们原先合作的法国制造商。他初步判断志强公司没有制造超大加氢绕管式换热器的能力,而法国制造商的报价业主单位不能接受。郝兴江自信由公司产品质量和价格所构成的"重磅组合拳",必定能促成这次业务合作。

一到公司,高喆就立即兵分两路,由他带领着两名技术人员直赴生产现场,主管项目技术的魏忠则在会议室查看长海设制公司的资质和相关技术资料。郝兴江只能和徐达阳分开陪同对方两路人马。郝兴江很想陪魏忠,可按照级别对待原则,只好让蔡永伟去会议室招待魏忠。

现场考察很顺利,高喆不但与工人交流了操作经验,而且查看了多张焊接片，对长海设制公司的管理和产品质量表示基本满意。郝兴江怎么也没想到,此时的会议室却乱成了一锅粥。

原来志强公司在台湾高雄，也因为这里是绿营的票仓，所以很多市民对大陆有的偏见，而魏忠恰恰就是绿营的代表之一。来考察前，魏忠不但嘲讽大陆产品就是劣质的代名词，更是极力反对采购大陆的产品。高喆原担心带魏忠会坏事，可副总经理却建议必须带上此人，并尽可能创造机会让他一人查长海设制公司。因为越表达不满意，就越能压价。高喆接纳了意见，并真让魏忠负责查看对方相关技术资料。

为了让对方全面了解产品的性能，郝兴江早就在会议室准备好了相关的资料。可魏忠坐下后，不翻桌上的资料，刁钻地一会提出要看某产品的原始操作纪录，一会儿又说要查某月生产原料的进库单。只要对方的要求不涉及商业核心机密，蔡永伟都尽可能满足。可翻找这种细碎的资料，却需要不少的人力，搞得配合检查的朱小巧和另一名职工满头大汗、气喘吁吁。终于，魏忠找出了两张原始操作纪录有涂改的痕迹，立即如获至宝般抽出放在桌上。

下午双方交流时，魏忠拿这两张有涂改痕迹的原始操作纪录大做文章，说原始操作纪录有涂改，要么是公司生产现场管理混乱，要么就是产品制造过程做了手脚。郝兴江真没想到组织人力辛辛苦苦准备了一周的材料，却在这个节骨眼上出了瑕疵，但不得不佩服对方的认真负责态度与执着精神，更知道了今后走国际化道路企业所要面临的内部压力。面对对方的责难，郝兴江全盘接受："谢谢魏主管的批评与指正，我们日后一定规范原始操作纪录的填写。"

"今天陪同检查的全是领导,你们到底有没有专业技术人员？"

郝兴江终于领教了蔡永伟中午偷吐的苦水,估计此人是对方公司专门安排来找碴的。看着下巴光滑的魏忠气定神闲地转动钢笔,郝兴江盯着他前面座位牌暗骂:魏忠啊魏忠,你绝对是志强公司的"闲臣",和大明宦官魏忠贤有的一拼。心里气归气,但仍一脸笑意地回应:"我们不但有专业技术人员,而且还成立了设计研究院。"

"那你把负责人请到这里来,我有些问题想当面请教一下。"

谁都听得出魏忠这客套话后准备的利剑,当面请教是假,当场开炮为真。蔡永伟、徐达阳、乔康等人担心石耿耿答不好会砸了场,郝兴江却让朱小巧马上通知石耿耿来会议室,他相信石耿耿即便不能对答自如,至少也能让对方满意。

当石耿耿出现在会场时,魏忠傻眼了,没想到来的是个女人,而且是个年轻美貌的姑娘。高喆也愣了,若不介绍,真把这个院长当成是来倒茶水的行政人员。

魏忠一个劲地偷乐,觉得自己今天能把这笔业务搅黄。心里说道:对不起美女了,这可不是上台当群演,即便肚里没货装模作样也能混口饭吃,今天我必须揭你这张南郭先生的皮!

但令志强公司意想不到的是石耿耿的知识面如此之广,不但熟悉换热器设计制造的技能,更了解当下的新技术和新发明,甚至还对日后的设备制造的趋势有独特的判断。几招过后,魏忠就像是使完三板斧的程咬金,再也搞不出花样来。

高喆听了又喜又忧,喜的是最难干的活交给这样的企业可以放心,忧的是大陆现在连这样年轻的人都如此有才,那日后台湾企业还能有出路吗?据说大陆载人航天总部工作人员平均年龄也才三十出头,神舟七号飞船的总指挥才四十五岁。再看看自己一行四人,哪个不是已近知天命?高喆觉得接下来的价格谈判可能会对自己不利,希望长海设制公司不要狮子大开口。

郝兴江见己方已扳回局面,终于放下心来,刚准备开口缓和一下会场气氛,突然窗外传来一声炮响,把高喆吓了一跳。石耿耿赶紧解释:"高总来得真是巧,今天是端午节,柳江县每年都会在柳江举行龙舟赛,现在应该开赛了。"

"哦,这里能看到吗?"高喆说完把头扭向窗外。

郝兴江见对方有兴致,边推椅起身边说:"虽然我们楼不临江,但在楼道还是能看到。"

"太好了。"高喆起身跟着郝兴江到楼道口。虽然距江有点距离,但依稀能看到三艘龙舟正在奋力向前。

站在高喆身后的魏忠心有不甘地感叹:"以为你们这里端午节没啥活动,没想到连县城都这么热闹。"

"看来是我们的认知跟不上大陆的发展。"高喆一语双关。

没等其他人说话,石耿耿在后面抢先说道:"高总过谦了。我记得,喆通哲,意为有智慧的人;而'喆'分两'吉',不就是指在双方具备的实力中找到平衡吗?"

对于石耿耿同样以一语双关回应,高喆颇为吃惊。这女人怎么连生僻字的含义都这么清楚?他决定再试探对方技术外的功底。于是扭过头,手指龙舟一脸和气地问道:"除了赛龙舟,端午节这天大陆还有什么同平时不一样的地方吗?"

石耿耿侃侃而谈:"端午节源自天象崇拜,是从上古时代祭龙演变而来,所以我们这里每年仲夏端午以赛龙舟形式祈福纳祥、压邪攘灾。这一天我们不光吃粽子,还有'五月五,五黄三白过端午'的说法。即在端午既要吃黄鱼、黄瓜、黄鳝、咸鸭蛋黄和喝雄黄酒,还要吃茭白、白切肉和咸鸭蛋蛋白。"

看高喆微点头不语,一旁的魏忠赶紧抓住机会嘲弄:"好好的传统节日,在这里却变成了粽子节、五黄节,什么都退化到只剩'吃'的境地,'吃'成了节日的主题。"

石耿耿摇头回击:"其实每个传统节日都蕴含着丰厚的中华文化内涵,分别由习俗、传说、活动和时令美食等系列符号组成。时令美食既包含了阴阳五行思想和儒家伦理道德观念,更有中医营养学说和饮食审美风尚。它记录着中华民族先民丰富而多彩的社会生活内容,也积淀着博大精深的历史文化内涵。"

高喆伸出拇指赞道:"石院长博学广闻!"

"仲夏端午,苍龙七宿飞升至正南中天,乃大吉大利之象。今天又是阳历6月6日,'六'在中国是一个吉祥数字,'六六大顺',相信高总选今天莅临考察本公司,必有成果。"

高喆没想到因故耽搁两天的行程,现经石耿耿解说,变得如此美好。他颇有兴致地回应:"古就有六书、六经、六礼。天地有六合,家人有六亲。好,六六大顺!"

想到六的大写汉字就是陆,魏忠又嘟哝着捣乱:"现在博彩就叫六合彩,人难控七情六欲。"

石耿耿没想到魏忠连这也要找碴,干脆针对性地反驳:"六合彩不能简单等同于赌博,它还有扶老助残、济困救孤的作用,就好比我们设计图必须完整表达六面,缺一不可。合理的六欲,其实就是对美好生活向往的一种表达,通过努力,用物质来满足眼、耳、鼻、舌、身、意的生理需求。我们办企业就是要创造更多的物质财富。"

看着一脸尴尬的魏忠,郝兴江就像是率众打败敌手的将帅,看江中的比赛已结束,便引高喆等人回到会议室。随后的谈判较为顺利,高喆很满意长海设制公司的产品质量,更对对方的报价满心欢喜,只是对产品包装和说明提出了相关的要求。

晚上宴请结束,刚到小区门口,打球回来的郝习文远远就冲了过来:"爸,我被长海市第一中学提前录取了!"

郝兴江本就喝了些酒,一听,高兴得张开双臂:"好极了……祝贺你!"

"谢谢老爸。"郝习文把球一扔,冲到跟前抱住了父亲。

郝兴江想把儿子抱起来,结果不但没有抱动,反而被儿子抱离了地。看司机老曲拎着包笑眯眯地站在一旁,郝习文赶紧放下父亲,接过包道谢:"谢谢曲叔叔,不早了,您先回去吧。"

"虎父无犬子,祝贺你。"

"谢谢曲叔叔,再见!"

等儿子捡起球,想儿子文化课成绩并不理想,而市一中又是全市最好的重点高中,于是郝兴江一边和儿子进小区,一边求证:"是特长生进的吗?"

"是的,我不用参加中考了。"

听得出儿子有点得意,郝兴江特意提醒:"高中把文化课再抓一下,争取三年后考个好大学。"

"没问题。"

郝兴江相信儿子三年内能发挥出潜能,就像改制后的长海设制公司。

次日送走志强公司客人后,郝兴江对两公司合作信心十足,同时也对企业国际化战略有了更多的憧憬。

可万万没想到,台湾当地炼油厂得知高喆要把加氢绕管式换热器委托给大陆企业后,立即拿出了一份台湾地区政府发的《采购指引标准》,大意是由于大陆产品的质量很差,不允许台湾企业采购大陆的设备制造产品。虽然高喆再三解释了长海设制公司生产的产品具有可靠性、安全性,而且操作简便、价格便宜,但炼油厂还是坚持志强公司只能继续采购法国制造商的产品。

收到高喆发来的邮件,郝兴江无法抑制情绪,一股怒火冲上脑门,把手中的鼠标往桌上重重一拍,实在没想到台湾地区政府会出这种阴招。但在回复邮件时,郝兴江在表达遗憾的同时,为双方建立的友谊而庆幸,希望日后有机会再合作。在随后收到的邮件中,高喆坦诚告知:长海设制公司的绕管式换热器已达到国际先进水平,公司可以联系欧美的供应商,一旦能成为他们企业的工艺包指定产品,那台湾地区也没有理由拒绝。

一语惊醒梦中人,郝兴江似乎看到了企业正在徐徐拉开的国际化战略的序幕。

19

设计研究院在石耿耿的带领下,不但连续设计出高效的绕管式换热器,而且吨位也不断突破纪录。由于各地兴起投资炼油化工热,离年底还有近一个月,公司已超额完成全年生产经营目标。随着订单雪片般飞来,公司的生产任务已排到明年的三季度。人事部门跑全国各地职业学校,努力招聘一线生产合格工人,从而满足制造车间三班倒不间断生产的人员需求。石耿耿的出色业绩让郝兴江很是欣慰,也让原先质疑的声音没了踪影。

这天调度会结束,郝兴江把石耿耿带到了自己的办公室。双方隔办公桌坐定后,郝兴江并没有直奔主题:"石院长,找你是想咨询一件事。"

"郝总,你是企业一把手,我是部门负责人,你有什么要问的,我一定知无不言,言无不尽。"

"呵呵,就我们两人,不要这么严肃。"郝兴江把气氛放松后,说出了自己的打算,"明年起,我想直接把你转为院长,按公司中层正职管理。"

"郝总想给我加薪?"石耿耿睁着大眼睛,可一点也没有喜悦感。

郝兴江连连摇手："不仅仅这个，配套也要跟上。"

"难不成还要给我股份？"

郝兴江一愣，怎么自己要出的牌对方都清楚？他挠了挠耳朵，开始解释自己的想法和用意："年底公司要对当年退休人员退出的股份进行配购，无论是升职加薪，还是股份配购，按贡献你都理应得到。当然，加薪也是为了股份配购时没有压力。"

"郝总，你真觉得我该得吗？"

郝兴江反问："你若没资格，还有谁敢说能拿？"

"郝总，我到公司工作还不到一年……"

郝兴江打断了对方："贡献又不是按在企业工作时间来核算，有的人可能在公司干到退休，还没有你一个月的贡献大。"

石耿耿俏皮地眨了眨眼，说："一年不到属破格，破格就是破例哟。"

郝兴江明白对方又在提醒领导干部任何时候不能有破例的想法，正想着如何解释，石耿耿又说道："郝总，年初跳槽前，我就说要减轻你的压力。其实不用考虑这些，你对我的信任与支持，就是最大的嘉奖。"

"石院长，当初别人不知道你的能量，且你还没有为企业做重大贡献，那时，我允诺过多的确有压力。但现在这些都是水到渠成的事，没有人会不服气。如果你不拿，我反而会担心你被其他企业挖走。"

"咯咯。"石耿耿反手掩嘴笑出了声，说，"郝总，那我建议，职务可以不变，然后在公司设立年度科技奖，不但奖现金，并给激励股。"

郝兴江拍了一下脑门，这绝对是个好主意，不但不会让兼任的乔康反对，还可以激励更多的人投入技术创新工作中。

"郝总,你同意了?"

郝兴江装出一副苦恼的样子:"我实在找不出反对这么好建议的理由。"

"郝总,你真好!"

考虑设立的奖金肯定达不到职务升迁的标准,郝兴江说道:"但总感觉亏欠了你。"

"郝总,人活着不仅仅是为了钱。你看'两弹一星'的功勋,他们虽然物质上并不富裕,但精神上没有一个是贫瘠的,而且远比我们强大。"

"我得向你学习。"郝兴江盯着对方很认真地说道。

"郝总,我还有个建议。"

郝兴江摊开本子拿起了笔:"说!"

"郝总,你有没有发现,我国的科研机构和高校只顾埋头研究,往往拿着成果不知如何商业化。而我们往往由于缺乏理论研究,难以让产品拓展提升。如果一味关心应用场景和商业回报,公司走不了太远,更不可能实现国际化目标。"

等对方说完,郝兴江放下笔坦言:"其实很多企业考虑过这个,但往往不知如何联系高校洽谈这类事宜。同时,很多高校的教授不愿意到生产一线调研,最多只是在试验室搞数据,这种闭门造车出来的成果,很难在企业生产中落地。"

"郝总,当别人还在观望时,我们先行就有成功机会。一旦所有人都行动了,那我们不如干脆放弃。"

"你分析得在理,我找同学试试吧。"

"郝总,其实您刚说的现象是误会所致,知识分子往往极要面子,而很多企业家常常把自己当成救世主,这就会造成教授们不愿和企业家合作。你没有架子,而且谦逊和善,谈吐举止又儒雅。我深信你能在建立良好的合作关系基础上,把高校研究发明成功转化为商业成果,成为公司竞争的利器。"

"好,我想办法约一下韩宇。"

看事已说完,石耿耿请示:"郝总,如果没有其他事,那我先走了。"

"对了,还有个任务希望你能完成。"

"郝总,有事你尽管吩咐。"

"这事我吩咐不了,如果我说的不对,你不要在意。"

石耿耿双手交叠桌面,探过上身好奇地追问:"郝总,什么事这么神奇?"

"二十四岁了,是不是该考虑有些事了?"

石耿耿脸"腾"的红了,只见她收回手向后一靠,低头轻声应道:"谢谢郝总关心。"

郝兴江觉得和聪明人谈事不必点破,但可以表明自己的支持力度:"如果工作太忙,我可以放你半个月假。"

"嗯。"石耿耿声如蚊蚋。

看对方低头抠着手指,郝兴江暗笑,这孩子平时侃侃而谈,怎么一说男女之事就紧张。为了让对方放松心情出门,他想起了一直搁在心里的谜团,于是顺口问道:"对了,石院长,上次你给台湾客人解说数字意义很有意思,是不是对数字有研究?"

"嗯。"石耿耿虽然还是简单应了一声,但声音明显大了许多。

"那你说说'七'有些什么含义?"

石耿耿抬起头,脸色也开始平静下来,说:"'七'在巴比伦纪元年代,就代表着权利和名誉。如果用心去看,你会发现生活中的很多事与七有关。如一周有七天,古琴有七根弦,算盘每排有七粒珠,彩虹有七种颜色。就连神话传说中的牛郎与织女,也定在'七夕'相会。"

郝兴江没想到一个简单的数字让石耿耿衍生出这么多东西,看来对方想象力超乎常人,具有研究创新的天赋。看石耿耿已恢复常态,郝兴江先伸出拇指一赞,旋即隔桌朝对方伸出了手:"好,谢谢你!"

送走石耿耿,回味刚才她对"七"的解释,郝兴江猜章柒柒父母有可能是在两地工作,取双七可能就是"七夕"的寓意。等回过神,郝兴江拨通了韩宇手机。当一段音乐戛然而止,传来韩宇沉稳的声音:"老郝,有什么事吗?"

郝兴江向后一仰,头靠椅背,一边转动皮椅,一边漫不经心地说道:"你每次都这样问我,好像找你都是要你帮忙似的,好在这次我只是想约你吃个饭。"

"算了吧,你现在是当地有名的企业家,哪有闲情陪我吃饭。说吧,什么事?"

"还真有点想法要找你聊聊。"

"说吧,干啥还扭扭捏捏的。"

"你给我介绍的石耿耿对公司生产太有帮助了,我想再搞个校企合作。"

"首先我要声明,石耿耿不是我介绍到你公司的,而是你从科技局挖来的。校企合作这种高帽不用戴,说吧,明年还要多少硕士和本科毕业生?"

"没你我连石耿耿是男是女都不知道,这功劳还得归你。还有,我真不是要你帮忙介绍毕业生到我公司,而是想让教授们和我们技术部门合作,实现高校按市场所需搞科研,企业将高校成果转化为生产力。"

"想法不错,这饭我吃定了。我刚查过天气,后天28日刚好是周末,气温也有所回升,我带两个教授过来。"

看韩宇快人快语把时间给敲定了,郝兴江一边在台历上标注,一边说道:"那我马上订包厢,到时候发你短信。"

"行,周五晚上见。"

"周五晚上不见不散。"郝兴江特意强调了一下。

周五会谈气氛既热烈又融洽,两位教授建议公司对已投用的高效换热器分类、分区域进行有步骤、有计划的运行回访,采集运行数据,建立大数据库,为公司新产品研发、结构改进和产品换代等积累基础数据。他俩还给了郝兴江一沓当下欧美公司的产品介绍,希望以此为标杆,不断做好换热管薄壁化、异构化的试制研究以及超长不锈钢换热管的真空炉固溶热处理,推动焊管产品的高精化、无缝化。郝兴江暗喜,这不正符合公司国际化战略吗?当即口头试探邀请两位教授作为公司的技术顾问。没想到两位教授愉快地答应下来,说不但要在公司设立工作室,且每月带队到工作室工作三天以上。

送两位教授到家后,郝兴江对坐在一旁的韩宇说:"老同学,太感谢你了,又帮了我一个大忙。"

韩宇既没回绝,也没客套,而是反问:"知道上车前趁你去洗手间时,沈教授和钱教授说什么了吗?"

"我又没顺风耳,怎么知道?"

"沈教授说,因人成事,其功不难。中国若能多些像郝总这样的企业家,国家必定更加强盛。钱教授说,古之君子,使人必报之。

即便工作室没有经费,也乐为之。"

郝兴江不完全懂两位教授的意思,但肯定是高度评价自己,于是接过话坦诚说道:"谢谢两位教授的信任。老同学,我们断不能干只挤奶不喂草的事,职工是企业的第一资源,知识分子更是国家的宝贵资源。今天只是口头相聘,改天必须搞个隆重的仪式。我们必须礼敬之、厚待之,让他们的才华得到充分的展示。工作室的研究经费我认为不多,但也只能暂且如此,一旦有成果可以转化为生产力,我们不会忘了这些有功之臣。"

"现在国企虽然也有和高校合作的案例,有的甚至请到了院士,但却因为缺乏灵活的配套制度,加上国企领导等级森严,往往不礼敬教授们,只把聘请当作一场宣传的游戏,像你这样提前到学校接人,桌上又敬酒攥菜,再送教授回家,已得人心。川泽纳污,所以成其深;山岳藏疾,所以就其大。老郝,我也看好你。"

郝兴江瞥了对方一眼:"你现在怎么也之乎者也起来?"

"学理要通文,通文才晓理。文学除了有外在的、实用的、功利的可见价值,还有内在的、看似无用的、超越功利的精神价值。一个人不可能做个全才,但可以把爱好培养得广一些。我现在就是在学校提倡文科和理科交融,不然浪费资源和时间培养出来的学生别说是专才,只会是蠢材。"

"哈哈,你也太夸张了吧?"

韩宇扭过头伸出三指强调:"我来长海大学也有两年多了,可像石耿耿这样的人才不会超过三个。虽然有学生在权威杂志上发表了论文,有的还拿到了全国大学生装备设计大赛的一等奖,但这些人不是死读书,就是只会跟着别人的思路干,根本不会思考与创新。只知道听从别人的人,不会有开阔的视野,更没有主见。虽然探索或创新有风险,但绝对比一味盲从或保守有价值。"

郝兴江顿时想起年初和石耿耿在外滩咖啡馆的对话,即便自己有了更丰富的生活和工作经历,但在毕业才几个月的石耿耿面前,自己就像一个小学生一样。看来自己日后是得在专业书籍外,多学点文学知识。考虑韩宇提到的创新风险说法可能是在提醒自己不要保守,于是说道:"老同学,我没有其他的本事,但我一定会给创新的人搭建平台,还会卸下他们的思想包袱,确保人才愿意来、留得住、能发挥作用。"

韩宇竖起拇指:"我很赞同你这个工作思路,也赞赏你的工作风格。"

商务车稳稳停在韩宇家楼下,等车门打开后,郝兴江跟着韩宇下了车。

韩宇一手拦住郝兴江,一手推了对方一把:"你就别下来了,上车吧。"

"这个请带给夫人。"

韩宇这才发现不知什么时候郝兴江手上多了个精制的拎袋,看着递到自己胸前的礼物。他佯装恼火地说道:"难不成你让我犯错误?"

"你以为我是贿赂你呀?这只是我老婆从韩国带回来的化妆品。申明一下,这和公司没有任何关系,是我私人给朋友带的小礼物。"

"你我同学,不必这么见外。"

见韩宇还没接,郝兴江干脆下车瞪着眼睛说道:"你给我们公司帮了这么多的忙,本应给你奖励,就因为怕给你惹出幺蛾子事,所以没这么做。"

"让你破费我也不好意思。"

"哈哈,这叫破费?你也太小瞧我了。"说到这里,郝兴江突然左手弹出拇指和食指,将头凑到对方耳边轻声说道,"老同学,我今年光分红就这个数!"

"八万?不错,不错。"

"八十万!"

不等韩宇从惊愕中反应过来,郝兴江把拎袋往他手中一塞,转身就上了车。看电动车门渐渐合上,韩宇恍恍惚惚地夹着拎袋朝郝兴江拱了拱手。郝兴江拱手还礼后,趁车门还有一尺缝,赶紧挥手:"老同学,快上楼,别着凉了。"

等车驶离后,韩宇回过了神,不放心的他立马打开拎袋。果真除了一盒化妆品,还有一根100克的金条。他一下子醒了过来,掏出手机要给郝兴江打电话,可按到通讯录后,想了一下还是按灭了手机,拎着袋上了楼。

此时,坐在车上的郝兴江心里还是有点忐忑,虽说这两件礼物都是自己掏钱买的,和公司没有任何关系,但也怕同学误解,更担心给他惹麻烦。好在到家洗完澡睡觉前,没有接到韩宇的电话。这下他放心了,只要韩宇收下不吭声,这事就没第三人知道。当天夜里,郝兴江睡得很香,不光公司的发展前景更加明确,而且总算也谢成相帮的同学,要是没有他介绍石耿耿,光第三季度的生产经营就可以让自己愁到掉发。

20

沈教授和钱教授的受聘仪式，郝兴江选定在"龙头节"。当天的仪式很隆重，不但长海大学校长亲自到场讲话，而且正在北京出差的梁钰，也委托许泽斌带来了贺信。县上主要领导更是尽数到场，场面比企业改制还热闹。各路记者也蜂拥而至，名教授愿在民企蹲点，这本身就是条有价值的新闻，更何况两人的工作室居然都设在车间。

石耿耿带设计研究院全体职工也来到了仪式现场。游敏仍在长海大学读设备制造专业函授班，所以他对公司能请到两位教授格外兴奋，怀揣一张设计图准备找机会向沈教授请教。

仪式结束送走领导和媒体记者后，郝兴江正准备告别两位教授回办公室，沈教授从一学生手中拎过一个纸袋，对郝兴江说道："韩校长今天要参加省里的项目评审，无法到场，这是他让我转交您的礼物。"

郝兴江欣然接过，见里面是两本盒装书，就边掏边笑着说道："他前天给我打过电话，我本想改时间，可已通知出去，只能委屈这个'媒公'了。"

朱小巧上前帮郝兴江拿上纸袋，郝兴江顺手打开了第一个盒子。不光是沈教授和钱教授好奇地探过头，石耿耿、游敏等人也在后面踮着脚尖张望。盒子内居然是本翻开的书，打开那页是《李悝谏其君》，钱教授见状笑道："韩校长真是多虑了。"

"就是。"沈教授话不多，但语气和神态和钱教授出奇一致。

郝兴江没读过这文章，虽不知其意，不过从两位教授反应来推测，文章该是提醒劝说当事人相关的。于是收起交给朱小巧，含糊着笑道："谢谢韩校长，我是得多读点书。"

当第二个盒子打开后，众人发现里面不是书，而是有字的宣纸。郝兴江取出第一张，石耿耿拍了拍游敏肩膀，专注的游敏马上明白过来，上前同石耿耿展开宣纸。只见上面是韩宇书写的"鼎业维新"，不但笔力遒劲，且气韵流畅。

"好书法！"围观众人纷纷赞道。

当郝兴江取第二张纸时，宣纸下精美的金线红袋顿时映入眼帘，这不是自己给韩宇的黄金袋吗？郝兴江把宣纸交给一旁的游敏后，迅速合上盒子，让朱小巧把两个盒子和书放进纸袋。

第二张宣纸也是韩宇所书，上写"君子之交"，围观众人不解。两位教授本就觉得祝贺没必要搞两张，何况这张词不达意，极有可能是韩宇误放。只有郝兴江清楚韩宇的用意，他暗暗骂道：老同学呀老同学，你干吗这样，差点让我在大庭广众之下出丑，还不如那天你马上打电话让我来取。不过郝兴江也暗自庆幸，幸亏刚才自己反应快，及时合上了盒子。

郝兴江怎么也没想到，眼尖的游敏早看得一清二楚。虽然没看到里面的金条，但游敏知道这是建行金条专用外包装袋，老婆章柒柒每年买根100克的金条，说是留着给女儿日后做嫁妆。游敏很纳闷,明明是长海大学来帮公司,怎么韩校长反要送郝总这么贵重的礼物?在郝兴江快速合上盒子那一刻,他突然明白过来。肯定是公司给了长海大学不菲的经费,现在他们以金条的方式来"报答"郝总,不然干吗藏这么隐秘?不然干吗强调是送郝总的个人礼物?不然郝总干吗快速合上盒子不让人看?若以往,游敏早就跳出来指责,可如今出于郝兴江对自己的赏识之恩,他还故意用身子挡了后面人的视线。

等郝兴江收好两张宣纸走出教授工作室,游敏趁机把刚完成的自适应穿芯车设计图拿了出来。看焊工出身的设计人员,居然想设计可以将芯体穿入承重 200 多吨壳体的技术,这让沈教授和钱教授为公司的创新精神大为慨叹。他们尽心从理论上指导游敏设计上的缺陷,努力给他更多的思路。

回到办公室,郝兴江马上好奇地读起了《李悝谏其君》一文。当读到"亡国之主,必自骄,必自智,必轻物。自骄则简士,自智则专独,轻物则无备。无备召祸,专独位危,简士壅塞。欲无壅塞,必礼士;欲位无危,必得众;欲无召祸,必完备。三者,人君之大经也"时,终于明白了韩宇的用意和两位教授当时的反应。看时针已指 12 点,郝兴江关上门拨通了韩宇的电话。电话响了好几声也没接听,就在郝兴江准备挂机时,话筒传来韩宇的声音:"猜你这个时候会打电话给我。"

郝兴江重新把话筒贴在耳边,开始抱怨:"老同学,你今天可是连挖陷阱欲害我,好在教授们并不认为我是得志便猖狂的小人。"

"哈哈,自古良药苦口,忠言逆耳。"

"可你不光下药,还下套,差点让我出丑。"

"这本就是你的不对,说好只是化妆品,你干吗还来一招暗渡陈仓？我那天晚上本想打电话让你马上回来,猜想你不肯来,所以就使了这招偷梁换柱。"

"你也是,这本就你该拿的,没你帮助,公司哪有这么好的效益?"

韩宇听得懂郝兴江的潜台词,想既然这家伙还"不甘心",不如干脆捅破了这层窗户纸。于是就正面回应:"老郝,无论是你单位还是个人,我现在和将来都不会接受这个好意。我如今到这一步,可以说吃喝根本不用愁,睡得也踏实。如果收了你的东西,即便不出事,我也会提心吊胆睡不好,更何况迈出一步,就会有胆敢跨第二步,直至坠落陷阱。所以,我希望我俩维持君子之交,在精神上交往无界限,但物质上必须泾渭分明。"

"可这会让我感觉你吃了亏,我却占了便宜。"

"其实帮你推荐的人有助于公司生产经营,那也是你让他们发挥了才能,并让他们有了更好的物质享受。从这点来说,我们应该感谢你,国家也要感谢你的引才和用才魄力……"

突然,郝兴江听见话筒里传来一陌生人声音:"韩校长,高书记找您。"

"好,这就过去。"韩宇应声后,边走边对郝兴江说道,"老郝,我有事,那就这样吧。"

"你的好我心里记下了!"

"言重了,再见!"

"好,再见!"

挂上电话,郝兴江细品刚才的对话,似乎对眼前的《李悝谏其君》一文有了些感悟,于是拿起笔抄写起来。也不知过了多久,传来熟悉的敲门声,郝兴江头也不抬,喊了一声:"请进!"

门开后,朱小巧轻声走了进来:"郝总,要不要给你准备一份饭菜送上来?"

郝兴江抬眼一看时钟,已是12点半,赶紧放下笔自嘲:"哎呀,居然废寝忘食了!"

看郝兴江没否定自己的请示,朱小巧赶紧接着说道:"郝总,你先垫点东西,我这就去安排,请稍等。"

郝兴江瞄了一眼笔记本,心想,如果没有韩宇的提醒,自己今天肯定又是点头称好。他边推椅起身,边叫住朱小巧:"小朱,不用。我个人生活上的事你不要太操心,不然我会成为一个废人。"

朱小巧红着脸解释:"郝总,服务照顾好领导,这也是我的工作职责。"

郝兴江知道自己再劝说反而让朱小巧下不了台,于是笑着说道:"我觉得公司的办公室主任工作相当出色,不但日常工作安排得妥妥当当,而且还会提醒我给生日的老婆送花,真的很感谢。但企业领导的作风很重要,若我今天连吃饭也要人送到面前,明天就会想着偷懒,把更多的事交给别人。时间不早了,你抓紧午休吧,我能自己下楼解决。"

朱小巧的脸更红了,但她知道这不是羞愧,而是为有这样的领导庆幸。

下楼后,郝兴江看已过食堂规定的吃饭时间,就踱步到门口的家乐超市。郝兴江第一次进这家超市,发现里面没有几位顾客,且商品也不多,许多空地连货架也没放。他选了一袋蛋糕和一包速食麦片,到收银台付完款,径直向公司走去。

还没到公司大门,只见保安拦着一辆车在说话,看到郝兴江后,保安马上叫道:"郝总,这人找你,说打不通你电话。"

即便在改制前,每天以各种理由上门找郝兴江的人也不少,但许多人与正常工作无关。改制后,来的人更是五花八门。有推销原材料的,有营销投资产品的,甚至连婚介公司也找上门,说是要给公司单身汉搭鹊桥。郝兴江顿时理解了政府机关和学校为什么要筑墙设岗,试想如果没有把门的,估计这些领导在办公室里也不得片刻安宁。郝兴江悄悄摸了一下口袋,想起手机的确是放在办公室没带下来,打量对方很面生,加上开的是辆破桑塔纳,他警觉地问道:"你是谁?找我什么事?"

来人也不下车,指着郝兴江说道:"估计全班只有你这个家长不认识我!"

郝兴江一惊,试探着问道:"你是习文班主任饶老师?"

饶老师似乎仍在气头上,推了推眼镜,毫不客气地嘲弄:"这学期都过去了一半时间,你总算认识孩子的老师了。"

想老师这么远来访,郝兴江猜测习文在校捣蛋了,他赶忙手一伸:"不好意思,手机忘在办公室了,饶老师里面请。"

不用郝兴江提醒,保安立即按动开关,不锈钢闸门缓缓移到了一边。

"你上来引路吧。"饶老师像主人一样招呼郝兴江。

上楼进办公室,郝兴江放下手中的点心,一边泡茶,一边先声夺人:"饶老师,习文在家常聊到您对他的帮助,非常感谢。"

"郝习文这孩子很机灵,不但体育好,而且很有人缘。"

从饶老师这句话,郝兴江已大致揣摩出对方的来意。习文本就是以特长生身份进的一中,文化课偏弱,估计这小子的学习成绩让老师发愁了。趁敬茶之机,郝兴江为刚才把饶老师挡在外面再次道歉:"刚才真是抱歉,请饶老师见谅。"

饶老师接过茶杯放于茶几上,摇手后说道:"我本来是想打电话和你交流一下算了,但考虑再三还是决定当面交流。郝习文说你平时很忙,所以我就想利用中午这点时间来聊一聊。"

看饶老师还是没有说明来意,郝兴江只好主动替孩子检讨起来:"习文的学习成绩可能不太理想,饶老师……"

饶老师当即打断了郝兴江的话:"郝习文是特长生进来的,文化课要求不能过高,何况他还是进步明显的。"

看饶老师从进门到现在都是在表扬肯定孩子,郝兴江越听越糊涂,既然这样,那饶老师你干吗还跑这么远来找我?当然嘴上仍客气地说道:"谢谢饶老师对习文的肯定。"

"孩子的好要表扬,同样,孩子有问题,我也要和家长反映。"

看马上进入主题,郝兴江直起上身,双手交叉叠于腿,侧身听对方说下去。

饶老师一脸严肃地说道:"郝习文偷偷喜欢女同学,有严重的早恋倾向!"

郝兴江暗吁了一口气,心想,这种事至于你饶老师这样大动干戈吗?这能有什么严重?我当年高中时也偷偷喜欢过女同学,哪个少年没有这样的经历?郝兴江甚至认为喜欢异性更容易发挥潜能,就连动物也懂得求偶必须让自己强大且漂亮,甚至用心建造工程烦琐的巢或洞穴。但看到饶老师脸紧绷得像刷了层糨糊,尤其是黑框眼镜后那双焦虑的眼神,郝兴江提醒自己绝不能替儿子申辩,只能迎合对方说道:"是,谢谢饶老师,我们一定会提醒习文。"

刚说完,郝兴江听到肠子发出缓弱的肠鸣音,紧接着手开始微微颤抖起来。

饶老师虽然没听到郝兴江的肠鸣音,但一眼看出对方的手在颤抖,就好心地劝道:"你不用这么生气,只要我们家校一起配合教育,孩子能避免早恋的现象。"

看到饶老师脸色终于缓下来,且眼神透露着关切的味道,郝兴江觉得这绝对是个负责任、有爱心的好老师。本想干脆将错就错,可额头开始泌汗,并伴有轻微眩晕,不得不解释原因:"饶老师,真不好意思,我中午有事还没来得及吃饭,是低血糖犯了。"

"什么?刚才那两包东西是午餐?"

"是的。对不起,我先垫点东西。"郝兴江说完,起身先到办公桌前,拉开抽屉,撕开一块巧克力匆匆塞进嘴里。随后又到茶吧撕开蛋糕袋,连吃了三块蛋糕后,这才回到沙发前,边抽了张餐巾纸擦额头,边说:"真不好意思。"

"你们企业家也不容易。看来以后我还是找郝习文妈妈算了。"饶老师语气不但颇为同情,还有些无奈。

送饶老师下楼再回办公室,已到上班时间。朱小巧进门看到郝兴江一边泡麦片,一边大口嚼蛋糕,犹豫了片刻还是说道:"郝总,以后晚了还是允许我为您准备饭菜吧?"

朱小巧看郝兴江迟疑了片刻,最终还是笑着摇了摇头。

晚上等儿子自习课结束回家后,郝兴江和往常一样,趁儿子吃水果之机,聊起了当下的热点新闻。看时间差不多,郝兴江话题一拐:"习文,最近在学校里常和谁在一起呀?"

"很多人呀,这怎么说得过来。"

"那和谁在一起的时间多?"

"校田径队的房小霞,我们业余爱好很接近。"

果然是女同学,郝兴江拐弯抹角地提醒:"可人家是女孩子,你不该多和男孩子探讨爱好吗?"

郝习文放下水果叉,一脸警觉地问道:"爸,你是不是担心我早恋?"

郝兴江没料到儿子会如此直率,一下子接不上话来。郝习文倒是满不在乎地说道:"爸,有话直说嘛,干吗要绕圈子?不过你放心,我现在可没有心思找对象。"

郝兴江彻底放下心来,觉得没有再就这个话题谈下去的必要,于是催促:"快吃,这车厘子是你妈今天特意跑会展中心买的。"

"妈,以后没必要这么辛苦。"不等史芳回话,郝习文突然侧过身子,附在父亲耳边问道,"爸,你有没有早恋过?"

"臭儿子,你瞎说啥呀。"

郝习文故意用水果叉指着父亲肚子:"老实交代。"

被戏弄的郝兴江佯装生气弹了弹儿子脑门:"你小子,吃还堵不住嘴!"

史芳不明白父子俩说什么,但看着他们乐呵呵的样子,她心里也很开心。

21

11月8日上午,郝兴江像改制前一样,组织中层领导干部集中收看党的第十八次全国代表大会开幕式。听完十八大工作报告出会议室,郝兴江看到方长生在自己的办公室门口徘徊。可能是听到了声响,方长生扭头看是郝兴江,立即迎了上来:"郝总,总算找到你了。"

看对方心情这么好,郝兴江一时猜不出找自己有什么事,只好边掏钥匙开门,边关心询问:"最近身体还可以吧?父母生意怎么样?"

"身体现在还马虎,至少不用打针吃药。我去年初用分红钱租了两个店面房,买了八台自动麻将机,爸妈不摆水果摊了,改开棋牌室,生意还行。"

听到方长生现在居然不用打针吃药了,郝兴江很是吃惊,进门扭头仔细打量对方,果真原先青白的脸色红润许多,而且嘴唇湿润有光泽,和以前病恹恹的模样判若两人,更无法想象这曾是个血癌病人。本想祝贺对方几句,但听到对方租房开棋牌室,又觉得五味杂陈。棋牌室往往都是假借娱乐之名进行赌博,不但噪音扰民,更危害一方社会风气。这个社会痼疾本身就像牛皮癣,很难根治,现在自己的职工居然拿企业的分红干这种事。他不知道是不是该劝一下。考虑方长生已投资,而且目前"生意"还行,这种劝只能让自己触霉头。但走到办公桌前,郝兴江打定了主意,在职工还没有具备一定素质前,公司不能上市,不能让有的职工有钱胡为。由于还不清楚方长生来意,郝兴江放下笔记本,朝隔桌的客座伸了下手:"坐下说。"

方长生也不客气,一屁股坐定后就递上一张纸,说明了来意:"郝总,我要辞职。"

郝兴江真以为自己听错了。毕竟四年来,没有一个人提出要辞职。改制后的公司由于效益好,不仅不少职工子弟大学毕业后希望能进公司,连原先国资委的副主任老秦,也托自己关照职高毕业的侄子。可现在方长生递过来的确实就是辞职申请书,郝兴江一脸奇怪地重复追问:"你要辞职?为什么?"

"再过一个多月,地球就要毁了,我想把股份钱拿出来,带上父母好好去玩一下。"

方长生的理由让郝兴江差点笑出声,虽然这家伙最后的出发点是值得肯定的孝心,但为了他和他父母考虑,还是要制止这种疯狂的行为,不然说不定这家伙会在接下来的一个月中,做出更加匪夷所思的事。想到这里,郝兴江问道:"你父母同意吗?"

方长生很自信地答道:"他们都听我的。"

"十八大刚召开,公司接下来也会加快经营步伐,下午我们就要研究如何开展超大阀门的维修业务。你现在辞职取走股份,日后会后悔的。"

"哪有什么以后啊,就一个多月时间了。"对于郝兴江透露的生产计划和好心劝说,方长生嗤之以鼻。

想当初改制时对方的极端态度，郝兴江估计自己再劝也没用，只好强硬地表明了自己的态度："出于对你的负责，我不批准你辞职。"

"郝总，辞职是我的自由，你不能以任何理由干涉我。更何况《劳动合同法》第三十七条有明确规定：劳动者提前三十日以书面形式通知用人单位，可以解除劳动合同。也就是说11月8日我正式向公司提交书面的辞职报告，不管你领导是否批准，12月8日公司必须给我办理相关离职手续，同时结算工资和股份。我现在只是请郝总能尽快批准我，这样我就有更多的时间和爸妈去旅游。"

郝兴江哭笑不得，没想到这家伙居然为了辞职，还特意学了《劳动合同法》。他真担心不知真相的人知道方长生辞职后，会以为是自己为过去的事打击报复。出于为双方都好的原因，郝兴江准备提出折中方案："长生，你千万别信玛雅文化的世界末日假说……"

不料话还没说完，方长生就挥手打断了郝兴江："郝总，你是共产党员，秉持无神论可以不信，反正我是相信的，美国人还花大钱根据预言拍了电影呢。"

居然把影视作品当作现实，郝兴江干脆就美国事来问对方："知道美国前天有什么大事吗？"

方长生想了想，好像那天在公司班车上听人讲湄公河惨案一审宣判出来了，包括那个叫糯康在内的四名犯人被判处了死刑。可那是中国的事，最多算是和东南亚有关，与地球另一边的美国又没有关联。想了半天，他还是摇了摇头。

"美国第五十七届总统大选，现任总统奥巴马连任成功。"

方长生很是不解，问："奥巴马连任不连任关我啥事？"

"连美国人都不信这个假说,你怎么能把它当成预言?"不等方长生接话,郝兴江赶紧把刚才的折中方案说了出来,"这样,你也不用辞职,就请两个月假陪你父母去散散心,如果地球没有毁灭,你假期满后继续来上班。"

"股份钱我不拿,哪有钱去玩呀?"

"你不是信世界末日吗?那你干吗不把棋牌室关了,把东西全卖了?"

方长生双手一摊:"我本想卖了,可没人接手,只好转租给别人了。"

郝兴江只能继续追问:"那加上积蓄还不够这一个多月出去玩的费用?"

"有多少钱用多少,都要死光了,我干吗还放着不用?"

郝兴江觉得这四年过去,方长生虽然身体不再佝偻,但心理出现了更为严重的问题,而这种问题无法让人萌生恻隐之心,只能是愤懑后的漠视。唉!真是可怜人必有可恨之处,他只好再次让对方确认:"辞了职不可能再回公司,你确定不后悔?"

方长生突然探过上身拿回辞职申请书,从笔筒里取出一支水笔,在郝兴江惊讶的目光中,在申请书下方空白处快速写下"公司郝兴江总经理已做工作,本人执意辞职",签下日期后,重新递给郝兴江:"你看这样总行了吧?我日后肯定不会找公司麻烦。"

郝兴江心里暗骂,方长生呀方长生,看来你耳朵里的那堆猪毛塞了快五年还没取出,劝你简直就是在浪费生命。但出于身份的考虑,嘴上只能客套地说:"那你下午来办手续吧,我会通知人事和财务部门。日后真有困难就来找我。"

"人都死光了还有什么困难。"方长生居然笑出了声。

看着方长生满意而走的表情,郝兴江百感交集。有些事情如同时间,是不可逆的。如果错了能及时止步还好,若是一意孤行,那只会泥足深陷。他突然想起一事,冲方长生问道:"长生,你现在还在种中草药吗?"

方长生闻声止步扭过头:"种,还是白菊、白背三七和浙麦冬。郝总要哪些?我明天带点给你。"

"不用,我随便问问,谢谢你。"

"哦,那没事我先走了。"

"好,再见。"

"保重,来生见。"方长生摇完手,转身向外走去。

望着方长生离去的背影,郝兴江长长叹了口气。

下午一上班,方长生就来办理相关的辞职手续。起初有人真误以为是郝兴江在打击报复,可看到方长生眉开眼笑的表情,再听他吹嘘几近疯狂的旅游计划,大家这才明白不是郝兴江在刁难对方,而是方长生自己在作孽。

也是在下午,当维修车间主任高立飞递上超大阀门大修的调研报告,郝兴江才恢复了好心情。

其实早在半年前,郝兴江就瞄准了静设备的高精尖业务。也因为有着这样的雄心,所以在得知全省最大化工企业——凯越公司计划明年下半年装置大修后,决定尝试承接久保田液压大阀,并将这一任务交给了高立飞。

高立飞长期参与装置的大修,清楚承接久保田液压大阀维修业务的难度和风险。这种阀门与普通的阀门不同,采用液压驱动楔形双闸板结构,阀体内部设置长条状导轨,与阀板导轨成对对应。由于技术难度大,全球只有日本久保田公司和德国恩杰公司有能力生产。这种用特殊材料制成的阀门最大尺寸达四十八寸,不但拆解难，而且还需经过喷砂、热加工等十多道特殊的工序，尤其是焊接和准确加工，没有专业的设备干不了，没有一定的大厂房干不了，没有专业的技术更是干不了。好在有沈教授、钱教授两位教授的智力支撑，车间终于制定出了详细的施工方案。可让郝兴江等人意外的是，高立飞说目前最迫切要解决的问题居然是公司没有大修场地。

"虽然维修车间有一千三百平方米的厂房和七百平方米的大修场地，但就特大阀大修的场地要求来说，还是远远不够。"

郝兴江自然想到了仍在出租中的服装市场二期土地，于是扭头问乔康："乔总，如果我们提前一年收回服装市场二期土地行吗？"

乔康连连摆手："这肯定不行，既违反合同，也让市里为难。"

郝兴江听得出乔康这是用梁钰在压自己，他婉转地说道："家乐超市目的在于盈利，我想是不是可以和他们谈一下，在我们可以承受的代价下，给予他们相应的补偿。"

"虽然我们目前日子还好过，但值这样的代价吗？不如等明年到期后再布局。"乔康的态度一点也没有改变，拒绝商议。

郝兴江觉得乔康的话有点耳熟，仔细一想，对了，上次在给予石耿耿待遇的问题上，乔康也问过"值这样的代价吗"？他不得不说明了自己的初衷："如果承接不了家门口的业务，那不光是公司的耻辱，也容易引进外资企业落地。一旦造成这样的结果，我们就等着日后与狼共舞吧！所以即便付出一定的代价，我们也要下决心攻下这块硬骨头！"

听郝兴江分析得在理，蔡永伟也劝说起了乔康："乔总，我看老高他们既然技术上已有突破，还是不要放弃这个机会。"

汪启仁紧跟着说道："据说由于电子商务的兴起，现在超市营业并不理想，要不先试探一下家乐超市方的态度，如果能谈得拢，那就……"

乔康本就窝火，郝兴江不能过于顶撞，蔡永伟也不好起冲突，现在一个资历浅的汪启仁居然也跟着叫板，他当即没有好脸色，打断了汪启仁的话："你根本不知道里面的事！"也许意识到自己态度和语气有点过，旋即放缓了语速解释："郝总，我觉得去推翻上面领导定的事，肯定不合适。其实这项业务还是未知数，即便我们有能力，人家凯越公司给不给我们做、放不放心让我们做，都还不一定。"

郝兴江很奇怪乔康的激烈反应。他暗自提醒要尊重厥功至伟的乔康，但更记得该坚持的原则必须坚持，如果为了一时的友情、面子而放弃企业良好发展的机会，那不如放弃这样廉价的友情。所以郝兴江不再婉转表态，而是直接平和地说出了计划："改制四年来，我有个体会，就是只有我们干在同行还没有干之前，甚至干在同行还没有想之前，我们才有生存机会。大家想一想，如果我们仍生产技术简单的平板换热器，只生产低压容器，不调动职工积极性参与检修，我们能有今天的好日子吗？现在，我们面对崭新的业务，敢不敢摸着石子过河，就决定了我们能不能顺利渡过湍急的河流。"

乔康和郝兴江的相继发言听起来语速平和，但明显观点相左，尤其是郝兴江的话，绵里藏针，让接下来发言的人有点为难。由于气氛过度紧张，周杰也一改以前一争议就埋头画画的习惯，思索着如何破局。

"我倒是有个折中的法子。"

众人立刻把头转向了徐达阳，只见对方左手压座椅扶手，右手按桌面，侧着身子说道："我们的目标是承接下凯越公司的超大阀门大修业务，至于施工作业场地，我看可以做两手准备。乔总这边能谈成家乐超市退还服装市场二期土地那更好，如果不行，我建议租用位于海棉村的修船厂。据我所知，这个修船厂虽已倒闭，却因远离市区，面积大，无人承租，已空置近一年，想必我们这时出手，租金不会高。同时，由于海棉村离公司近，且又有自己的码头，不光方便公司人员往返和机器运输，日后拓宽业务走海运都能实现。而且，租用修船厂还有一个其他地方没有的好处，那就是可以利用原有的龙门吊、机床等设备，省去采购或转运部分设备的麻烦。"

见有人架上台阶，乔康赶紧顺势而下："徐总这个方案不错。郝总，那我会后就去试试能不能提前让家乐超市退出。"

"辛苦你了。"郝兴江也当即回应。虽然这话以前和乔康说过多遍，但感受明显完全不同。

22

虽然乔康没能说服家乐超市,但让郝兴江满意的是公司不但顺利通过日本生产厂商的实地考察,得到对方的技术培训,还与凯越公司签订了二十四台久保田液压大阀的大修业务。同时,在地方政府的协调下,成功租下了修船厂。与别人看到的明喜不同,郝兴江此时心中还有个小窃喜,那就是凯越公司的首台超大阀门拆除节点安排在 6 月 6 日,这一天刚好是儿子郝习文的高考首日。虽说两件大事时间有冲突,但郝兴江认为那是双喜临门的象征,前年高喆考察公司时,高喆和石耿耿也一致认为"六"是吉祥数字。虽然儿子不可能像汪启元儿子那样考入清华大学,但努力一下进"985"还是有希望的。

4 月 17 日一大早,下起了瓢泼大雨,随后闪电接二连三地划破刚亮的天色,伴随阵阵雷声,空中仿佛正在经历一场惊心动魄的战役。等郝兴江出门上班时,天色渐渐亮了起来,不但雷声不再暴躁凌厉,渐趋缓和,就连雨也变得细柔起来,坠地后不再四溅,只是在积水处荡起小小涟漪。闻着空气里隐约传来雨水与绿化带泥土混合的清香,郝兴江觉得长海大地已完全苏醒。

刚走出电梯,徐达阳从楼道疾步走来:"郝总,我正找你。"

看对方急匆匆的样子,郝兴江加快了步伐,一边掏钥匙,一边问:"有事?"

"应该是好事,但要你拍板。"

进门后,徐达阳也不坐,站着一五一十说明了刚才接电话的经过。原来山东远驰炼油厂刚给他打来紧急电话,说有只久保田液压大阀发生导轨脱落故障亟须抢修。得知长海设制公司已得到日本生产厂商的技术培训,拟只请日本技术专家到场作为指导,而整个抢修任务由长海设制公司的作业人员来完成。

听了徐达阳汇报,郝兴江当即表态:"好事,等于是让我们在凯越公司大修前五十天有次宝贵的实战机会。"

对于郝兴江脱口而出的天数,徐达阳暗自惊奇,环视一圈后问道:"郝总,你还搞了倒计时表?"

郝兴江抽空把包往桌上一放,说:"呵呵,家里在门厅是挂了作战表,凯越公司首台超大阀门拆除节点和我儿子高考同天。"

原来如此。徐达阳重新回到主题:"郝总,对方说是出于对我们公司技术的信赖,可实质是为了节省维修成本不请日方作业人员。这次抢修有较大的风险。"

郝兴江早已明白徐达阳为什么急着找自己拍板,不仅是因为对方生产抢修紧急,而且面临的风险较大。大修时装置会停下来,抢修时装置仍处于运行中。前者是静态,后者是动态,不但难度不一样,而且抢修过程一旦有所失误,轻则要赔偿巨额的生产损失费,重则可能造成事故。为了给徐达阳打气又不失对方的面子,郝兴江轻描淡写地说道:"改制四年多,我们一直在刀尖上行走,只承接有风险的业务,因为它可以逼我们去创新。"

"明白了,我这就去抽调人手。"

"行,又要辛苦你跑这么远,有什么需要尽管说。"

"没什么辛苦的,有条件要上,没条件创造条件也要上。"

徐达阳抽调完人手后,为了不耽误时间,立即带上相关工器具踏上最近一趟动车赶赴山东。

四天后,徐达阳不但带回了远驰炼油厂的感谢锦旗,还带来了另一个好消息。原来日本技术专家把整个抢修过程汇报总部后,日本生产厂商主动邀请公司领导前往日本久保田公司考察,拟授权长海市设备制造有限公司成为中国境内首家日本久保田公司的"中国特约维修点"企业。

郝兴江没想到一场实战演练居然带来这么大的成果,这已不仅仅是日方生产厂家对长海设制公司技术的肯定,更是对与长海设制公司合作的展望。这让郝兴江又想起了高喆的提醒,对,是该主动联系欧美的供应商,力争使本司的绕管式换热器成为他们工艺包指定产品。按照之前的调研,郝兴江还是决定从具有权威和代表性的道达尔公司开局。总部设在法国巴黎的道达尔公司是世界第四大石油及天然气一体化上市公司,其业务遍及全球一百三十余个国家和地区,涵盖整个石油天然气产业链。作为欧洲管理最严的公司,如果能通过他们的全球供应商资格审核,那就意味着可以在全球推销自家的产品。于是他通过各种渠道,联系了与法国道达尔公司有联系的人士,希望对方给予合格供应商的评审机会。

几周后,徐达阳带三名技术和施工管理人员,代表长海设制公司顺利与日本久保田公司签下合作协议,此时距凯越公司大修只剩下两周。

由于检修过程不带液压执行机构，阀门拆装和试压均需竖直操作，所以公司必须提前制作能固定高9.5米、重18吨久保田大阀的工装。在按日方提供的技术图纸制作完成第一台工装后，游敏发现日方用工字钢的工装过于简单，不但影响大阀的固定，还会因吊装操作不稳，导致大阀受损。于是在石耿耿的支持下，立即叫停了第二台工装的制造，并展开技术攻关。

在游敏等人的努力下，长海设制公司顺利发明了按大阀弧度制作而成的月形工装，利用大阀本体上的吊装耳朵，用四根钢绳与地面固定轨道拉紧。高立飞立即安排人对两台工装进行基础对比试验，结果新发明的工装的确比日方提供的工装设备安全性更高。

6月3日，代表久保田公司的日方技术总负责人山田下了机后，要求接送人员先送他到维修厂房查看现场。在看到长海设制公司的工装后，山田有些动怒，连连追问为什么没有按日方提供的工装技术要求和图纸来制作？

无论现场陪同的高立飞怎样解说，山田坚持要求长海设制公司按日方提供的技术图纸制作工装，否则不允许6日的施工作业。高立飞一肚子火，明明我们自己发明的新工装比你们设计的要好，为什么不试？可又不敢顶撞。无奈之下，高立飞只能在送山田到公司的路上，悄悄打电话给郝兴江，汇报了日方的意见。

正准备下楼迎接山田的郝兴江看徐达阳也正从办公室出来，灵机一动，探问徐达阳是否认识山田。果然，徐达阳去日本考察时就是山田陪同解答，并说了与山田交往的印象和几件事。郝兴江心里顿时有了谱，对石耿耿耳语了几句，石耿耿点头后转身离去。

迎接山田的仪式较为隆重，办公楼前电子屏用日文和中文写了"欢迎山田先生莅临公司指导"的字样，郝兴江等人换上西服系上领带，提前在楼前排成一列迎接。商务车进公司后，听翻译说站在迎接队伍最前面的就是对方公司总经理郝兴江，山田有点惶恐。车门打开，山田抢在翻译前下车，本想在郝兴江前主动伸手致礼，没想到对方不但以日本人的礼仪抢先鞠躬，并用日语问候。这下等级观念极强的山田有点慌了，赶紧两手垂放，身子几乎弯到与腰平回以鞠躬礼。双方相互鞠躬几次后，在翻译的陪同介绍下，山田与其他迎接人一一致鞠躬礼，和徐达阳还聊起在日本见面的场景。

接过朱小巧送上的鲜花，一行人来到小会议室。在正式交流前，郝兴江故意插了公司介绍，一直看到石耿耿悄然进来后，才话归正题，并就久保田超大阀的大修准备工作做了说明。山田很认真地听着翻译的翻译，并不时礼貌地朝郝兴江点头。但在讲到工装改造目的和过程时，山田不再点头，甚至还微皱起了眉头。对山田来说，此行的压力很大，根据合同规定，他没带本国有经验的施工人员。虽然中方已有过一次抢修经历，但那只是阀门导轨脱落的故障，根本不用解体。现在中国人自作聪明，但不管他们是为了偷懒还节省开支，他暗暗提醒自己，必须制止这种鲁莽的行为。如果此次放任不管，那接下来中方更会无法无天。想到这里，山田低头在本子上记下"工装"，并画上圈重重打了个叉，准备在郝兴江介绍后重点提出，并要求两天内改造完成。没想到刚介绍完工装的制造过程，郝兴江突然头微抬，眼神从山田身上掠过，招呼后面一个年轻的女人上来。

"山田先生，这是鄙公司设计研究院的院长，这个工装就是她们几个人发明的。"

看着年轻美貌的石耿耿，山田心里暗笑，这样的女人在日本也就樱花盛开时穿上和服让人眼前一亮而已，不可能懂制造技术，更不用说发明了。

等翻译译完后,石耿耿面带微笑,目光下垂,双手交叠于小腹,边鞠躬边问候:"山田君辛苦了,请您多关照!"

"合作愉快!"山田只好起身还礼。

石耿耿从游敏手中取过一木盒,双手呈到山田面前:"山田君,这是我备的拜师礼,希望您能喜欢。"

怎么成师徒了?山田接过木盒心里嘀咕起来,这也许仅仅是中国人客气吧,那就入乡随俗吧。考虑公司规定不能接受合作单位贵重礼物,看着雕有仙鹤的精美木盒,山田担心自己会不小心犯错,于是赶紧打开盒子。只见里面是张嵌有长海市设备制造有限公司 LOGO 的签名纸,虽然看不懂正文,估计是祝福的话语。揭开纸,下面是个造型可爱的塑料乌龟。

"山田君,这是我同学刚设计上市的太阳能乌龟,不用电池,只要设定好时间,就能在规定时间边爬边唱。"

看对方的礼物并不贵重,山田放下心来:"有寓意,好玩,谢谢!"

石耿耿指着山田手中的纸说道:"山田君,这是我们全院职工的签名信,感谢您不远万里来帮助我们。"

"谢谢大家!"

"山田君有没有看出这张纸和平时用的纸有什么不同吗?"

经对方提醒,山田发现手中的纸的确不一样,但又说不出个所以然。

"这是我另一位同学的发明,这纸是我公司商务交流及防伪用纸,具有低碳、环保、印刷性能好的特点,已成为我国辞书出版商的指定用纸,并被国外印刷巨头指定为专用纸。他们还生产具有美观、隔热、阻燃、防潮等功能的家居装饰用纸和具卫生、防水、防油、耐高温、强度高的食品医疗与包装用纸。"

隔行如隔山，山田听得晕晕乎乎，但有一个关键词他听明白了，这两个东西都是眼前这个女人的同学发明的。可这和今天的见面会没有丝毫关系，想到这，山田赶紧谢过收好礼物，准备重归主题。可还没合上木盒，郝兴江已开口夸起了手下："山田先生，我们设计研究院获得授权的专利已累计有六十项，其中不但有发明专利十七项，另还有国外专利六项。"

山田这下明白了这个小插曲的目的，但他还是暗暗提醒自己，必须坚持原则，所以直截了当地强调："非常感谢石院长精心准备的礼物，也祝在座各位吉祥和长寿。对于刚才的工装发明，我的意见刚才在现场和贵公司的高立飞主任已表明，必须按我日方提供的图纸和数据制造。这是经过我们无数次施工所得出的经验，是最科学的设计。"

"我们在完成第一台工装后，发现贵公司的设计存在瑕疵，而通过我们的改进，的确能够避免设备吊装时的晃动。为了确保我们施工作业的安全和质量，工装必须改进。"

即便石耿耿仍保持一脸的微笑，但山田明显感觉到对方的倔强。这是第一次和中方交锋，决不能输！于是山田变得强硬起来："这容不得你自作主张，按我方要求干，出了事我负责。"

看和谐的场面一下子变得火药味十足，郝兴江不得不出面："山田先生，这事不着急，我看，不如下午您辛苦一下去现场鉴定下新工装。如果不行，我立即安排人加班改造。"

听对方老总既没有强硬护短，又有如果不行就整改的表态，山田觉得没有理由拒绝，只好点头应道："好，那就听郝总的。"

下午，两辆商务车一前一后驶进了租用的修船厂。四十八寸久保田液压大阀的模型被安全平稳地吊至月形工装上,被四根钢绳紧紧拉住,望着稳如泰山的大阀,原本将信将疑的山田有点小吃惊。这的确不属于什么重大发明,但它却非常有利于施工作业。

"请问郝总,这个创意是谁想出来的?"

郝兴江把游敏拉至山田面前介绍:"山田先生,就是这位工人出身的设计专家发明的。"

听完翻译后,山田竖起拇指连连称赞游敏,旋即又坦诚地说道:"郝总,早上是我的不对,担心新设计会脱离实际的应用。看来贵公司不但出实绩,而且很尊重人才。"

"山田先生,那我们还要加班改制工装吗?"

山田露出羞涩的笑容:"就用贵公司制作的工装,我还要将这个发明立即汇报总部,努力在其他地方推广使用。"

"感谢山田先生的认可。"

"今天浪费了大家的宝贵时间,真是抱歉!"山田说完朝郝兴江深深鞠了一躬。

郝兴江没接话,轻轻点头算是回礼。随后他扭过头对游敏说道:"不错,你用自己的聪明才智和创新精神,改变了发明大阀的日本企业的工装。我们没有看错你。"

游敏学着山田也动情地深深鞠了一躬:"谢谢郝总的支持!"

石耿耿上来插话:"郝总,我们根据远驰公司的抢修经验,现正在加快开展导轨切割工装,阀体、阀板加工斜架台,密封环焊接支撑和导轨打磨工装的改进发明,估计后天都能用上。相信这些设备的应用,既可确保施工的质量和安全,更可提高劳动效率。"

"喔?那举个例子先透露一下。"

"像二十四寸阀体的割除导轨作业,日方熟练人员需要约八小时，而我们在使用导轨切割工装后，只需四小时即可完成操作，且焊缝切割直线度更加出色。"

"好，过程要多和山田交流。"

"明白！"

因为各种新装备的投用，加上前期的施工准备和每道工序安排紧凑，结果二十四台大阀仅用二十五天就完成了检修。一直在现场监护的山田不得不佩服中国人的智慧，他相信与长海设制公司合作，不但会成为日本久保田公司在中国销售的亮点，更可以让公司在全球的大修业务有新的提升。

23

随着高考分数和两批次录取分数线的公布，郝兴江觉得期盼的双喜临门仅有一喜。郝习文别说是"985"没希望，连理科第一批次的投档分数线 617 分也没达到，仅仅比第二批次的投档分数线 438 分高出 19 分，而这个成绩连长海大学也进不了。好在郝习文有体育特长，通过韩宇的指导，郝习文终于在金秋时节踏进了长海大学的校门，成为新成立的中美国际本科合作班的学生。虽然每年的学费近六万元，且其中两年要到美国上学，费用甚大，但对郝兴江来说，这不是问题。儿子也按他的建议，选了机械工程制造专业方向。这并非郝兴江有荫子的念头，而是期望儿子日后能在中国制造业方面有所作为。

随着家乐超市租约到期退出，长海设制公司立即启动设计研究院和培训院建造。同时，针对企业职工人数的增扩和办公楼过于陈旧，公司同步兴建一幢公寓和带展厅的办公楼。2013 年年底，长海市顺发公司按照合同，顺利进入现场开展土建施工。

临近春节，正在开节前廉政教育会议的郝兴江突然接到章柒柒的电话，说是有事想约自己单独汇报。虽一时猜不出对方找自己的事由,但郝兴江还是爽快答应了下来。本以为章柒柒会约在其他地点,没想到对方说如果可以,她现在就过来。郝兴江心想,让一个女人如此着急,一般只有两种可能,不是男人出轨就是孩子有什么事。游敏现在全身心扑在工作上,而他们的女儿明年就要高考,估计是为女儿的事来找自己。既然游敏为公司做了这么多的贡献,公司理应为他们家庭做些事。所以郝兴江马上答复可以。

章柒柒很快就到了公司,门卫早得到办公室的通知,直接放车进来。朱小巧接了保安电话后,给郝兴江打了个手势。郝兴江点头会意,旋即向外走出。刚出一楼大会议室,只见章柒柒正向自己走来,就提前按了电梯等对方。

"郝总,您好,打扰了。"

"一家人,不客气,欢迎章总常来。"

走进郝兴江办公室,两人面对面落座,朱小巧忙着倒茶。看对方只是客套寒暄,郝兴江也只能应和着,等朱小巧上完茶,郝兴江吩咐:"小朱,你去忙吧,把门帮我带上。"

门关上后,章柒柒先申明:"郝总,今天我向您汇报的事不一定准,但我要把所知情况如实汇报给您。"

还真不是来求助孩子上学的事,而且听口气应该与游敏也无关,郝兴江仍微笑着平静地问道:"好,有什么事?"

"郝总,今天早上我接到公司老总的转账指令,一次性转了七十九万元。"

万通物流转账和我们有什么关系?郝兴江突然觉得这笔钱的数额有点耳熟,对,家乐超市的五年租金刚好也是七十九万元。难道是巧合?这个金额不太可能,更何况章柒柒特意来反映,背后应该有故事。郝兴江于是探问:"转给谁?"

章柒柒压低了声音:"葛校长个人账号。"

"乔康爱人?"郝兴江吃惊得脱口而出。

章柒柒点了一下头没说话。郝兴江理了理头绪,接着问道:"只有出没有进吗?"

章柒柒从包里取出一张打印纸递给郝兴江:"这是进出账记录。"

郝兴江瞄了一眼,记录显示2013年10月10日9:23,家乐超市转给万通物流79万元,2014年1月24日11:17,79万元又转到了葛校长个人账号上。郝兴江这下越发吃惊,五年前的10月10日,刚好是长海市国资委正式批复同意《关于长海机械厂的改制申请报告》的日子,也是家乐超市正式租楼的日子,这两个数据肯定不是巧合。郝兴江抬头看着章柒柒问道:"万通物流和家乐超市日常有业务吗?"

"没有。"

"这事有没有其他人知道。"

"我谁也没说。"

"行,这事请章总替我保密。"

"郝总放心,出了这门,我什么也不知道。"

"谢谢!"

"郝总别见外,我们全家都很感激您,若有用得着的地方,尽管吩咐。"

考虑接下来财务上的事只能麻烦章柒柒,郝兴江提前打起了招呼:"日后可能真的需要章总相助。"

"能为郝总出力,是我的荣幸。"

郝兴江觉得话题太重,想起曾向石耿耿请教过"七"的含义,于是试着转换话题轻松一下气氛:"我一直对章总的名很好奇,那天特意查了一下,发现'七'代表着权利和名誉,这名取得有水平,既朗朗上口,又寓意深。"

章柒柒垂下眼帘,说:"是我妈妈给取的。"

郝兴江有些意外,一般新生儿都由父亲或长辈取名,看对方神情,以为是不好意思,就颇有兴致地问道:"章总父母工作是不是在两地?"

章柒柒咬了咬嘴唇,最终还是抬起了泪眼解释:"我是遗腹子,父亲是司机,在一次车祸中不幸去世了。妈妈说我生于农历的七月初七,就是给她和爸爸来架阴阳两界的鹊桥。"

说完,章柒柒已泪流满面。郝兴江没想到是这样的缘故,本想找个话题轻松一下,现在反而陷入极其尴尬的境地,而这一切都是自己炮制的,不但揭了对方的隐私,更让人家回忆起痛苦的记忆。他有些慌乱地拿起纸巾盒,起身坐到章柒柒边上的沙发上,一边抽出两张纸巾递给对方,一边道歉:"章总,实在是抱歉,我真没想到会是这样。"

还没等章柒柒接纸巾,外面传来敲门声。看章柒柒这个样子,出于对客人的尊重,郝兴江决定不应声。不料来人虽然没得到应允,还是拧开了门锁,这下里外两边都看清了。游敏看到郝兴江拿着纸巾正伏在老婆身边似乎在说什么,而老婆正慌乱地用手背擦满脸的泪水。郝兴江扭头看是游敏,放下纸巾盒问道:"你有事?"

游敏一手捏纸,一手仍按在门把手上,可能没想到里面有人,原本喜悦的表情瞬间凝固成惊讶,愣在门口就像是被定了身。突然,他把纸一摔,狠狠踹门一脚扭头就走。章柒柒见状赶紧抽出几张餐巾纸,边擦边追了出去。郝兴江知道游敏误解了,又好气又好笑地捶了一大腿。朱小巧听到动静后,赶紧跑了过来,发现只有郝兴江一人枯坐在沙发上,就捡起地上的发明专利证书,站在门口轻声问道:"郝总,有什么需要吗?"

"不用。"郝兴江摆了摆手。

朱小巧将发明专利证书往办公桌上一搁就走了出去。看到那张打印纸,郝兴江赶紧坐回原处收起,折成手机大小后塞进了口袋。他相信,游敏的误解不用自己出面也会很快澄清,但对乔康与这笔巨额资金的关系,估计一时难以查明真相。

可让郝兴江怎么也没想到,当章柒柒终于在厂区找到躲在墙角的游敏时,无论章柒柒怎样解释,游敏就是捂着耳朵不肯听,此时的他比刚才的章柒柒还要伤心,棉袄胸前也湿了好大一片。章柒柒又气又急,可除了陪老公蹲在地方不停地解释,想不出还有什么好办法。

也不知过了多久,游敏突然起身指着远处办公楼吼道:"告诉我,是不是第一次进他办公室就被他欺侮了?!"

章柒柒记得第一次到郝兴江办公室是为了介绍山东厂家的业务,怎么在老公眼里就成被郝兴江欺侮了?再一想,她终于明白了,那天因为说到游敏身世,心里难过而流泪,估计也让老公误以为被郝兴江欺侮了。章柒柒起身仰头看着泪眼蒙眬的老公,忍不住笑出了声:"你这神经病,胡想啥?郝总可是正人君子。"

"他不光是猪狗不如的禽兽,而且还受贿!"

章柒柒伸手去捂对方的嘴:"老公,你真不能乱说。"

游敏拨开章柒柒的手,吼道:"你可以不认,但我可是亲眼看到长海大学副校长塞给他的金条!"

"你胡说啥?"章柒柒有点不高兴了。

随着围观的人越来越多,游敏突然一把将章柒柒推倒在地,终于吼出了声:"离婚!"

章柒柒没想到游敏会这么用力推自己,更没想到游敏会提出离婚。这哪是言听计从的老公,分明是要伤人的老虎。可不等她反应过来,游敏已转身扬长而去。

郝兴江与游敏老婆章柒柒的事迅速在公司传开,成为职工们茶余饭后的谈资,而且越传越离谱,越传越玄乎,似乎有人亲眼看到两人在办公室搂搂抱抱被游敏撞上了,而这一天郝兴江是从廉政教育大会上溜出来的。

让职工们奇怪的是郝兴江并没有灰头土脸,更没有一蹶不振,这反而让背后议论的人碰面时有点尴尬。郝兴江其实也有耳闻,但抱定了身正不怕影子斜的理念,真没心思去应对这种无聊事,一如既往地做着自己该做的事。

经过两天的思考,郝兴江还是摸不透那七十九万元的头绪。如果五年前家乐超市没付租金,那么当年个体经营服装商户的补偿金从哪里来?如果五年前按合同已付,那为什么到期后又付一笔同款给没有业务关系的万通物流?郝兴江分析有两种可能。一种是当年商量好的租金并不是七十九万元,而是一百五十八万元,合同订的可能是预付的一半,另一半到期付没写进合同。另一种可能是根本没有补偿金一说,有人借此截下了这笔钱。郝兴江觉得前一种可能性几乎为零,这块地又不是人气旺盛的长海中心闹市区,家乐超市不可能有这样疯狂的经营决策,估计这五年,刨去租金和工资,超市应该没多大的利润。郝兴江决定私下找一家当年的服装个体经营户打听一下,问问他们是不是领到过补偿金。

可暗访结果出乎郝兴江的意料,当年个体经营户都领到了六千元搬迁补偿费。这让郝兴江放下了半颗心,万通物流这笔莫名的进出款至少不会涉及群众的利益。至于这钱是否和乔康有关，郝兴江无法断定，毕竟整个谈判自己始终没有介入，现在只是凭章柒柒的反映，郝兴江觉得想要放下另半颗心，那只能继续暗查。可这事交给谁来办？郝兴江突然灵机一动，对，就让李默海的女儿和女婿来做这事，他们有为父亲申冤的目的，肯定会用心。打定主意后，郝兴江马上联系了李默海的女儿，约定晚上在中山步行街的清风茶馆见面。

中山步行街位于闹市中心，借保存下来的明清江南民居风格建筑，开发成兼备商业、旅游的城市休闲之地。郝兴江空了很喜欢来这里走走，这里有儿时向往的长海老字号商家，也有适宜当下商务会谈的茶馆。郝兴江没想到，明天就是大年三十，中山步行街居然还是这么热闹。走进包厢，提前等候的李默海女儿和女婿起身相迎。

郝兴江边脱下羽绒服挂在靠椅背上，边招呼："坐，今天没有其他人，我们随意些。"

三人分宾主落座，等服务员上完茶出门，郝兴江开始先就主题进行前期的铺垫："今天请两位过来，主要是想问一些事情，说不定要麻烦你们。"

李默海女婿拉着老婆的手表态："如果能证明我爸的清白，我们再苦再累也愿意。"

对李默海女婿的表态，郝兴江有点感动，看来这小子真是有情义的男人，都这么久了，还对老婆有这样的感情，都六年了，还这样执着信任关在牢里的岳父。他喝了一口刚点的菊花茶，说："苦累肯定难免，但我还得提醒你们，有的事暂且只能做不能说，只能暗查不能明访。"

李默海女儿眼一亮,说:"你终于相信我爸是清白的?谢谢你!"

"目前我还不能说李厂长是清白的,但我发现过去有些事有点异常。"

李默海女婿马上明白了郝兴江安排这次见面的目的,就接过话头问道:"郝总,你放心,我们会按你说的异常去调查,无论是过程还是结果,只对你说,绝不会告诉任何人。"

郝兴江点头,先说了第一件事:"2005年10月的中金造纸厂滚轴业务,公司查不到记录,你们想办法弄清事情的真相。"

李默海女儿马上回应:"我爸说这笔业务因他不同意,所以没做成。"

看对方没领会自己的意思,郝兴江只能点明:"没成只能说明李厂长在此事上没有贪污之心,可一旦能够查明这事违法的全过程,那就有可能揪出陷害李厂长的人。"

李默海女婿平静地问道:"郝总有没有可提示的信息?"

郝兴江干脆把头扭向李默海女婿,盯着对方缓缓说道:"这事我没有相关的信息可提供,但另一事有明显的异常迹象。"

"谢谢郝总。"李默海女婿眸子复又清亮起来,弥漫开敏锐和细致的光泽。

"公司当年改制时,市里领导决定用服装市场的地皮来支持我们日后的生产经营。原说要支付个体经营户搬迁费七十九万元,这笔钱由家乐超市五年的租金来抵,可我刚得知超市方才付款,而且是打到了一个个人账户上。"

听到这里,李默海女儿有点小惊喜,问:"个体经营户当年没拿到这笔钱?"

李默海女婿轻轻推了老婆一下,问:"那个体户赔偿金谁出的?超市租金为什么五年后才付?为什么转给个人账户?"

郝兴江觉得李默海女婿思路很清晰,越发放心把这个调查交给对方来做。他又喝了口菊花茶,放下茶杯取出章柒柒给的打印纸复印件,才缓缓说道:"这就是谜团,也许这个谜团一解,你岳父就可证明是无辜的。"

李默海女儿一扫沮丧的神情,两侧脸蛋耸成个肉疙瘩,说:"我爸一直劝我们不要着急,说一切等他刑满出来再想办法,看来我们能够提前证明他是无辜的。"

"李厂长这是想保护你们,不让你们卷入风险中。切记,一切只能悄悄调查,一旦有了证据,交给我来处理。"

李默海女婿盯着眼前杯子想了一会,突然抬头瞥了一眼郝兴江,问:"你为什么会帮我爸?"

对于这个聪明的"同盟军",郝兴江认真地答道:"我不仅仅是为了李厂长,也为了公司的将来,更是为了正在强大的国家越发风清气正。"

李默海女婿眼睛里闪现讥诮的笑意:"日后我们把相关证据交给你,难道你不怕处理有风险?"

看对方对自己刚才的回答不满意,郝兴江只能继续讲明目的:"如果我不处理,许多人很有可能以为这坏事是我干的。其实证明你爸清白,也完全可证实我在改制过程中,既没有私心杂念,更没有贪污索贿。"

"好,我们是同船人。"李默海女婿一手端起茶杯,另一手轻拍老婆手臂,示意她拿起茶杯,"那就以茶代酒,祝我们合作愉快!"

一盏茶的工夫,对方让自己的身份从援救者变成了合作者,郝兴江领教到了李默海女婿的能力。也因为对方有着冷静的头脑、清晰的思路和谨慎的作风，他相信此人能解开这些谜团。郝兴江无可奈何地举了茶杯，象征性与对面的两个杯子轻碰了一下。

24

过完年第一天上班,游敏似乎恢复了常态,但郝兴江明显感觉到对方在刻意回避自己,这种回避不是歉意或内疚,而是心存质疑。他已接到章柒柒三次来电道歉,郝兴江不但表示理解,且一直安慰对方。

这天早上刚上班,朱小巧进来提醒郝兴江9时参加市2013年度纳税先进企业和纳税突出贡献表彰大会,说已安排老曲五分钟后在下面等。郝兴江点头说知道后,发现朱小巧没有离开的意思,就问道:"小朱,还有其他事?"

"郝总,您知道今天是什么日子吗?"

郝兴江边查看电脑的生产报表,边说:"元宵节,呵呵,早上已吃过汤圆。"

"郝总,今天是双节合一,不光是元宵节加情人节,还是周末。要不要给您下班时备点巧克力和鲜花带回家?"

郝兴江瞅了一眼台历,说:"看来生活上还得要麻烦你,谢谢!"

"那我下班前放您办公桌上。"朱小巧的神情终于放松下来,看对方点头,转身就回了自己办公室。

今年的表彰大会很隆重,市四套班子领导全部出席。作为全市纳税先进企业的代表,郝兴江发现给自己发奖牌的正好是梁钰。欢快、喜庆、祥和的《喜洋洋》奏响,郝兴江趁上台握手之机,向梁钰表达了谢意。已提拔为常务副市长的梁钰似乎心情很好,不但夸郝兴江干得好,还特意向边上的政协主席介绍了郝兴江。

领着奖牌和证书刚回到座位,郝兴江的手机就震动起来。落座掏出手机一看,是李默海女婿打来的,说是已打听清楚情况,不但问题较严重,而且还和长海设制公司现任领导有关。郝兴江捏不准对方到底搞到了多少信息,既然自己早已清楚这事涉及乔康,不如慢慢来,以免自己被对方带乱节奏而误判。于是他以正在开重要会议为名,约对方中午12时半在老地方见。

在市政府食堂吃完饭,郝兴江让老曲送自己到中山步行街。进入预约的包厢,见李默海女婿刚吃完茶馆的馄饨面,就略表歉意地说道:"不好意思,让你午饭也没吃好。"

李默海女婿抽了一张纸,把嘴一抹,大大咧咧地说道:"这样的日子也不是十天半月了。自从老丈人出事,我们这六年几乎没怎么太平过,儿子也只能交给我父母带。"

郝兴江心里一震,脱下外衣坐定后,假装好奇地问道:"怎么不见你老婆,人不舒服?"

"没,我不让她参与这事。一来担心她知道真相受不了,二来若和犯罪分子斗,那可是要冒巨大风险,说不定连命也会丢。"

对面胖男人的情义让郝兴江暗生敬意,嘴上却佯装不屑地说道:"哪有这么严重。"

"你想让人进监狱,这些人还不跟你刺刀见红?要知道这些人不光手握权力或金钱,还躲在暗里。而我不但无权无势,还在明里。"

郝兴江心里又是一震,他不想再进行这样的话题,于是问道:"有什么发现?"

李默海女婿摊开早已准备好的笔记本,调转方向正面朝郝兴江,指着上面说道:"2013年10月10日9:23的79万元,是家乐超市转给万通物流的。这笔钱一直在账上没动,但今年1月24日11:17,79万元却被转到了个人账号上,而这个人就是乔康的老婆葛校长。"

"哦。"由于早已掌握这情况,郝兴江只是点头应了一声。

李默海女婿没想到对方这么平静,只能接着说道:"当年个体经营户按合同都领过六千元搬迁补偿费,但这钱来自市财政局。"

"搬迁补偿费是国家出的?"

"对!"李默海女婿重重点了点头。

郝兴江本想再确认这消息是否可靠,但旋即打消了念头,对方的心智已领教,重复验证只会削弱两人刚建立的信任感。对于搬迁补偿费来源的查实,郝兴江觉得一切怪异现象都能说得通了。这是一场梁钰和乔康里外勾结、精心设计的骗局,两人联手以搬迁补偿费名义,神不知鬼不觉地套走了家乐超市的五年租金。所以乔康当初一再强调要保密,而当自己提出提前一年收回服装市场二期土地时,乔康才会情绪失控地反对。就在郝兴江盘算如何应对时,李默海女婿又指着笔记本另一页说道:"乔康老婆账上还有一笔资金也是七十九万,是中金造纸厂打给她的,但当天就转给了钱凯俊,就是这人抓了我岳父,他现在已经是市公安局经侦支队的支队长。"

李默海女婿的话像是在头顶打了个响雷,郝兴江张着嘴,直愣愣地看着对方,半天说不出话来。过了好一会儿终于缓过神,不得不求证:"你确定信息不会出错?"

"我没办法告诉你用了什么办法,但确定这些信息准确可靠。"

"这事还有没有其他人知道?"

"目前没有,我连老婆也没说。"说到这里,李默海女婿往后一靠,紧盯对方,不紧不慢地申明,"但我留了一份记录交给了朋友,一旦我有什么事,朋友会马上寄给中纪委。"

郝兴江笑问:"你还提防我?"

李默海女婿也不回避,坦承说道:"这世界人人在伪装,谁也看不出对方的真实想法和目的。"

郝兴江一时接不上话,就说:"情况我清楚了,谢谢你。"

"我等你一个月,下个月15日我就把相关信息公布在网上。"

郝兴江想了想,说:"这样吧,你马上把了解到的所有内容发到网上,同时把毛阿姨的遗书复印后,所有材料一式两份分寄省纪委和我公司纪委。我这边也想办法推进,力争早日为李厂长洗清冤情。"

李默海女婿清楚郝兴江这样安排的用意,把笔记本往郝兴江这边一推,起身隔着桌子伸过了手:"你让我完全信了。"

"这段时间你们别去探望李厂长,我会想办法托人照顾。我们也不要电话联系,不能让人抓住任何把柄。"

"好,谢谢!"

"案件涉及那些有头有脸的人,不可在网上留下痕迹,小心钱凯俊的打击报复!"郝兴江握手叮嘱后,立马收起了本子。

"我已做好鱼死网破的心理准备。"

郝兴江连连摇头:"不,我们不是打鱼,而是打虎拍蝇。一定要相信党的反腐决心,从 2013 年下半年起'打虎'节奏明显加快,仅 12 月就有六名省部级干部被查。2014 年反腐力度更是空前,统计显示,仅 1 月份平均每天查处一名地厅级官员。"

"那我也等着有个好结果。"

"等一下。"看对方转身要走,郝兴江突然想起了什么,重新摊开本子,拿着笔说,"给我一个值得你信任的人的邮箱,有什么事我发邮件给他。"

李默海女婿接过笔,拔开笔帽,在纸上写下了一个邮箱地址。

回办公室后,虽然还惦记着如何应对接下来的廉政风暴,但各种汇报请示和签名,让郝兴江一时无心去思考。临近下班,郝兴江看到窗口有人影一闪,还没看清是谁,周杰已急匆匆走进了办公室,一脸紧张又神秘地说道:"郝总,出大事了。"

郝兴江猜肯定和李默海女婿发帖有关,于是平静地问道:"什么事让你这么紧张?"

"有人在网上发帖说梁市长和乔总贪污!"

郝兴江没想到李默海女婿行动这么迅速,为了查验是否真的发帖,佯装吃惊地问道:"在哪儿?"

"长海论坛。"周杰移到郝兴江身边,一边说一边帮着在电脑中输入网址。

打开帖子,郝兴江又气又急,虽然内容很煽情,而且为了避免被网管或版主删帖,特意将梁钰改为"市领导 L",钱凯俊改为"公安 Q 支队",乔康改为"明制 Q 副总",可发帖网名明显是个老用户,公安若查发帖人太容易了。李默海女婿真是聪明一世糊涂一时,怎么能把自己的提醒不当一回事。

"郝总,刚才我看时点击率才七千多,这才过了几分钟,点击率已近万。要不要找人删帖或灌水下沉?"

"公司和任何人决不能参与,一旦让网民察觉,会大损企业的形象。再说,即便我们组织全体职工上网灌水,但与全网庞大的网民相比,那还不是杯水车薪,无济于事?"郝兴江把阻止想法说得很是冠冕堂皇。

"那乔总怎么办?"

"网络上这种杜撰或臆想的内容多得是,我相信乔康,清者自清,怕啥!"郝兴江奇怪自己说这种话时,脸居然一点也没红。

周杰本想来邀功,可一把手持这样的态度,只好无趣地抬起头准备离开。刚转身,发现乔康站在门口,脸一红打起招呼:"乔总,你也来了。"

"郝总,我也是刚知道有人在网上诬蔑我。"

郝兴江乐呵呵地把手朝对面的客椅一伸:"乔总来得刚好,坐!"

周杰知趣地打了声招呼离开了郝兴江办公室,并掩上了门。

乔康落座后,马上先道谢:"郝总,刚才我听到了,谢谢你的信任。"

郝兴江发现这么冷的天,对方额头居然有汗,连圆圆的鼻头也湿漉漉的。他偷偷打开了手机的录音功能,说:"我也奇怪,谁会在网上编这样的故事?"

"钱凯俊支队长已抓到发帖人了。"

郝兴江感觉脑门"嗡"的一声,看来接下去真的是要鱼死网破了,不但李默海女婿这张网要破,甚至可能还会殃及自己。现在还不知道李默海女婿被抓前有没有把材料寄出,如果寄出了,自己还有点扳回局面的希望,不然只能一败涂地。郝兴江故作高兴地探问:"那人是谁?为什么要造谣?"

"发帖者是个无业游民，长年在网吧打游戏。交代说是下午肚子饿出网吧，有人拦住他给了个新U盘，说让他帮忙把里面的内容发到指定网站，不但给了一百元钱，还允诺给游戏充值。看来这背后的王八还不小！"

听乔康恶狠狠骂完后，郝兴江心里直乐，看样子自己还是小看了李默海女婿，没想到这家伙心机如此之深。郝兴江继续根据对方的话探问："指定网站？难不成发了好几个网站？"

"钱支队查到一共发了四个网站，本要发九个，好在这家伙发到一半有人约打游戏，被抓前另五个指定网站还没发出。现钱支队已通知'长海论坛'网站管理员删帖，其余三个网站正在想办法联系中。"

郝兴江没想到钱凯俊的动作这么快，扭头试着刷新"长海论坛"，果然这个报料帖子已不见踪影。虽心里愤懑，但只能假装庆幸地说道："还好，是已删除。"

乔康的手机突然响了，掏出一看，对郝兴江说道："郝总，是钱支队，我先接一下。"

"噢。"郝兴江点了一下头，悄悄在百度输入"公安Q支队、明制Q副总"关键词搜索，同时余光注意着乔康的一举一动。

"钱支队。"

郝兴江听不清钱凯俊说什么，但乔康马上答复："我在郝兴江办公室。"

听筒中的钱凯俊明显加大了嗓门。乔康应声后面如土灰，立即挂了手机。

"有什么进展？"

乔康收好手机，一脸阴沉地反问："不，该我问你有什么目的？"

"我听不明白。"郝兴江不知道钱凯俊又查到了什么线索,但对方肯定怀疑自己参与其中。

"郝总,我们没有必要演戏。那个发帖人已认出雇佣人就是李默海女婿,而你今天中午和李默海女婿约谈了什么?"

郝兴江暗吃一惊,看来自己大大低估了钱凯俊的侦察能力。他想也不想脱口说道:"还是老生常谈,说李厂长是无辜被冤的。"

"有什么证据?"

"有证据找我说干吗?我又不是司法部门。"郝兴江知道越把自己推得一干二净,越对李默海女婿有利。

"郝总,这五年多我们可是一起扛着难关过来的,没有梁市长的帮忙,我们不可能成功,人可不能忘本。"

这话明显证明梁钰有贪污的嫌疑,郝兴江特意追问:"难不成网上说的这事是真的?"

"你不用打听,别做对自己不利的事。我们既然有胆做,自然也有能力处理好。"

乔康赤裸裸的威胁让郝兴江暗自高兴,虽然对方口风还是很紧,但录音绝对可作为证据。为了获得更多有利证据,他又故意激将对方:"你别以为什么事都兜得转,这风头还得避避。"

"不是我瞎吹,长海没有我们搞不定的。我还有七个月就要退休了,希望我们相安无事。"乔康说完,也不和郝兴江打招呼,起身推门扬长而去。

关上手机录音,郝兴江马上把手机连上电脑,不但给李默海女婿提供的邮箱发送了一份录音文件,还拷了一份U盘藏匿于书柜中,并立即把手机里的录音给删了。看已到下班时间,郝兴江思索片刻后,带上朱小巧准备好的鲜花和巧克力,若无其事地开车回家。到了一座公用电话亭,他停好车拨通了李默海女婿电话。

"你好!"

"这是公用电话。"听李默海女婿仍能接电话,郝兴江放下一半心。

即便对方故意捏着鼻子说话,但李默海女婿还是听出了是谁,警觉地问道:"有情况?"

"对!你很复杂,也很危险。"郝兴江知道对方的电话肯定已被监听,故意强调"你"。

"没啥,我说过,大不了鱼死网破。"

"事都办了?"

"嗯。"

"家里原有的电话不要再用,马上带家人离开长海,越快越好。"

"好!"

25

次日一早,郝兴江拉开窗帘,只见窗外霞光微露,清澈动人的光线弥漫在四周,眺望轻纱笼罩的朦胧远山,若即若离的缥缈云烟在半空缓缓游走。思虑了一夜的郝兴江心情顿时爽朗起来,按以往无大事双休日坚持一天上班的原则,他又准时出了家门。

郝习文吃过早点约史小力去打高尔夫球,偌大的住宅只留下史芳一人。这些年,史芳也习惯了这样的生活,收拾完家务,就上网打起了麻将。由于今天父子俩都说中午不回家吃饭,所以一直到肚子开始叫,史芳才离开电脑到厨房。打开冰箱,取出猕猴桃、柠檬、薄荷叶、生菜、甘蓝、甜椒、樱桃萝卜和酸牛奶,像平时一样,准备给自己拌个水果蔬菜沙拉。可刚洗净蔬菜门铃就响了,史芳以为是儿子回来了,擦了一把手赶紧去开门。

门开后,史芳只见站了两个陌生男人,一胖一瘦,就像上台表演的相声演员。

史芳拉着门框问对方:"你们找谁?"

瘦子从上衣口袋掏出证件,抖开后在史芳面前一亮,随后潇洒一合,重新塞进口袋,说:"市公安局的,找你了解一些情况。"

瘦子说话时嘴角上那颗黑痣和证件上的金色警徽一样醒目，眼尖的史芳甚至还看清了亮证者叫钱凯俊。难道郝兴江真出事了？以前小姐妹就提醒过自己，男人都是偷腥的猫，一定要管住有钱有权的老公。年前，郝兴江单位是传来过绯闻，大年三十晚那个叫章柒柒的女人打电话道歉，自己一旁听了也就信了老公的解释。看来自己太信郝兴江的话，也怪不得今天眼皮一直在跳，史芳拉开门就催问："是不是老郝出事了？"

瘦子不置可否一笑，三角眼几乎眯成了一条缝，边往里走边说："里面说吧。"

史芳忐忑不安地关上门，跟着两人进了客厅。

"坐。"瘦子落座后指了指对面的沙发，似乎他才是这里的主人。

胖子很有分寸地亮明了说话者的身份："这位是市公安局经侦支队的钱支队长。"

经侦支队？史芳心又一惊，这可是与经济犯罪打交道的部门，难道郝兴江出经济问题了？但作为女人，她宁愿老公出经济问题，也不希望听到包养、通奸之类的丑闻。

"郝兴江在我们那里。"钱凯俊很随意地说完后，掏出一包烟，胖子立马掏出打火机，凑前给对方点燃了烟，再把茶几上的烟灰缸移了过去，随后才摊开了笔记本。

史芳一听更慌了，皱着眉头心事重重地追问："他为什么在你们那里？"

钱凯俊似乎非常淡定，弹了一下烟灰，不急不缓地说："刚才你开门就问我们郝兴江是不是出事了？现在我可以明确地告诉你，他犯事了，而且事不小！"

史芳"腾"的一下跳了起来，吃惊地叫道："不可能，郝兴江不可能犯罪。"

"嘿嘿。"那个钱凯俊与胖子打了一下眼,两人带着嘲弄干笑了两声,但没有说话。

听着怪异的笑声,史芳心里有点发虚,难不成我们家也出了"老虎"或"苍蝇"?郝兴江真隐瞒家人做了些不该做的事?心一虚,原有的底气一下减了一半。史芳暗暗提醒自己要冷静,没有明显的证据,公安不可能会上门。想到这里,她深吸了口气,压低了声音问:"到底怎么回事?"

钱凯俊自然在史芳的口气和询问词语微妙的变化中捕捉到对方内心的波动,知道前面两招已取得明显效果,现在对方已服服帖帖地钻进自己设的套子中。他干咳了一声,说:"他究竟有什么事你应该知道。"

听钱凯俊的口吻似乎自己也有问题,这让史芳不爽中更有点恼火,态度强硬地答道:"我不知道!"

钱凯俊要的就是这效果,深吸口烟,吐完烟故弄玄虚地说道:"你应该有许多知道的事,当然也有你所不知道的,我想郝兴江不能把有些事也告诉你。"

"你这是什么意思?"史芳觉得钱凯俊这句话好像意有所指。

钱凯俊白了史芳一眼,没好气地说:"郝兴江好歹也是当地有名的企业家,没事我们能传唤他吗?"

兴江已被传唤了?他这么高收入应该不会贪污吧?再说家里丝毫没有受贿迹象呀!她又失控地替郝兴江叫起了冤屈:"你们肯定搞错了!"

"可能吗?没确定,公安会随便抓人吗?"钱凯俊话音刚落,一直在记录的那个胖子插话提醒:"钱支队可是一夜侦察没休息,郝兴江刚才已交代了,希望你配合我们一下。"

"不会,不会的,这不可能,兴江不可能犯罪。"史芳言语有点乱,就像她此时的心脏,无节奏地乱跳。

看已到恫吓与坑蒙的最佳火候,钱凯俊决定下猛料。"希望你没有问题,毕竟这个家还是要有人来主持的,郝习文可是还在读书呢。"貌似好心地劝过后,他又冲胖子点了一下头,"把郝兴江手机给她,让她看一下里面的短信和照片吧。"

"嗯。"胖子应声后放下笔,从包内掏出一部手机,按键开机后,递给了史芳。

史芳忐忑不安地接过手机,她感觉几百克的手机此时沉甸甸的,她预感手机要帮她揭开一个谜团,可她又害怕看到这个谜底。丈夫这部手机还是她给买的,上面的保护膜也是她贴的,不用验证号码,仅凭保护膜上的开口,就可以肯定这部手机是郝兴江的。音乐响后,手机完成搜索,跳出他们一家人的合影。

钱凯俊似乎有点着急,按灭手中的香烟催促:"规定是不能打开关押人手机的,今天我破例了,你抓紧时间,赶紧打开短信和图库。"

史芳虽然没吭一声,但行动已按对方指令,低头迅速翻看。短信有好多是署名为"甜心"的人发给郝兴江的,打开其中一条:"老公,我好想你,真想让你再抱抱我,亲亲我。你永远的宝贝。"

郝兴江在外有女人?不可能!除了出差,他几乎不外出,连应酬也是能推就推。会不会是有人发错了?看着这条肉麻短信,史芳还是觉得主角不应该是郝兴江。

"往下看。"还是这个胖子,不冷不热地提醒着。史芳心一沉,感觉自己正被这个声音推向深渊。

"老公,你走了,留下我一人在床上,你好狠心。你什么时候能娶我呀？"

"亲爱的，我已到宾馆，1217号房间，快点过来哟。"

"江，我好爱你，真希望和你生个漂亮的女儿，除了脸的轮廓，五官一定要像你。你永远的宝贝。"

史芳每翻一条身上的冷汗就在急增。一直留意史芳表情的钱凯俊放下了心，拿起香烟，递了个眼神给胖子，胖子马上领会，边给钱凯俊点烟，边指示史芳："打开图库，看一下你家老郝自拍照，要快。"

史芳的精神已被击溃，她已想象得出郝兴江手机上的照片会是什么内容，也肯定那个叫"甜心"的女人必定是照片的主角。虽然极不情愿去翻开，可手指还是不听大脑指令点开了手机图库。顿时，一连串不堪入目的照片映入眼帘，让她恶心不已。

"我已违反了制度。"钱凯俊伸手拿回手机，一边关机，一边推心置腹地说，"允许你考虑一下，我希望你能彻底配合我们工作，不要双双犯罪导致孩子无人照顾。"

"不会，不会吧，这不可能。"六神无主的史芳此时只会无助地喊道。

钱凯俊脸一沉，起身指着史芳厉声呵斥："你不要执迷不悟，我们只能帮你到这一步。为一个不负家庭责任、道德败坏的男人掩盖犯罪事实是不理智的。希望你能清醒点，为自己和儿子想一条出路！"

"可我真不知道他干了什么。"感觉孤立无援的史芳伤心哭叫后，一下子瘫在了沙发上，不光肉体彻底被打垮，精神更是全线崩溃。

钱凯俊操起茶几上的抽纸，缓缓踱到闷头哭泣的史芳身后，轻轻拍了拍她的肩膀，口吻极其善意："我相信你是清白的，郝兴江这些事应该会很隐秘,也可能把钱直接给了包养的女人。不过我们请你再想想,有没有你所知道的部分,我们不希望你被牵连。"

胖子将一张名片往史芳手中一塞,说:"这样,我们先回去,有什么事马上打电话给我。"

满脸是泪的史芳木讷地抬起头,捏着名片发起了呆,她都不知道钱凯俊他们是什么时候离开的,不光大脑空空,连身体也感觉被掏空了一样,刚才的饥饿感一点也没了。

此时,正赶往经侦支队的钱凯俊拨通了值班室电话:"有没有查到李默海家人的下落?"

"报告钱支队,目前没有人进住宅,车辆也没动过,所有手机仍无信号。"

"郝兴江这边有没有交代经济问题?"

"目前还没有,钱支队,这家伙嘴很牢呀。"

"一帮窝囊废,现在企业家哪个不贪污的,你们撬也要给我撬出个结果!"

钱凯俊破口骂完就挂上了电话,旋即叮嘱开车的胖子:"小张,回去马上把手机复原,放回扣押箱。"

"是!"

钱凯俊刚想闭上眼睛打个盹,手机却响了起来。刚接通,值班警察就急吼吼地叫道:"钱支队,李默海女婿找到了。"

"在哪?"钱凯俊一下子从椅子上跳起来。

"刚才在市政府门口。"

钱凯俊笑了,估计这家伙正学古人在市政府门口下跪喊冤,这下更有理由关押了。可值班警察又说了下半句:"现正在被送往市第二医院的路上。"

钱凯俊当即霸气地下达指令:"让派出所马上拦下,拉到我们支队。"

"钱支队,李默海女婿是在市政府广场自焚烧伤了。"

"啊!"钱凯俊知道自己这张纸被李默海女婿彻底点燃了,心里暗叫了一声:"完了,这下全完了。"

26

元宵节傍晚,李默海女婿接到郝兴江电话后,马上带家人分三次打的到了金牛山。

金牛山位于望仓县出海口。由于山势险峻,历来都是长海的海防要塞,清时曾倚山势建有三座炮台。二十世纪八十年代末,为了让全县能收看电视节目,望仓县在金牛山的山顶建起了发射塔,并派人轮流看守。七年前,李默海女婿旅游路过爬到山顶,竟然和这里的职工交上了朋友,从此他每年都会带家人来玩几天。

对于深夜来访的老驴友,电视台职工没有过多意外,还因为有人相伴而高兴。得知这位扛着整箱牛栏山的朋友想多住几天,越发高兴。

一夜无话,次日一早,李默海女婿用电视台的电脑登录昨天给郝兴江的邮箱。其实这个邮箱真是他朋友的,而且还是他的初恋,只是这位大学女同学还没毕业就因车祸去世,他一直保留着这个邮箱,因为里面有着他们来往的六百多封情书。看到新邮件有附件,李默海女婿赶紧打开,听后不但更相信郝兴江,而且还为他的安全担起了心。吃过早饭,李默海女婿以出门想清净不带手机为由，借电视台职工手机试拨打郝兴江办公室电话。不料，刚听到郝兴江喂了一声，自己还没来得及说话，话筒里就传来急促的脚步声，有人喊了一声："公安局的，不许动！"接着就被挂掉了电话。

郝兴江出事了，得马上想办法救他，不然自己更会在孤军奋战中失败。李默海女婿打定主意后，向电视台职工借来录音喇叭，跑到电脑室录完音后，让老婆留在山上照顾孩子，自己带上相关申冤资料直奔长海市政府。

为了避开钱凯俊的耳目，李默海女婿不但穿了带帽的羽绒服，还戴上了口罩。到市政府广场后，看着那巍峨的大厦，他觉得渺小的自己不可能引起别人的注意，于是一咬牙，转身又离开了市政府广场。李默海女婿先到商场买了两瓶大雪碧和打火机，出门后，开盖倒空雪碧瓶，随后找到一民营加油站，谎称自己的车在前面熄了火，请加油工帮忙给加两瓶柴油。柴油本就没多大危险，加上来人长得干干净净，加油工爽快答应了下来，拎起加油枪给两个雪碧瓶灌满了柴油。

李默海女婿拎着两瓶柴油重新来到市政府广场，选定好位置，取下口罩吸了口新鲜空气，蹲身拧开瓶盖后，再起身从背包取出喇叭，打开了录音广播。被截取的乔康和郝兴江重点对话开始循环在广场上播放起来。保安闻声迅速围上来要抢喇叭，李默海女婿一手拎起雪碧瓶往自己身上浇柴油，一手拿着打火机吼道："不许过来，不然我点火！"

保安见惯了闹事者，可这种闹事者还是头一回遇到，都站在原地你看我看你，不知怎么办才好，任凭录音广播在广场播放。终于有围观人提醒："快取灭火器！"同时有人拨打报警电话。

李默海女婿已声嘶力竭地向围观人群简要讲完了岳父蒙冤和

梁钰等人贪污的事实。大家对李默海蒙冤没什么兴致，但听到本市常务副市长也是"老虎"后，开始热议起来。等有人提着灭火器上来，一名保安用防卫叉顶开李默海女婿，看有人抢走喇叭关了电源，李默海女婿点燃了身上的衣服。虽然灭火器快速将火灭了，但李默海女婿的脸已烧伤，被随后而来的救护车火速送往市第二医院救治。

在市第二医院救治李默海女婿时，钱凯俊也在做最后的努力，试图挽救败局。他让胖子小张调转车头马上回局里，到办公室关上门一边查电脑，一边给梁钰打电话汇报。

"现在网络有没有反应？"

钱凯俊看微博和微信已闹翻了天，忍不住脱口骂道："他妈的，吃饱饭没事干的人真多，已经扩散了。"

"想办法尽快让乔康永远闭上嘴！"梁钰的声音明显急躁起来。

钱凯俊明白大姨的意思，现在只有砍了乔康这条线，才有可能保住她。虽然这么做自己肯定是死路一条，但不这么做，那不光自己死路一条，大姨也会锒铛入狱，整个家族从此抬不起头。既然如此，不如牺牲我一人幸福全族人。打定主意后，钱凯俊当即一脸悲壮地应道："明白了。大姨，帮我照顾好老婆和孩子。"

"别说这样的丧气话！有我在，没事！抓紧时间办好后，你先避一下，我会想办法搞定。"

"知道了,大姨,你保重。"

挂上电话，钱凯俊迅速关闭刚才浏览的网页，从抽屉取出一把匕首。试着在桌上削去一角后，满意地把匕首放回皮套，起身插入腰间，匆匆下楼。刚发动车，钱凯俊就拨通了乔康的电话。

"钱支队,你找我？"

"乔总，你在哪里？"

"我在公司，郝兴江招了吗？"

提起郝兴江，钱凯俊又是生气又是敬佩。今天一个早上精力全花在了折磨郝兴江上，可硬是没有撬开他的嘴，好不容易把他老婆吓唬住了，可现在又让李默海女婿搅黄了。钱凯俊稳了稳情绪，说："基本上没问题了，我过来和你对接一些事，我去接你老婆，我们还是在柳江老码头见面。"

乔康很是奇怪，问："接我老婆干吗？"

"见了面再说，你快打电话让葛校长在门口等我，然后到老码头等我。"

"好。"

快到七中，只见葛校长正从里面走出来。钱凯俊摇下车窗，一脚油门把车开到了葛校长身旁。

葛校长上副驾驶后，笑盈盈地问道："钱支队，什么事这么着急？"

已启动警车的钱凯俊一脸轻松地回应："和乔总碰面后再细说。"

话音刚落，葛校长包里的手机响了，她掏出手机看了一眼，马上接通了电话："老乔，我已上钱支队车。"

钱凯俊竖起耳朵听着，不但无法听到乔康的说话声，而且葛校长也只剩下轻轻的"嗯嗯"应答声。通过后视镜，钱凯俊发现葛校长的神情已和刚才上车时截然不同，双眉紧锁，脸色也有点发白。等对方挂上电话，钱凯俊主动问道："怎么了？"

"李默海女婿出事了？"

"他在市政府广场自焚，我就是约你们商议这事。"

"接下来怎么办？"

钱凯俊发现葛校长的腿在哆嗦，心里暗自高兴。这种心态下，人往往没了自主判断能力，也没了反抗能力。他打了一下方向后说："没什么，我们只要把嘴咬牢，一切都会正常。"

想刚才乔康在电话中的提醒，葛校长细品钱凯俊的话外之音，总感觉有点不对劲。她觉得自己的头痛病又犯了，使劲按了按太阳穴，靠着座椅闭上了眼睛。没过多久，一个刹车让葛校长朝前冲了一下，好在安全带拉住了自己。

钱凯俊也不熄火，看了看四周，除了江岸前不远处有辆装满废铁的破旧皮卡车，不光亭子没见乔康，周边也没一个人影。他抬手看了一下手表，自言自语说了一声"乔总怎么还没到"后，拨起了乔康的电话。电话虽然通了，可没人接听。

看钱凯俊狠狠砸了下方向盘，葛校长盯着对方问道："钱支队，你找我们到底有什么事？"

"这事现在有点麻烦，还是等乔总来后再商量吧。"

"能不能先和我说说？"

钱凯俊咬了一支烟，连打两次打火机才把烟点着。吐了一口烟后，说："算了，再等等吧。"

"那我下车等。"

看对方伸手按安全带扣锁，钱凯俊一把抓住葛校长的手，利索地铐了起来。

葛校长一脸错愕地问道："你想干什么？！"

"等你老公！"钱凯俊把烟往仪表盘上一拧，手机响了，看是乔康，他拔出匕首往葛校长脖子上一横，黑着脸厉声警告，"不许说话，不然一刀抹了你！"

看葛校长惊恐地点了点头，钱凯俊这才接通了车载电话，可还没等开口，乔康已在那头冷冷说道："你放了我老婆。"

"你在哪?"钱凯俊刚问完,马上猜到了对方的藏身之处。果然,对面那辆皮卡车的驾驶室有两个反光点。既然自己的一举一动早被对方用望远镜看得清清楚楚,不如打开天窗说亮话。钱凯俊于是冲着手机歇斯底里地吼道:"你这个蠢货,居然会让郝兴江录音!"

没想到乔康淡然地说道:"行了,一切由我承担,放了我老婆。"

"你下车过来,我就放你老婆。"

乔康讥讽道:"你这话我会信?"

"不信你就看着她死!"钱凯俊立马挂上挡冲上前,在距离皮卡车不到十米时,单手猛打方向,把车横在了小道上。钱凯俊估计,现在下车用练习十多年的飞刀术,有把握杀了乔康。由于认定对方已无路可跑,钱凯俊打定了不让步的主意。

谁也没想到,钱凯俊刚熄火,一直在哆嗦的葛校长突然冲着手机怒不可遏地喊道:"老乔,你快逃去自首,别信钱……"

话还没说完,乔康从望远镜看到钱凯俊右手一挥,只见架在老婆脖子上的匕首寒光一闪,老婆的头一歪,立马倒在副驾驶座椅上。看钱凯俊提着匕首下车,乔康立即发动了汽车。快速冲前的钱凯俊这才发现,乔康根本不是想逃,而是把油门踩到底,正朝自己高速冲来。伴随两辆车巨大的撞击声,钱凯俊下半身几乎被挤成肉泥,血溅满地。乔康也被巨大惯性撞晕,侧翻的皮卡车因为油门仍没松,在空旷野外继续发出巨大的轰鸣声,似乎是在演奏一曲人世悲歌。

当天傍晚,已被关押九个小时的郝兴江听到有人在喊自己。咦,这声音不是审问打骂自己的人,难不成要换人给我来个车轮大战?郝兴江开始担心自己扛不住,也担心李默海女婿会被抓住,更担心已是下班时间,老婆晚上没看到自己会是怎样的担心。他只能暗暗祈祷省纪委能顺利收到举报材料,并尽快查处。

"把手铐给我卸了!"

"是!"

一直跷脚紧闭双眼的郝兴江感觉有人托扶他的身子,利索地卸下了手铐。这时,耳边传来一个中年人沉稳的声音:"兴江同志,我是阮军,你能听到我说话吗?"

被人搀扶着的郝兴江终于疲惫地睁开眼睛,确认站在面前的是仅隔一天又见到的市委书记阮军,猜局面已翻牌,就哑着嗓子强调:"阮书记,我是清白的……"

"什么也不用说,我知道。"说完,阮军把手一挥,"赶紧送医院。"

当郝兴江从疼痛中醒来,借着脚灯微弱的光,发现自己躺在病床上,四周空荡荡的。一阵莫名的恐惧再次袭来,他掀开被子刚挣扎着撑起上半身,有个人抢先从病床脚下的躺椅上跳了起来:"爸,你别动。"

"习文,你怎么在这里?"

听着父亲沙哑的声音,郝习文心里有点难过:"爸,说来话长,你先躺下。"

郝习文托着父亲的脖子让他缓缓躺下,掖好被子,这才说起了今天发生的事。得知郝兴江被捕后,石耿耿立即联系她父亲,在这位省纪委副书记的推动下,各方立即出手,使案件大白于天下。儿子说,现在这个病房也是市纪委直管,外面设有保安执勤。郝兴江这才放下心来,并安抚愤愤不平的儿子,让他回家去陪史芳。

"爸,妈由石耿耿和朱小巧阿姨陪着,你放心吧。医生说你的问题不大,只是多处肌肉有扭伤。"

郝兴江突然很想对石耿耿说声谢谢，问："几点了？"

"一点多。"

"那赶紧休息吧。"郝兴江放弃了和妻子通电话的念头。

"对了，爸，有个叫章柒柒的人来过好多电话，问你人怎么样了？她还说不该给你添乱闯祸。"

想这次事件能够得以彻底澄清，完全得益于章柒柒提供的转账线索，郝兴江就告诉儿子："什么添乱闯祸，若没有她提供的线索，你爸一辈子被人怀疑在改制时做了坏事。"

"哦。"郝习文基本上听明白了，应声点头后追问，"爸，那她若再来电，我怎么回复她？"

"就说我一切正常，请安心，我有空再向她道谢。"

"好，爸，不早了，你放心睡吧，我保护你。晚安。"

"晚安。"

郝习文重新回到躺椅睡下，不久就传来沉重而均匀的呼吸声。郝兴江却再也睡不着了，他想起了李默海，相信他比自己吃的苦头更大。可在这次出事前，自己却一直在责怪李默海一家人极度偏执的性格，谴责他们阴暗揣摩别人的好心作为。可事实证明，李默海一家人真的是干净清白的，而一直被自己认为大公无私的梁钰和乔康却是肮脏又卑污。从面上来看，李默海蒙冤入狱，毛阿姨自杀举报，他们女婿无奈自焚，这完全是梁钰、钱凯俊和乔康等人勾结诬陷所致，可细究起来，自己也在无意中当了回恶人的帮手。此时此刻，他无比庆幸李默海一家人拥有偏执的性格，庆幸此事件得到社会的高度关注，庆幸钱凯俊和乔康起了内讧，更庆幸市委领导快速调查。相信梁钰和其他涉案人会很快得到公正的审判，更相信李默海会很快出狱。

27

同为公司副总的蔡永伟和乔康,在2014年的盛夏走上两条完全不同的路。蔡永伟光荣退休,拒绝了郝兴江希望他做公司顾问的邀请,执意回家陪老婆。说是工作这么多年,一直没机会陪老婆走走,趁现在两人还走得动,计划来个全球游。乔康却在抢救后戴上手铐,关押在看守所待审。而同为车间主任的丁可力和高立飞,因出色的工作业绩,一同被提拔为公司副总经理。

一场绵绵秋雨裹挟着冷风模糊了天空,也泼湿了大地。这天,郝兴江去市科技局办事,刚到公司大门,只见有辆车停在门口,车里人正在和门卫说着什么。郝兴江觉得车内那人有点眼熟,忍不住多看了一眼。这一看让他吃了一惊,那人竟然是韩宇。

"停车!"

等老曲刹稳,郝兴江立马推门下车,边打伞边冲韩宇打起了招呼:"老同学,这是哪阵风把你吹来了?"

韩宇扭头看是郝兴江,呵呵一乐,问:"呀,老郝,真是巧。你这是准备出去?"

"你来我还出去干啥?走,别淋雨,到办公室再说。"郝兴江收起雨伞钻进了韩宇的车。

老曲只好调头，两辆车一起进了公司。下车后，韩宇对郝兴江说道："老郝，先带我去生产现场看看。"

"行。"郝兴江应声后，先打电话给高立飞，说自己有重要客人要陪，让他马上去市科技局对接相关事宜。

等郝兴江挂上电话，韩宇说道："老郝，你有事就去忙，让别人陪我看一下就行。"

郝兴江知道韩宇比自己更忙，既然今天不打招呼上门，肯定有重要事，所以他打着哈哈说道："哎，什么忙不忙的，你来我必须陪同。"

"看来以后要见你这个老同学，我还得提前约。"

郝兴江捶了对方一拳："今天幸亏我眼尖，不然真要擦肩而过。"

"哈哈，天意让我能办成事。"

郝兴江正欲问有什么事，韩宇已一挥手："走，去现场。"

参观完现场，两人一起来到办公室，聊了几句题外话后，韩宇这才说明来公司的目的："老郝，有件事我想和你商量一下。"

郝兴江很是大气地拍着胸脯："什么商量不商量的，吩咐我做就行。"

"道达尔公司拟寻找全球供应商。前几天我查了相关内容，今天看了现场，觉得你们可以一试。"

郝兴江猜韩宇肯定有法子可帮到自己，不然不会上门来说此事，就坦诚地告知对方："我们早就有这样的想法，可求问无门。"

"不瞒你说，我也是刚建立这渠道，若你有想法，我定全力相助。"

"那自然是求之不得。"

韩宇点了点头，说："老郝，通过对方审核还是很有难度的，据说久久集团经过七年的审核，才拿到道达尔公司全球供应商资格证书。"

郝兴江暗吃一惊，久久集团是省明星企业，生产的不锈钢管闻名全国，如果他们要七年才通过审核，那自己的公司更不知要何时才能通过审核了。郝兴江从面前的果盆里翻出两颗薄荷糖，递给韩宇一颗，探问："知道前六次他们为什么没通过吗？"

韩宇接过薄荷糖，撕开含进嘴里，说："据说第一次仅仅是因为检查组下飞机后，久久集团的接送司机看比预计到公司时间要晚，上高速后交通状况又好，就踩大了油门加速。没想到车安全抵达公司，检查组却连公司门也不进，说刚才公司接送的车辆违规超速，直接判审核不合格，马上打道回府。"

郝兴江赶紧咬碎薄荷糖咽下，不解地问道："连交规也管？"

"规章制度是不该分企业内外的，更何况是在工作期间。"

郝兴江不想纠缠这个问题，赶紧问道："那第二次是什么原因？"

"第二次检查组虽然进门了，但刚到会议室，马上亮红牌结束了检查。原因是他们看到有职工在标有禁止吸烟的办公室内吸烟。"

想当初自己是有过禁烟的想法，这次倒也可借机把这事做成。虽然心里打定了主意，但郝兴江还是问道："这种婆婆妈妈的事也管？"

"对道达尔来说，他们的检查内容不但覆盖设计、采购、原材料、切割、机加工、卷制、成型、焊接、热处理、酸洗钝化、涂装、无损检测、质控、存储等方面，甚至还要对企业的责任和职工的遵章守纪也予以评价审核，所以，有时往往职工的一个细节就会影响检查结果。"

"听了真蛮有收获,但压力很大。"

"老郝,实话实说,老外来合作不光是要赚更多的钱,而且还会做规矩。我个人觉得越是挑刺,越利于我们的成长。你们公司可以借助这个审核机会,提高内部管理水平。说句不好听的话,即便不能通过审核,这也是提升企业管理水平的良好机会。"

"那是,那是。"郝兴江连连点头。

"没通过不要泄气,更不要怪我浪费你们的资源啊。"韩宇指着自己提前申明。

郝兴江竖起食指和中指强调:"老同学,你说啥呀。我原就欠你一份情,现又添加一份。唉,反正债多不愁,我也顾不上了。"

韩宇笑了一下以示回应,旋即继续回到原来话题:"审核过程要善于表达产品性能,做到问能答,惑必解,及时消除双方沟通时专业用语的障碍,一定要安排懂生产会英语的职工直接与法国专家交流。"

郝兴江一脸轻松,向后捋了捋头发,说:"你的学生石耿耿肯定可以胜任,必要时请上沈教授、钱教授。现在这两位教授很接地气,对公司非常了解。"

韩宇放下心来,于是就说起了另一件事:"对了,郝习文的文化课不是很理想,但综合素质不差,如果你想让他读研,只能走出国留学这条路了。"

"唉,龙生龙,凤生凤,老鼠的儿子会打洞。看来习文不是读书料。"

"你就别谦虚了,同学中就你最有成就。"看郝兴江张口要打断自己讲话,韩宇抬手制止后问道,"知道潘云鹤、杨卫校和林建华这三人吗?"

除了林建华这个名字似乎哪里听到过,郝兴江对其余两人一无所知，只好摇了摇头。

"那知道马云、宗庆后、李书福和丁磊吗？"

郝兴江点了点头，他想不出这四人和前面三人有什么关系，更不明白韩宇想要说什么。

"老郝，你看，这前三位是江南大学最新的三任校长，可你一个也不知道。后面这些企业家不光你知道，估计全国大多数人都有所耳闻。这就是流星和恒星的区别。"

郝兴江恍然大悟，笑道："老同学，你这类比也太牵强了吧。"

"我的将来现在就可以看得清清楚楚，最多退休前享受个正厅待遇，而你不一样，你会越干越出色。将来长海后人也只会记得你这个企业家，不会知道曾有个韩校长，而且还带副。"韩宇调侃完自己，也笑出了声。

郝兴江眼一亮，问："要不你辞职到我们公司，我俩联手干？"

"老郝，虽然我相信你的真诚与为人，但我清楚自己不适合当企业家，我的加入只会拖累你和企业。"

"这些年要不是你暗中相助，公司哪有现在的发展！"

对于郝兴江淘古式的认证，韩宇及时纠正："这主要还是你每次踩点很准，无论是新业务拓展还是产品制造创新，你都把控得很好。我最多只能算是在你奔跑的过程中，递了一瓶水或擦脸的毛巾。"

"如果和你一起领跑，那不是更好？"

韩宇摇了摇头："一山不容二虎，一起后我们反可能因意见不同连朋友也做不成。"

韩宇的话让郝兴江立马想起了半年前无罪释放的李默海，当年两人搭档就让自己很不痛快。李默海出狱回家后，郝兴江如当初的承诺,上门邀请有专业特长的李默海当公司的顾问。可没想到李默海上班后,常因与自己意见不同而动怒。好在许多人不买他的账,李默海闷闷不乐干了两个月,干脆留下一张辞职书再也不来公司。既然韩宇都说到这个份上,那就不能再勉强,于是郝兴江黯然地说道:"那听你的,老同学,如果有一天想到企业干番事业,你来当一把手,我配合你。"

"看来我以前赠你《李悝谏其君》纯属多余,郝兴江,你年初蒙冤昭雪我已敬佩不已,到今天你还有这样的境界,注定日后必成大器。"

郝兴江捶了对方一拳,笑道:"听你这话,比我当初收到《李悝谏其君》还要尴尬。"

"你也忙,就不打扰你了,我会尽快促成此事。"

"今天你就别走了,我们一起喝几杯。"

韩宇仍起身说道:"上面有规定,工作时间不能喝酒,你让我犯错误?"

"什么错误不错误,帮你摔了这个破碗,捧上我这里的金饭碗。"

"行了,改天等都有空再说,可以把沈教授、钱教授和石耿耿一起叫上。"

"好,一言为定!"

看郝兴江起身朝自己伸出小指,韩宇会意,也伸出小指勾住对方:"一言为定!"

28

有时遗憾也是一种期待,如冬天白雪融尽,却迎来了万物复苏的季节。经历了2014年腐败案和李默海辞职事件后,在韩宇等人的努力下,道达尔公司终于拟将长海设制公司列入全球供应商的考察对象,派遣两名设备容器评审专家和一名负责工艺技术的经理,要求联合对长海设制公司的板块设计、制造能力及工厂管理等方面,进行全面的审查。让郝兴江意外的是,三位专家到公司后,并没有和公司管理人员进行过多的对话,而是直扑现场。

还没进大厂房,负责工艺技术的丹尼眼尖,看有人正在制造的设备顶操作焊机,就对石耿耿说道:"请帮我拿根安全带。"

车间主任听了石耿耿翻译,马上取来一根安全带。丹尼利索地穿戴上,一声不吭地爬上容器顶,拿起边上的温度计一测。设备焊接刚好是160度,与规定的操作工艺指标1度不差。放下温度计,丹尼又走到焊剂桶旁,摘下手套把手指插进桶内,微烫的焊剂让他很是满意。因为只有经过烘箱脱水操作后的焊剂,才能在电弧作用下熔化为表层的熔渣,保护焊缝金属在液态时不受周围大气中的气体侵入,从而避免焊缝出现气孔夹杂。

陪同检查的石耿耿见状当即向丹尼介绍："我们每次使用的焊剂都是从保温箱中刚领来的，四小时后必须将还没有使用完的焊剂送烘箱进行脱水操作。"

丹尼只是点了一下头，马上又投入其他内容的检查。郝兴江发现，三名法国专家检查生产现场不但没有敷衍式地走过场，反而非常仔细。这边刚蹲身查看控制器电流电压是否符合要求，那边又一声不吭地查看作业人员的劳保穿戴，随后又到焊材库查看登记回收的焊头……

始终陪同检查的石耿耿看三位专家给了检查项高分，而且刚开始严谨肃穆的表情，也随着检查的深入渐渐放松下来，丹尼甚至有了满意的笑容。一个半小时后，丹尼满意地对郝兴江说道："贵公司的一线操作执行得很规范，对早上的检查我比较满意。"

"感谢丹尼先生的认可。其实按制度做事、规范作业是我们全体职工的工作习惯，因为他们知道这不仅仅是对自己负责，也是对作为自己命运共同体的企业的将来负责。"

虽然三名专家对郝兴江的答复很认可，但保尼威尔还是把两位同事拉到一边悄声建议："这是我检查过的现场最完美的企业，连地上都这么干净，不得不让我怀疑他们为了检查而做假。我建议中午不打招呼，直奔现场再检查。"

"我同意。"

看同行两人都等自己表态，露丝女士说道："我的人生经验告诉我，过度完美多是假象。按中国人的说法，我们就来个'回马枪'。"

在酒店用完午饭，保尼威尔借口为了节省下午检查设计研究院的时间，谢绝了郝兴江让老曲送他们去宾馆午休的好意，要求回公司大楼会议室。可车刚进公司大门,保尼威尔又要求郝兴江和石耿耿陪同去早上检查过的制造车间。

郝兴江顿时明白了法国专家的用意,指示老曲将商务车直接开到车间门口。再次走进机器轰鸣、焊花四溅的制造车间,三名法国专家当即分工,各选定几处重点进行对比。看到所有的现象和数据,同早上检查时一模一样,这才松了口气。

"郝总,这些法国人也太过分了。"

对于石耿耿的悄声抱怨,郝兴江倒是不甚在意:"这只能怪我们有些人太会造假,太会做表面文章。看到他们这么用心,我倒是对双方的合作越发放心,何况我们真金不怕火炼。"

郝兴江最后这句话让石耿耿想起去年的腐败案,扭头看看对方说道:"郝总,您就是块闪闪发亮的金子。"

郝兴江打趣道:"伟人身边无伟人。这说明石院长和我还是有距离。"

石耿耿明知这话出自拿破仑仆人的原话,可被郝兴江后半句一加,无意间想到昨晚一篇散文写的"身边无风景,枕边无伟人",于是脸一红,赶紧扭回了头。一直眼盯三位法国专家的郝兴江自然没发现这个细节。

过了一会儿,郝兴江突然想起一件事,转过身问石耿耿:"对了,那个交代你的任务完成得怎么样了?"

大脑还在迎检的石耿耿一下子没反应过来,扭过头回望郝兴江,问:"郝总,您指哪个任务?"

"二十八岁了,不是该考虑有些事了,而是要抓紧了。"

石耿耿一下子想起了四年前的对话,脸红得比那次更艳,低头双手互捏手指说道:"郝总,我已有意中人。"

"好事。能不能透露一下？"

"郝总，我暂时不想公开。"石耿耿声如蚊蚋。

"哈哈，这真不是你的风格。好，听你的，暂时不说。但我提醒你，该出手时就出手。我还是这句话，如果工作忙，我放你半个月假，不够可以再加。"

"嗯。"石耿耿应后，不再作声。

等三名法国专家再次检查确认完毕，已到了下午上班时间。一行人直接来到设计研究院。当游敏娴熟地讲解完流场模拟技术后，旋即针对性地介绍起两个项目优化改进的内容，顿时激发了保尼威尔和露丝的浓厚兴趣。在石耿耿的介绍下，得知面前这个"发明家"居然出身于一线作业人员，两人竖起了拇指。丹尼听后也对一旁的郝兴江感叹："据我所知，中国没有第二家公司这样在做，国际上肯定也屈指可数。绕管式换热器看来还是贵公司专业，因为你们能在设计中知道如何更好地施工作业。"

原定在设计研究院两个小时的审核时间，结果因为许多设计引发了法国专家的兴趣，硬生生被拖至近四个小时。好在对设计研究院的审核没有再来个"回马枪"。

按原定计划，第二天早上法国专家会前往封管车间进行现场检查。半小时后，开完会直奔现场的郝兴江刚下车，看到三位专家从车间走出来，心顿时一凉，难不成最后一关出了问题？

"郝总，真是巧，检查刚结束。"

听石耿耿的声音再看专家们的表情，郝兴江觉得应该是好结果，但还是不明白为什么预计检查时间会整整缩了一半。他平静地和专家们打过招呼后问石耿耿："怎么这么快就结束了？"

"郝总，专家一致认为这里没有任何的问题，整个质保体系运行良好。他们说还是在讲评会前留些时间,找公司职工聊聊企业文化。"

彻底放下心来的郝兴江当即指示:"你继续全程陪同,无论他们想和谁聊都可以。"

下午讲评会按时在公司会议室进行,公司的中层以上领导全部到会,一起见证公司能否顺利通过道达尔公司合格供应商的评审。

会议正式开始前,徐达阳朝边上的郝兴江耳语:"郝总,再过八个月我就退休了,希望我四年前的愿望能实现。"

郝兴江自然想到了上次高喆的建议,自信地说道:"估计我们能一次通过审核,我相信在徐总退休前,我们的产品能打入台湾地区。"

"唉,同为一家人,却只能采用这种曲线销售法。"徐达阳语气愤然。

郝兴江不想被坏心情影响今天的会议,所以只是含笑不应答。好在保尼威尔扭头与坐左右的露丝和丹尼示意后,开始了正式的讲评。

郝兴江没想到准备这么充分,地毯式自查了一个多月后,三位专家还是很严肃地提出了七个问题。石耿耿也是心惊肉跳,明明在检查过程中,三位专家样样满意,可到了这节骨眼上,怎么一下子有七个问题了?

"当然,这七个问题只是我们建议性的内容,是否接受由贵公司来定。"

保尼威尔最后的申明让郝兴江暗吁了一口气,按道达尔公司的红、黄、绿三个色别的审核标准,这些提出的问题不是否定项,而是相关问题的建议,甚至允许合作方不接受。

眼看讲评会就要结束,石耿耿忍不住探问:"请问我公司能拿到多少分?"

"根据公司的规定,我们不能透露相关的检查结果信息。"保尼威尔严肃说完后,突然狡黠一笑,"但我从心里祝贺你们,你们必定会迎来光明。"

虽然保尼威尔因为规定无法正面答复,但答案显而易见。石耿耿刚翻译完,露丝打开了话筒开关补充道:"在这里,我能深深感受到道达尔公司提倡的'正直、责任感、以身作则和负责精神'价值观。我知道中国现有近五百家设备制造企业,而能让我看上眼的就五十家,贵公司则是排名前五的优秀企业。"

丹尼也不甘落后,说:"我是设备制造工艺技术人员,也是艺术品鉴赏师。可以说,贵公司制造的换热器,不光是机器,也是一件艺术品。记得去年纪念中法建交五十周年特展上,中国国家主席在为中国国家博物馆题写序言时写道,中国和法国文化交流源远流长,两国人民在历史发展中各自创造的独具特色、充满魅力的文化,使两国人民始终相互吸引。我想,贵公司的产品以后亦能成为见证中法两国友谊的桥梁。"

坐郝兴江左边的石耿耿在翻译间隙,给郝兴江递去一张纸,郝兴江接过一看,上面写着"丹尼所说的是纪念中法建交五十周年特展,习近平总书记和法国总统奥朗德都为展览题写序言。总书记说,长期以来,中华文明和法兰西文明不断相互借鉴,为中法友好增添了绚丽色彩。奥朗德说,几个世纪以来的艺术交流已经在我们两国之间建立了非常密切的特殊关系。"

郝兴江悄悄朝石耿耿伸了伸拇指。随后平静地答谢:"感谢三位专家不远万里来我司指导工作,通过这次的审核,我们学到了许多知识,更知道了存在的问题,我们将尽快落实整改所有的问题。正如丹尼先生刚才所提的纪念中法建交五十周年特展,奥朗德总统曾在为展览题写的序言中指出,几个世纪以来的艺术交流已经在我们两国之间建立了非常密切的特殊关系。相信我们今天的交往,就是这种传统友谊的继承与升华,期待日后能得到你们更多的帮助。祝我们合作愉快,祝我们的友谊天长地久!"

不光丹尼瞪大了眼睛,保尼威尔和露丝也十分吃惊,他们揣摩不出面前这个彬彬有礼的东方中年男子到底有多好的记忆力。

送走法国专家不到一个月,道达尔公司正式宣布长海市设备制造有限公司通过技术和体系审核,成为国内唯一得到其认证的绕管式换热器合格供应商。同时,道达尔委派高级别管理人员飞抵长海,与长海市设备制造有限公司正式签署合作协议,携手向全球推介公司产品。

签约仪式结束后,徐达阳立即给高喆发了封邮件。看到信后,高喆当即回复要抓住这个好机会,让台湾地区用上大陆的优质产品。

遗憾的是长海市设备制造有限公司第一批绕管式换热器的出口地是日本。当年6月,日本的东日公司新项目启动时,由于有原合作对象久保田公司的强烈推荐,便指定采购长海市设备制造有限公司的设备产品。

也许是因为有了日本这个先例,更因为两岸领导人习近平、马英九有了历史性会面,当年11月9日,就在徐达阳开始填表办理退休时,突然接到高喆打来的电话,说是台湾的台时集团拟派高级管理人员前来长海设制公司考察,咨询能不能接受对方的现场考察。徐达阳底气十足地答复："不怕业主的考察，更不怕市场的检验，我们公司只担心不公平的竞争。"高喆似乎也被徐达阳的情绪所感染，两人聊了不少知心话。直到挂上电话，徐达阳觉得还像在做梦一样。他喝了一口水，认真填好退休申请表，径直来到郝兴江办公室，边递上申请表，边转告了和高喆的通话内容。

得知台湾地区终于有炼油厂青睐本公司产品，郝兴江立即提出让徐达阳暂缓退休的请求。

"郝总，退休年龄是法定的，我们可不能违背。"

郝兴江把申请表往边上一搁，打趣道："对方信服你，徐总关键时刻可不能当'逃兵'呀。"

"郝总，退休要照办，职务要照退，但我人还是可以来为企业服务嘛。"

"那就聘请你为公司顾问，待遇仍按退休前。"

徐达阳动情地说道："郝总，改制七年多，积累的财富足够我余生富裕生活，我什么也不要，只为能看到公司制造的产品打入台湾，让自己的职业生涯画上圆满句号，不留任何的遗憾。"

想起当年两人在"山外山"大酒店吃饭的情景，郝兴江也动起了情，绕过桌走到徐达阳面前张开了双臂。徐达阳一愣，起身与对方拥抱在一起，说："郝总，跟着你的这七年是我职业生涯中最有价值的时光。"

"好兄弟，谢谢！"郝兴江拍了拍对方的肩膀。

在高喆的牵线下，台时集团主管设备的古副总亲自来长海市设备制造有限公司考察。为了促成这次有意义的业务，郝兴江和徐达阳极为用心，不但安排实地参观产品制造车间，还提前向周边使用绕管式换热器的光华炼油厂申请了实地查看正在运行的产品。为了消除对方担心数据已提前"调整"的顾虑,在光华炼油厂的支持下,还查看了实时 DCS 和趋势图。

参观结束,古副总却提出一家企业使用的产品不能代表所有,要求徐达阳再安排几家企业给予实地考察。徐达阳一口允诺,在郝兴江的支持下,立即安排人联系外省四家炼油厂。

看到运行效果一致的长海市设备制造有限公司产品,古副总这才放下心来,但在下订单时,却又抱着试试看的心情,只同意采购长海市设备制造有限公司一台 150 吨的不锈钢绕管式换热器,因为他要与欧洲某公司生产的同吨位不锈钢绕管换热器进行性能比较。

次年 3 月,投入运行的两台换热器终于有了比较的结果,长海设制公司的产品要比欧洲某公司产品的换热性能高整整 10 度。拿到数据报告后,古副总等领导觉得不太合乎常理,甚至怀疑 DCS 数据出了故障,特到现场查看温度计。当亮闪闪的水银柱再次佐证 DCS 数据无误后,台时集团又惊又喜,因为除采购费用更节省外,长海设制公司的换热器相当于每年可为企业增效一千万元人民币!台时集团经过讨论,决定今后换热器指定采购长海设制公司的产品。

接到高喆的报喜电话后,徐达阳长长吁了一口气,整整五年的坚守,终于等到了云散日出的时候。挂上电话,他含着眼泪开始收拾东西,这次可不是改制前郝兴江所说的临阵脱逃保"乌纱帽",而是到站下车,向奋斗一辈子的企业挥手作别……

29

正如韩宇所料，2016年郝习文如期大学毕业后，只能选择留学之路。根据郝兴江的建议和个人爱好，郝习文最终选择了位于美国康涅狄格州的桥港大学。他明白父亲的用心，康州西毗纽约州，是美国人均收入最高的州，面积虽不大，但人口稠密，相对其他地方更为安全。同时，康州制造业较发达，曾建造了美国第一艘16门大炮的主力战舰"克伦威尔"号。

郝习文赴美后，郝兴江发现史芳越来越不对劲，整天闷闷不乐，有时盯着缸内的鱼会发一天的呆，不光忘了做饭，甚至连吃喝都不用。自两年前受惊吓后，史芳就一直处于恐惧状态，有时半夜里突然坐起，摇醒身边的郝兴江，直愣愣地盯着对方问是不是自己老了，问郝兴江是不是喜欢上了别人，弄得郝兴江哭笑不得，可除了耐心哄妻子重新躺下安心入睡，一时也没有办法。看妻子夜夜睡不踏实，白天精神恍惚、萎靡不振，郝兴江干脆让史芳办理了辞职手续，他相信只要让妻子休息好，过段时间就会忘记这些不愉快，重新恢复往日的状态。但两个月后，郝兴江就后悔起自己的轻率决定。史芳这下白天昏昏欲睡，晚上却脑子清醒地胡思乱想，不但推醒问自己的次数增加了,而且问的东西乱七八糟,有次居然怪自己把习文藏起来不让他们母子相见。每当这时,郝兴江就会想起毛阿姨,体会她那时的痛苦,并暗暗自责当年反感对方的诉苦和叫冤。郝兴江不得不请个保姆白天照料史芳。

朱小巧和石耿耿还会约着一起定期来看史芳。这天探望过史芳后,石耿耿径直来到郝兴江办公室,看对方提上包正欲出门,犹豫了一下还是问道:"郝总,能不能耽误您五分钟?"

郝兴江不知石耿耿为什么找自己,但相信她来直接找自己必有大事,于是放下包看了一下手表,说:"我约了海关关长,能不能快点?"

石耿耿本想等郝兴江回来有空再说,可转眼一想,对方始终处于紧张工作中,估计再找也一样。所以点头谢过后马上说明了来意:"谢谢郝总。我刚从您家回来,原先我觉得还有希望居家调节好嫂子,但今天根据我妈的判断,嫂子必须住院治疗。"

住院治疗?那就是精神出了大问题。郝兴江皱起了眉头:"你和你妈妈说了?"

"郝总,我是把嫂子的表现情况和妈说了。请您放心,我们决不会外传。"

郝兴江知道石耿耿误解了自己,微笑着解释:"我不是这个意思。我是想问你妈确定史芳需住院治疗?"

"不及时治疗只会耽误病情,届时好转会更难。"石耿耿很简要地说明严重性。

郝兴江仰头考虑了片刻,等恢复常态后拿定了主意:"习文刚去美国,也许一时不适应。让我再试半个月看看,若不行,就送她去医院。"

看郝兴江已定夺，石耿耿不好再劝，只能点头示意事已说完。郝兴江重新拿起包，出门前真诚地谢道："石院长，我能顺利躲过那次冤案，史芳能平静度过这两年，全靠了你，真的很感谢！"

"郝总，别见外，跟着您干是我这生最大的幸福。"

郝兴江发现对方眼里噙满了泪水，这让他极为意外。印象中石耿耿虽然长得漂亮，但个性刚强，甚至超过一般男人，除了两次催促她找对象而腼腆，似乎从没有见过她柔情的一面。郝兴江心情复杂地疾步向外走去。

临近下午下班时间，郝兴江自海关大厦返程，由于惦记着妻子，就让老曲直接送自己回家。到小区门口下车，郝兴江径直朝自己家走去。快到家门口，只听有人在撕心裂肺地喊叫："小妹，求求你快过来，有事等郝总回来再说。"

郝兴江大吃一惊，这是保姆的声音，史芳她怎么了？抬头一眼，只见史芳穿着睡衣坐在阳台的空调外机上，直愣愣地看着前方。郝兴江来不及细看，把包一扔，冲闻讯赶来的保安喊了一声"快打电话报警"，随后疯一样地冲进楼道。看电梯刚上去，郝兴江转身就跑向消防楼梯。还没到七楼就大叫："林姐，快开门！"

听到郝兴江的叫声，林姐赶紧跑来开门："郝总，快，小妹她……"

林姐惊慌得说不出完整话来，开门后脚一软，瘫坐在地上。郝兴江箭步冲到阳台，探头一看，史芳还坐在空调外机上发呆，郝兴江的心稍许放下些，佯装无事地问史芳："老婆，干吗坐这里？"

史芳直愣愣地看着前方，就像晚上醒来一样说道："我想老公和儿子，我在等他们。"

"他们俩马上进房间了，你也进来吧？"

"你不用骗我，我老公被坏人抓走弄死了，那些坏人把我儿子也害死了。"

郝兴江真是欲哭无泪，但仍只能柔声劝道："你回来，我帮你把你老公和儿子找回来。"

这时，楼下开来一辆警车，后面还跟了辆消防车。郝兴江又放心了些，他知道只要再拖延上十分钟，妻子的生命起码会有基本的保障。可就在这节骨眼上，妻子突然爬起来站在了空调外机上，悠悠地说道："太累了，我不想再累了。"

楼下一阵骚动，看消防车还来不及铺充气软垫，郝兴江心一慌，来不及细想，迅速爬上阳台准备徒手去拉妻子。可还没等他伸手，只见史芳突然一笑，喊了一声："老公，儿子，等等我，我来了。"旋即纵向一跃，急速向楼下坠去……

追悼会上，刚从美国赶来的郝习文跪在母亲遗体前泣不成声，郝兴江已无精力劝解儿子，庆幸还有史小力忙前忙后张罗并照顾习文。一周后，郝习文辞别父亲又飞回美国去读书。保姆林姐看留在雇主家没什么事，加之害怕住在这里，也辞职走了。顿时，足足二百二十平方米的高档住宅，就剩下郝兴江一人。由于晚上老是觉得妻子在房间走动，有时半夜刚迷迷糊糊入睡，会猛然觉得有人在推自己，睁眼一看四周却空荡荡的，郝兴江的睡眠越来越差。以前他觉得被妻子半夜吵醒是无比痛苦和烦心的事，可现在他宁愿整个晚上被这样折腾，而不是眼前空寂冷清，难过得要流泪。仅仅两周，郝兴江的双鬓就白了，原本明亮犀利的眼睛也无神呆滞。

这天调度会后，郝兴江把石耿耿叫到自己的办公室，并关上了门。

"郝总，您找我有什么事？"看郝兴江挨着自己坐下没吭声，石耿耿主动请示。

"石院长,我想提拔你当公司副总或总工,想听听你的意见。"

石耿耿似乎一点也不激动,仍平静地看着对方问道:"郝总,您是不是还有其他的想法?"

郝兴江揉了揉酸胀的太阳穴,有气无力地说出自己的打算:"我想提前退休,你看谁能接班?"

"郝总,您是不是想毁了公司?!"

郝兴江苦笑了一下,说:"我知道你想说什么,但我现在真的是力不从心。"

石耿耿脸一沉:"我今天才知道你是个大骗子!"

郝兴江愕然,不知道自己刚才说错了什么,更想不到石耿耿会变脸责骂自己,一时看着对方不知说什么好。

"郝总,公司改制生产经营八年,虽不能说可以与抗日艰难相比,但数千人正是因为在您的领导下,同舟共济,一起扛过困难才走到今天的辉煌。可今天您却因为个人家事,想拿走丰厚股份扔下数千人的大家族弃之不顾……"

郝兴江听得怒火中烧,也顾不得面子,拍茶几打断了对方:"你胡说啥?!我是这种人吗?"

不料石耿耿也不示弱,梗着脖子反问:"公司数次遇到大困难,你没有退却,现在顺风顺水,你怎么说力不从心了?"

也不知为什么,郝兴江舒了一口气后,瞬间没了脾气,平和地说道:"正因为目前顺风顺水,我觉得是权力移交的好时机。"

"郝总,您想错了。现在看上去风平浪静,但如您刚才问我谁能接班一样,您也十分清楚目前没有一人能服众。假如您现在急着脱身将权力一交,极有可能在公司造成巨大的动乱。如果真成了你拆我的台,我倒你的霉,那八年积累的管理经验和品牌效应,不用半年就会毁于一旦。"

郝兴江倒吸了一口冷气,这些他的确没有想过。

"郝总,改变一个人的想法很难,改变自己已有的想法更难,改变一个有能力和权力的人的想法,几乎等同于登蜀道。但我要告诉您,现在大家知道您遭受了莫大的打击,但在这个时候坚持下去,恰恰能够证明您仍是敢挑责任的男人。"

郝兴江还是没接话,长叹了一声低下了头。

石耿耿知道已说动了对方,于是乘胜追击:"郝总,不光我仰慕您,公司很多人都感激您这八年的努力。您咬咬牙挺一下,如果真要交接力棒,您也必须培养接班人三年。"

郝兴江又叹了口气,双手抱头陷入痛苦中。

"郝总,您就信我一次。其实这半个多月我也是没有休息好,晚上我常想,当初我若能坚持让嫂子马上住院治疗,就不会有这样的事发生……"

石耿耿还没说完,只见郝兴江抬起满是泪水的脸,转身扑在石耿耿肩上哭出了声。石耿耿没有想到郝兴江会当着自己的面流泪,更没想到郝兴江会伏在自己身上哭出声,一种集怜悯、疼爱、敬仰的复杂情愫,让她搂住对方后,轻轻揉搓起那渐已花白的头发。

送走石耿耿,郝兴江站在窗口眺望远方,去年冬天光秃秃的树木此时绿意盎然,浓浓地展现生命的精彩。再俯视大门口的荷花池,挨挨挤挤的一朵朵荷花,在轻风拂送下,在叠翠的荷叶中尽情舞动着妩媚身姿。郝兴江暗暗给自己打气,为了一手改制成功的企业,为了证明自己仍是敢挑责任的男人,忘记痛苦,放下包袱,继续前行。

30

2016年11月10日,经过人事部门的考核,长海设制公司在公司网页公布了新的人事任前公示。不但新提了两名班子成员,而且高立飞兼任公司党委书记。对于石耿耿本人再次拒绝提拔,郝兴江只能顺其自然。

当天晚上,郝兴江和往常一样,入睡前和儿子微信聊上两句。郝习文提醒父亲,今后两国的贸易可能因为特朗普击败希拉里当选美国第五十八届总统而发生变故。郝兴江不以为然,作为企业家,他最怕和政治家出身的他国领导人谈贸易。往往自己刚出自由贸易牌,他却打出带政治色彩的反倾销牌;自己刚出技术创新牌,他却叫嚷着你是贸易保护。郝兴江相信商人出身的特朗普执政会更有利于两国的贸易来往。郝兴江现在最为担心的不是产品出国会受到制约,而是随着雪片一样的订单,设计和制造压力很大。尤其是设计研究院,往往要根据业主的生产需要,不断创新设计方案。一旦设计出了问题,那可能就是一枚引爆企业毁灭的炸弹。

郝兴江的担心最终还是发生了。次年4月的一个深夜,正沉睡的郝兴江被手机铃声吵醒,打开床头灯拿过手机一看,知道肯定是生产出了问题。刚接通电话,丁可力就急着汇报:"郝总,刚才江苏和盛公司来电,说我们产品有内漏现象。"

郝兴江顿时惊醒了,他宁愿听到的是正在生产的设备报废,毕竟这只是本企业经济损失,而不会影响业主的安全生产。他冷静地问道:"是试压还是生产投运?"

"是试压过程中发现的。"

郝兴江暗自庆幸,本想问为什么出厂前是正常的,但考虑现在最为紧要的是处理问题,于是当即下令:"你马上组织人连夜带工具赶往厂家,查明原因,确保业主的生产。还有,迅速向对方表态,我们绝不会逃避相关责任。"

"好的,我马上带人过去。"有了一把手的承诺,丁可力觉得压力轻了许多。

挂上电话,郝兴江再也睡不着,干脆再次打开灯读起了书,直到上下眼皮再次打架,望了一眼床头柜上史芳的遗照,才关上灯沉沉睡去。

次日早上5时,丁可力又来电话,说运行测试数据表明,公司生产的这台绕管换热器有内漏,现马上让人解体确认。

"好,现在对方有没有提赔偿要求?"

"目前虽然还没有提,但他们已和我提出由于我们公司产品原因,导致他们的开工计划无法推进。"

"我知道了。"

放下手机,郝兴江起床打开窗帘,窗外还是漆黑一片,只有路灯亮堂堂地照着偶尔开过一辆车的马路。郝兴江心想,五个小时前,丁可力带人也是在这光亮中穿越了四百多公里,相信只要有人向前冲，没有做不成的事。

不到两小时，丁可力第三次来电话。不难听出丁可力这次的声音不同于前两次，有点惊喜后的放松。说设备解体后，确认是有根内管有沙眼。郝兴江听了反而有点恼火，按丁可力的意思，内管是采购于其他企业，应该由这家企业来负责相应的赔偿问题。他放下正准备喝的牛奶，连珠炮般责问："为什么我们采购后没能发现？为什么在封头前没有发现？为什么在出厂试压时没有发现？对方认的是我们提供的产品，而不是内部件！"

被郝兴江当头连声喝问后，丁可力一下子清醒过来，在电话中连连认错，说自己管理不到位。

郝兴江不想听这些无用的话，指示对方："马上安排人抓紧时间整改，你留下，争取早点拜见对方老总，承认我们的问题，听对方有什么赔偿要求。"

上班后不久，郝兴江终于又接到了丁可力的最新信息。只听对方几乎是以无奈又绝望的口吻汇报："郝总，和盛公司要求我们下一台定的设备一个月内到货，并提出赔偿金和设备应付款相互抵消。"

郝兴江略做沉思，马上做出决定："好，答应他们的要求！"

丁可力大吃一惊，和盛公司提的两项条件都很苛刻，但前一条件集中人力还能勉强完成，后一条件可就过分了，一台绕管式换热器的售价达四百多万啊，郝兴江怎么连个讨价还价也没有，就爽快地答应了。丁可力怀疑是自己心急听错，于是又追问了一遍："郝总，答应他们提出的赔偿要求？"

"对！马上答复他们。"

"好！我这就过去。"丁可力挂上电话朝来时的路走去。心想，这个业务若不是自己一手办理,真以为郝兴江的爽快里有猫腻。

当天晚上,更换内管后的设备重新安装到位,打压试运行,看数据一切正常,丁可力终于放下心来,迅速回公司指挥起紧张的新设备制造交付战役。

二十天后,和盛公司第二台换热器顺利装车出厂,趁汇报之机,丁可力就一直困扰的问题问起了郝兴江:"郝总,这么痛快答应对方提的赔偿要求,我们是不是……"

看丁可力欲言又止,郝兴江主动说出了对方的心里话:"你是不是觉得我们有点亏?是不是觉得应该要讨价还价?"

丁可力心里暗自打鼓:何止是觉得,我还认为这是逆来顺受。但嘴上只能平和地说道:"我是感觉对方的要求有点过。"

"错!和盛公司还比较仁慈,我们应该还要感谢他们。"

"仁慈?"丁可力真想用落井下石、趁火打劫来定性和盛公司的赔偿要求。

"丁总,那天决定接受对方的赔偿要求并不是我冲动,更不是赌气。如果对方完全信任我们的产品,违规直接投运那台换热器,或者试压和我们一样马虎,没发现泄漏,你告诉我会有怎样的后果?"

丁可力只能顺着对方的思路答复:"泄漏会导致窜料,装置只能被迫停工。"

"这台换热器是芳烃装置,按他们年加工能力250万吨计算,停工一天直接经济损失多少?"

没想到郝兴江这样计算对方的损失,只好用自己所知推算:"一天好像近百万元。"

郝兴江当即纠正:"按目前的市场价,起码上百万元!"

丁可力哑然,按这样的算法,那一台换热器价格还只能抵四天停工损失,这还不包括前后开停工的费用。就在丁可力有点小侥幸时,郝兴江又说道:"我们刚才只是算了经济账,还没有算装置因物料窜入所可能造成的恶性后果,要知道换热介质不是普通的原油,而是苯和烃。"

丁可力在惊吓中开了窍,是的,如果和盛公司真的大意将装置投入生产,一旦处置不当,有可能发生重大事故。他诚恳地道起了歉:"郝总,前些日子我一直在纠结您为什么会爽快答应对方的赔偿,现在我才明白自己的想法是错的……"

郝兴江摇手打断了对方,说:"公司想要做大做强,就必须肩负起这样的担当。当然,塞翁失马,焉知非福。此役虽然我们经济效益上打了败仗,但接下来可借这个事件做成两个大文章。"

丁可力想不出这个赔偿还能带来什么好事,而且听郝兴江的意思还要搞出两个来,就脱口追问:"郝总,哪两大文章?"

郝兴江掰着手指说道:"一是用这次大血本彻底唤醒职工的质量红线意识;二是让所有用户知道我们的赔偿事件。我想,一家敢负责任的企业必定是受人尊敬的企业,也是任何企业想与其合作或依托的企业。"

丁可力由衷地说道:"不但让职工受到教育,也让更多的企业对我们公司有深厚的信任感。郝总,您的管理思路总能把坏事变成好事。像游敏这人,当初我是搞得头都大,现在经您这一激励,成了公司的人才。我还得多向您学习。"

"怎么用游敏,我也是在管理中慢慢琢磨出来的,一开始也是感觉他像块厕所里的石头,又臭又硬。后来我学会了'两知'管理法,难题就迎刃而解。"

丁可力从没听过郝兴江谈管理法,于是追问:"哪'两知'?"

"首先要知岗。要对岗位的专业性质、工作内容、职责要求、工作流程以及履行好职务应具备的条件,进行全面梳理和综合分析,明确各类型岗位对应的素质能力、基本要求和配备标准,为选配合适的干部提供参照和依据。其次要知人。做到智者取其谋,愚者取其力,勇者取其威,怯者取其慎。细心考察每个人的优缺点,认真分析、综合研判,准确了解他们在什么岗位上最能施展才华。"

丁可力如醍醐灌顶,刚想默记在心,郝兴江却又把话题转回赔偿事件:"在突发事件处理中,不光要求企业领导具备超强的战略眼光,也需要有过人的胆量和担当。其实,将坏事变成好事仅需改变看事物的角度,很多时候坏事并非事件本身,而是我们对事件的看法。"

"对,是这样。"丁可力觉得这话有点深奥,但细品真有道理。

"丁总,优秀企业从不会把用户当作战场上的对手,而是当作能够吸引其他用户的磁场,是可以和衷共济、共谋发展的绝对可信的合作伙伴。"

"郝总,你太伟大了。"

郝兴江淡然一笑,从抽屉取出一张纸递给丁可力,说:"企业内部断不能有相互吹捧的习惯,尤其是班子成员要多听不同的意见,就像你刚才不认同我的赔偿意见一样。"

虽发自内心的脱口赞誉绝无吹捧郝兴江之心,但丁可力还是脸一红。低头看手中的纸,原来是郝兴江抄写的警句,上写"欲无壅塞,必礼士;欲位无危,必得众;欲无召祸,必完备"。

"丁总,这是韩宇校长送给我的文字,我们共勉吧。"

"谢谢郝总,我一定把它放到办公桌上。"

31

正如郝兴江所料，次年，和盛公司无谈判就把五台绕管换热器采购业务交给了长海设制公司，因为他们信任对方的产品质量和企业信誉。

可郝兴江无论如何也没想到，这场质量风波才过去一年，又迎来一场设计纠纷。这天，听了高立飞的汇报，郝兴江决定亲自去恒顺化工厂现场查看。

快到恒顺化工厂时，郝兴江一眼看到高立飞正蹲在路边喝水，忙让老曲将车靠过去。高立飞也看到了郝兴江的车，起身招手。车刚停稳，高立飞就钻进了后座，郝兴江问道："现在情况怎么样？"

"震动声还是很大，对方要我们确认是否设备故障，停工损失太大了。"

郝兴江抬眼，后视镜中的高立飞满面愁容。

在门卫办理好进厂手续，郝兴江和高立飞一起向装置走去。恒顺化工厂刘副总经理闻讯迎了上来，简单问候后，刘副总经理一边引向绕管式换热器，一边说道："郝总，目前生产工艺指标虽没什么异常，但设备震动很大，我们担心坚持不了几天。"

"刘总,现场情况我大致已了解。请贵厂放心,我们一定会追查原因,并排除所有故障。该是我们的责任,我们绝不会逃避。"

距设备还有二三十米,郝兴江已听到震动声,这声音不同于有序的机泵转动声,无序且刺耳。转过一台减压塔,郝兴江看到石耿耿正和三个人说话,虽然她几乎是在喊叫,但听的人还是需伸着脖子侧耳。看到郝兴江后,石耿耿立马迎了上来。

"郝总。"

"喔,你们也在?"

"我把设计和制造都叫来了。"高立飞在边上解说。

郝兴江问石耿耿:"有没有找到原因?"

"郝总,我们正在想办法查明原因。"

郝兴江走到绕管式换热器面前,这台设备和以往的产品不同,由于装置场地有限,设备由卧式改为立式。郝兴江摸了摸比身子高两倍的绕管式换热器,震动感还是很明显。他皱了皱眉扭头叮嘱高立飞:"你们尽快查明原因,一定要确保装置的安全生产,如果真不行,停工更换设备。"

刘副总经理听了后有点着急,抢在高立飞之前提醒:"郝总,我们这套装置一停,不但涉及全厂生产,而且还涉及下游企业的生产计划。"

"刘总请放心,如果真到了这一步,公司就是砸锅卖铁,也一定要确保贵厂的生产。"

"有您郝总这个态度,我们就放心了。怪不得兄弟企业中,贵公司的品牌这么响亮。"

高立飞也趁机表态:"刘总,我就留在这里,不解决问题,决不离开贵厂一步。"

"明天我们总经理就回公司,届时我会向他汇报这一切。"

"谢谢贵厂的信任。"说完,郝兴江扭头嘱咐高立飞,"需要什么,尽管从公司调。"

"好的,郝总。"

看对接基本没问题,郝兴江辞别刘副总准备回公司。刚出厂拐过一个路口,收到微信接收提示音,打看一开,是石耿耿发来的,说是晚上想约自己在外滩广场的咖啡馆见面,能不能给机会?郝兴江很纳闷,石耿耿知道自己不喝咖啡,为什么还要订在那里见面?出于对石耿耿的信任,郝兴江还是回了个"好的"。不一会儿,石耿耿又发来订的时间和包厢。郝兴江简单回了个笑脸。

按约定时间,郝兴江来到咖啡馆,在服务员的引导下进了包厢。早已等候在里面的石耿耿起身迎过郝兴江,吩咐服务员上菜。郝兴江猜不出石耿耿今天为什么要在这里和自己见面,但等上菜后,他很奇怪这里上的全是自己喜欢的杭帮菜。不但有龙井虾仁、西湖醋鱼、西湖莼菜、荷叶粉蒸肉和黄鱼海参羹,居然还加了自己钟爱的汤团。

"石院长,这里怎么也有中式菜谱了?"

"郝总,因为您不喝咖啡,所以我点了隔壁东海酒店的菜,再送到这里。"

"那不如直接在东海酒店用餐。"郝兴江说完有点后悔,觉得自己有点自私,人家是照顾自己才搞得这么复杂。好在服务员上完菜,打过招呼后退了出去。

"郝总,您不喝酒,所以我就以茶代酒敬您了。"

两个杯子轻碰了一下,虽然开局了,但郝兴江还是被今天的饭局弄得一头雾水。石耿耿夹了一个虾仁放进郝兴江碗中,说:"这里是我决定辞职跟您干的地方。郝总,还记得那天是几号吗?"

郝兴江为难一笑:"只记得当时是长海新市长当选,后来经你提醒,我才知道当天是2010年度国家科学技术奖励大会的日子,具体几号我还真记不得了。"

"那天是2011年1月14日,也真是巧,今天刚好满七年半。"

郝兴江刚把虾仁放进嘴,感觉石耿耿的话有点不对劲,连嚼几下咽后问道:"石院长,今天你找我到底有什么事?"

石耿耿盯着对方说道:"郝总,我犯错了。"

郝兴江马上联想到今天恒顺化工厂的事,放下筷子追问:"确定设计上有问题?"

"我已基本肯定是里面的管子有移动,从而造成介质流动变化造成壳体和芯体产生声响。"

"管子怎么会移动?"

"应该是内部卡扣设计问题,这台设备由于场地较小的关系,设计由卧式改为了立式。"

果然问题是在设计上,这和自己在现场的初判一致。郝兴江现在关心的是失误的设计会不会影响装置的安全生产,能不能保证设备使用到恒顺化工厂确定的生产周期后,如果能等装置停工大修,那就一切都没问题。郝兴江抱着侥幸的心理问道:"这台设备能不能正常运行四年?"

"肯定没问题,只是震动噪音没法解决。"

郝兴江放下心来,重新拿起筷子,说:"好,我有数了。"

"郝总,请您开除我。"

"为什么?"郝兴江愕然,刚想去夹莼菜的筷子举到半空又缩了回来。

"连续两年的质量事故,这对企业的品牌形象影响太大了。去年和盛公司质量事故,受最重处罚的质检员也只是扣了半年的奖金,如果这次再隔靴搔痒,那必定起不到震慑作用,极有可能再次发生这样的事件。"

郝兴江不以为意地纠正:"你说的有一定的道理,重罚严惩看上去符合让职工'心惊肉跳'的逻辑,但容易成为个别人日后推卸责任的手段,本质上无助于企业管理产生实质性的效果。好的企业管理者应当从小惩大诫上入手,决不能罚不当罪引起大家的恐慌。"

"郝总,我还是建议您在这种大事故上不姑息手软。"

郝兴江很直白地说道:"如果真要严惩一个去警示众人,那也不应该是你。七年多来,你对企业的贡献是有目共睹的。开除你,即便不会引发骚动,对公司来说也是巨大的损失。"

"郝总,开除别人当事人会强烈抵触,而我是您引进公司的,开除我,除了给其他人震慑,我绝不会对您有任何意见。"

郝兴江突然灵光一闪,盯着对方问道:"你是不是有另谋高就的想法?"

石耿耿坦然答复:"是的,不瞒郝总,我的确想好了日后的安排。"

郝兴江有点小愤怒,原来对方绕着圈子说了这么多,不过是想走而已。可与那清澈的眼神相遇后,顿时又没了怨气。是的,这七年多只有我和公司亏欠她,虽然石耿耿是拿到了比同龄人更多的钱,但她却付出了多人家数倍甚至几十倍的时间与精力。也许就因为对工作太投入,以至于她三十出头还没有成家,甚至连对象也没有。据说石耿耿的父母已催促她多年,还曾想把女儿弄到省城工作。看来是该让漂亮有才的石耿耿回归正常的生活,不能再用所谓的事业来捆绑对方了。想到这里,郝兴江平和地劝道:"如果这样不如辞职,开除对你日后工作不好。"

"郝总,你先吃点东西。"石耿耿没有答复,随后先给郝兴江舀了一碗黄鱼海参羹,接着给自己也舀了一碗,闷着头用小勺送嘴中。

郝兴江揣摩对方是让自己吃完后再揭开去向谜底,于是端起碗拿起小勺,三下五除二就把羹喝完了。看石耿耿还是不紧不慢地舀羹,他故作轻松地放下碗勺,举筷夹了块蒸肉送入口。还没等郝兴江咽下这块蒸肉,对面的石耿耿终于又抬起了头,只是她还没开口,那脸颊已有红晕,而且迅速蔓延到颈间。

郝兴江从未见过石耿耿如此软弱娇羞的模样,印象中她只有在自己催促她抓紧找对象时才红过脸,但也不是今天这样明显。他举起柠檬水主动说道:"你有更好的归宿,我也高兴,祝福你!"

碰杯后,石耿耿抿了一口,放下杯,随手从包里取出一只盒子。郝兴江不知盒子里装的是什么,猜是石耿耿要送自己的纪念品,可没想到对方打开盒子,里面居然是一对钻石戒指。郝兴江皱了一下眉头,这么贵重的东西我怎么可能收,更何况这东西只会让自己睹物伤情。就在郝兴江胡思乱想之际,石耿耿起身走到郝兴江面前,突然单膝跪地,涨红了脸说道:"郝总,您能娶我为妻吗?"

郝兴江无论如何也想不到石耿耿的日后安排居然是这样,顿时慌作一团,一边起身离椅搀扶起石耿耿,一边责怪:"石院长,快起来,不能这样。"

起身后的石耿耿直面仰视郝兴江,似乎已恢复了常态,说:"郝总,就在这里,七年半前我就爱上了您,只是当初您有家庭,我不能打搅您,只能默默地把这种爱寄托在配合您做好工作上。说实话,我也曾想理性地试着去爱别人,可所有的努力都无用。现在,嫂子已不在您身边两年多,我恳求您能给我陪您走过余生的机会。"

"石院长……"

石耿耿打断了对方:"叫我耿耿好吗?"

郝兴江犹豫后还是改口:"耿耿,这我真的不能接受。你是年轻的姑娘,而我还有个年纪只比你小七岁的儿子。"

石耿耿满脸是泪地仰望着郝兴江,说:"郝总,真正的爱情不会因社会地位的不同,更不会因年龄上的差异而消亡。有人说,一个人一生会遇到近三千万人,而让自己心动产生爱情的人不会超过五人。所以说,遇到真爱,难;获得爱情,更难;将爱情延续,更是难上加难。我相信遇到您后,不会再有人能走进我心里。"

郝兴江转身抽了一张纸巾,刚把纸巾擦到石耿耿脸上,却被对方一把抱住,略带络腮胡子的脸和光洁的皮肤紧贴在一起,久违的女性特有的柔软、甘美气息一下子涌入郝兴江鼻腔,就像是一团熊熊烈火,瞬间点沸了浑身血液,他本能地抱住了石耿耿。

石耿耿感觉到郝兴江鼻孔紧促而湿润的热气在颈间流淌,她贪婪地吸闻对方散发出来的阳刚气息,觉得世界停顿了,万物在旋转中逐渐消失,只剩下他俩。

"吻我好吗?"眩晕的石耿耿听起来是恳求,但语气不容置疑。

看着仰脸的石耿耿唇间溢出的柔情,双眼流出少女特有的娇羞和期盼,郝兴江恍惚间有种异样的情愫像藤蔓般悄然向上蔓延,他感到自己的理智在对方有力拥抱冲击下,像是大坝决了堤,彻底崩溃了。他正准备深情地迎上唇,突然包厢的门被敲响了,两人像触电似的迅速分开。服务员提着水壶走了进来,看到包厢的两个客人站在那里,尴尬地问道:"需要加水吗?"

郝兴江摇头挥了挥手,服务员知趣地退出掩上了门。石耿耿羞红着脸,低头捏着戒指盒不知所措。郝兴江转过身,拍了拍石耿耿肩,说:"耿耿,你先坐下,我们慢慢聊。"

石耿耿本想再说什么,可当郝兴江捏过自己的手取走戒指盒,她还是乖顺地坐回了原处。

"耿耿,你父母知道吗?"

石耿耿如实告知:"我还没说过,但他们知道我暗恋您。"

虽然只有两人,但郝兴江听了还是如坐针毡。他把戒指盒放在餐桌上,说:"耿耿,这事没这么简单,你再认真考虑考虑。"

"问世间情为何物,直教人生死相许。郝总,这世上只有一件事是不能犹豫的,那就是爱情。如果我不能陪在您身边,那我只有拼命工作忘掉您和我自己。"

郝兴江觉得不能再提这个话题,于是刻意重提公司的质量事故:"恒顺化工厂的质量事故你最多只是次要责任人,别多想。"

"郝总,我到公司只是为了您,如果能为您树形象、树权威,我这点事不算什么。"

郝兴江哭笑不得,自己明明刚把方向调整好,又被石耿耿硬生生拨了回来。他以前只认为深陷爱情无法自拔的人都是不理智的,想不到石耿耿这么聪明理性的女孩,居然在爱情面前智商也会变零。郝兴江提醒自己,女人一旦在爱情面前受伤,必定变得更疯狂,一定要谨慎处理石耿耿的感情,这不仅仅关系两个家庭,更涉及公司层面,处理不当,甚至极有可能变成社会热点话题。想到这里,郝兴江说道:"耿耿,公司的事我来处理,我们之间的事让我也再想想。"

"郝总,我只想要一个答案,您喜欢我吗?"

望着对方期许的眼神,郝兴江认真地说道:"如果时光能倒退,你绝对是我理想的伴侣,但现在我还得征求一下习文的意见,你也得让父母同意。"

"郝总,我知足了。将来我会处理好和习文的关系,也会做通父母工作。我会一直等您。"石耿耿说完,取过戒指盒,打开取出那枚女戒,递给郝兴江,"郝总,请您帮我戴上。"

郝兴江没有犹豫,郑重地将戒指戴在了石耿耿纤细光滑的无名指上……

32

在郝兴江的亲自沟通与承诺下,恒顺化工厂最终同意了长海设制公司的方案,即以公司资产作为抵押保证这台绕管换热器四年运行正常,同时邀请专业的除震消音公司,制定出施工方案。一个月后,经过现场检测,噪音从施工前的 91 分贝,成功下降到 62 分贝。恒顺化工厂认可了处理后的绕管式换热器。

郝兴江终于还是听取了石耿耿的意见,当开除的通报下发后,全公司震惊不已。许多人以为公司发展的功臣石耿耿肯定要闹翻天,可让他们奇怪的是,人家竟然开开心心来办手续,平平静静和设计研究院同事告别。如石耿耿所料,再也没人重视产品的质量,但她没料到居然会有那么多人为她打抱不平。

趁秋季学期开学前,郝习文从美国飞了回来。郝兴江发现儿子这半年多变化很大,不但染了头发,穿搭也让自己有点看不懂,更让他头疼的是饮食习惯,居然偏向生食鱼片和蔬菜。虽然长海也有生食蟹虾的风俗,但或用盐腌制,或用烈酒炮制,完全不同于郝习文这样沾或拌调料后直接食用,更不可能把还在淌血丝的牛排放入口中。不过即便看了不习惯,但郝兴江绝不干涉,他现在需要的是儿子对自己新婚姻的理解和支持,可不能因为这种婆婆妈妈的事而让儿子产生反感。

趁儿子第二天就要返回美国,晚上郝兴江约上石耿耿和儿子一起到必胜客吃饭。吃完饭,石耿耿先开车送郝兴江父子到家,然后带上郝兴江让她参谋的新的设计图纸资料,回到对面自己住的小区。这套房子是前年史芳出事后不久买的。

"爸,你是不是和石阿姨恋爱了?"进门后,郝习文边换鞋边随意地问道。

郝兴江没想让儿子先挑明这事,脸微红了一下,故意打岔:"晚上请石阿姨吃饭是因为有图纸要交她帮忙审核。"

"嘿嘿。"郝习文坏笑了几声。

看换好了鞋,郝兴江打开客厅的灯说道:"儿子,能不能过来说几句?"

"爸,我知道你想说什么,别脸红,这又没什么。"

儿子的安慰让郝兴江更觉得不好意思,他定了定神问道:"儿子,那你对石阿姨有什么看法吗?"

郝习文把脚往茶几上一搁,说:"我觉得她挺不错的,只是当我后妈有点太年轻。"

"你不能接受?"郝兴江有点担心习文以这个借口反对。

"这有啥不能接受,只是叫她有点难开口。"郝习文说完做了个鬼脸。

郝兴江继续追问:"那你同意?"

"任何爱情可分为开始、维系、结束三个阶段,后两个阶段会涉及金钱、道德等不浪漫的实质性问题。我妈和你的爱情由于核心层面只有三人,所以不会有这方面的矛盾,更何况老爸你钱赚得多又没有不良嗜好。但后续介入的石阿姨,由于核心层面的人有了变化,我们不再是同心圆,而是两个交叉圆,必定会产生一定的矛盾,到那时,我希望爸能保持大脑清醒,正确处理好相互关系。"

郝兴江没想到儿子想得那么多,但不得不表态:"儿子,石阿姨绝不是这样的人。"

"爸,我很信任与信赖你,尤其现在妈妈不在了。"

郝兴江蓦然觉得有点愧对妻儿,伤感地说道:"我是不是错了?"

"大人只看利弊,小孩才分对错。"郝习文收起脚,凑过身亲热地拍了拍父亲的腿表态:"爸,千万别多想,我肯定支持你,更何况石阿姨人好又漂亮,让别人下手我还不乐意呢。"

看着儿子的老练样,想到这次他的各种变化,郝兴江忍不住探问:"儿子,你是不是找女朋友了?"

"还没确定。"

郝兴江担心地追问:"什么颜色?"

"白的。"郝习文回身往沙发一靠。

郝兴江又问:"是同学?"

郝习文挥了挥手:"爸,我回答后你肯定还会问其他。算了,别打听了,等我确定了马上向你汇报。"

郝兴江暗自一笑,觉得一切都那么美好。他决定明天就和石耿耿说此事,如果石耿耿父母同意,明年儿子毕业回国就结婚。

第二天一早,郝兴江送儿子上车后,就打电话给石耿耿。得知习文对自己的评价后,石耿耿高兴得像小孩一样尖叫,一再说习文叫什么都无所谓,她一定会当好这个妈妈。看时间已过9点,石耿耿问郝兴江需不需要开车送他上班。郝兴江想了一下还是拒绝了:"耿耿,我自己开车吧,你现在继续做幕后英雄,以后再做我的专职司机。"

"嗯,那你开车小心。"

去年春,为了提升廉洁形象,在班子的支持下,公司取消了公司领导上下班用车制度。可当年底,郝兴江下班在十字路口拐弯时,不小心刮到一辆闯红灯的电瓶车。本是一起小交通事故,完全可以现场协商解决。可没想到郝兴江下车问对方人怎么样时,那妇女一眼认出车主是昨天报纸上报道的企业家,干脆赖躺在地上说浑身疼。郝兴江只能报警,不但车被扣,而且还得陪妇女去医院检查。看对方又是拍片又是验血,检查了半天没啥事,郝兴江终于明白这家人只是为了逃避责任并敲竹杠。为了省事,郝兴江第二天在交警队谈判时,答应了对方无理的赔偿要求。从此,他能不开车就不开车,必须开车就提醒自己慢一点。

由于今天情绪高,郝兴江开车时特意开了音乐。车过雄伟的三官堂大桥,刚好演奏起具有浓郁江南风味的《烟雨江南》,心灵顿时跟随笛子与琵琶合奏的旋律在音符间游走。下桥不久,一辆商务车从左侧超过,可旋即打起了右转向灯,慢慢逼停了郝兴江的车。郝兴江赶紧关上音乐,回忆刚才这段行程,确定自己应该没出什么问题。这时,前面的商务车上下来一人,西装革履,当他转身走向自己时,郝兴江看清了,竟然是方长生,就摇下了窗。

"郝总,果然是你,哈哈。"

"长生,你这是?"

"特意来看郝总,没想到半路碰上了。"方长生主动上了副驾驶座,扣上安全带说,"郝总,那我就坐你车,我们边走边聊。"

郝兴江重新挂挡踩油门。方长生看商务车跟上后问道:"郝总,不会担心我是有困难来找你吧?"

郝兴江从后视镜再打量了一眼方长生,这家伙气色真不错,根本看不出患过重症。而一身名牌,更能说明他这六年时间生活得很滋润。既然对方这么说,自然不会是给自己添麻烦,于是就笑着回应:"你这哪是有困难的样子。"

"唉,也是熬出了头。不过挺奇怪,越是生活好了,越会想起当初的艰难,也就自然想到你郝总的好。"

回想当初大谈世界末日的病恹恹的方长生,郝兴江无论如何也无法与眼前的男人相提并论,就好奇地探问:"长生,你现在何处高就?"

"也算不得什么高就,就在马拉维做点小生意。"

马拉维?看来当年方长生真的是跑了世界,至少脚已踏上非洲的土地。可马拉维经济以农业为主,而且烟草是其最重要的经济作物,方长生怎么在世界最不发达国家之一搞得这么风光?方长生这时递过来一张名片,郝兴江接过瞄了一眼,在方长生名字上面写着"马拉维长生有限公司",下面不但标有"董事长兼总经理",还注明了"布兰太尔市经济顾问"。郝兴江不知道马拉维的布兰太尔市,但相信能在异国当经济顾问肯定把企业办得了不起。他把名片插入口袋,说:"都说士别三日当刮目相看,看来这六年你变化很大啊,真心祝贺你。"

"这次回国主要是谈石墨、铀、铁矿的贸易,现谈成一个意向。前几天,我在长海开了个分公司,趁今天有空,过来拜访一下老同事。"

"你这不光是衣锦还乡,还给家乡做了好事。"

方长生打开了话匣子,从当初万念俱灰带父母周游世界,三人一边玩,一边带货交易,不但没花一分钱,反而还挣了点。一直到了马拉维后,看到广袤土地只是种烟草、咖啡、茶叶、棉花和甘蔗,加上所说的末日早已过，方长生的倔劲和天赋异禀的商业头脑，让他一下子开了窍。他决定在这里投资，把身上所有的钱用来在这片土地上种白菊、白背三七和麦冬。也是该方长生走运，虽然种植的作物最后大多还是改了谷物，并没有多大的经济回报。但投资才一年，2014年6月2日，马拉维新当选总统彼得·穆塔里卡在就职仪式上宣布，在自己的任期内要发展与中国的关系。双边贸易关系得到长足发展，双边贸易额不断攀升。方长生的事业从此蒸蒸日上，这次他不但要将石墨、铀、铁矿卖到中国，更想把中国的交通运输设备和化工产品等卖到马拉维。

郝兴江心一动，人有渴望被尊重、被认可的精神需求，方长生此行目的肯定没有杂念，只是希望能受到重视，能为公司做点事，于是问道："马拉维需不需要我们公司的产品？"

"目前没有，不过我也是想回来了解一下，万一有机会推荐，可不能错过报答救过我命的企业。"

"谢谢长生！"

"郝总，想赢得美国发动的贸易战，我们必须多渠道开展业务。如果日后有空去考察马拉维，我来安排。"

到公司后，在郝兴江的陪同下，方长生参观了公司展厅、设计研究院和生产场地。看到公司的大变化，方长生很是吃惊。但方长生的到来让老职工更为震惊，谁都想不到，当年被人看不起的方长生居然成了两国贸易的桥梁。中午，方长生特意留在公司食堂吃了一顿饭，离开公司之际，把一整车从马拉维带来的鱼干和咖啡分给了昔日的同事，然后在一片欢声中，泪眼汪汪地坐上已空的商务车，与大家挥手作别。

望着离去的车辆，郝兴江很想把富兰克林曾说的"宝物放错地方,也是废物",改为"世上没有废物,放对了地方就是宝物"。是的,汉朝班彪在《王命论》中就定论:盖在高祖,其兴之一就是知人善任使。管理的本质就是对人的高效使用,人才决策是领导者最重要的决策。中国历史上在位时间最长的康熙帝曾说:"致治之道,首重人才。"继任者雍正帝也说:"治天下惟以用人为本,其余皆枝叶事耳。"正因为他们懂得人才的重要性,能够知人善任,所以当朝经济快速发展,人口增长迅速,疆域辽阔,国力达于鼎盛。郝兴江暗暗提醒自己,人是最复杂的生产要素,也是最难驾驭的生产要素,唯有在变化中不断探索,在不变中坚守初心,才能带领员工创造出更加辉煌的业绩。

33

新一年的盛夏又翩翩而来，随着长海设制公司荷花池再次荷叶翻滚，郝习文结束了美国桥港大学的学业。随着儿子毕业回国，郝兴江和石耿耿终于走上了红地毯。本担心郝习文会一时不习惯与石耿耿相处，郝兴江还计划让儿子独居在老房子，自己和石耿耿到新买的别墅住。但石耿耿提议一家人理应住一起，如果习文不习惯或不开心，再作打算。好在当晚就有了结果，儿子跟这个后妈相处得非常好。冷清了三年的新房不但有了生活的气息，更有了欢声笑语。

周末，在郝兴江提起儿子的工作规划时，郝习文终于和父亲谈起了女友。原来对方不是习文的同学，而是当地一家设计公司的职员。根据郝习文提供的照片，女孩是白人，且金发，非常漂亮。郝兴江不知道儿子打算如何处理这段异国恋，郝习文倒是说出了自己的想法："爸，在美国学习和生活三年，我发现自己更习惯美式的生活。露丝也希望我将来能定居到美国。"

"你决定不留在国内？"

郝习文抢先声明："爸，我可不是逃避你的新婚姻，而是追求我的幸福生活。"

对于儿子直白的声明，郝兴江脸微红了一下，问道："那你是怎么打算的？"

"爸，你不用托人，你的规划我极可能不喜欢。露丝已在想办法帮我申请读博。"

和以前的想法不同，郝兴江现对郝习文的学业并不寄予多大的希望，这么多年，中西方的教育完全可以证明这小子并不是一块读书的料。但若有机会读博，那自然是好事，只是担心地问道："美国开始贸易战后，现在签证估计有点难度，能行吗？"

"下个月可以见分晓。"

"好，希望有好消息。如果不成，那就安心在国内。"

对于父亲好心的安慰，郝习文不以为意。刚好石耿耿做好了饭菜招呼用餐，父子俩应声后起身，匆匆结束了这次对话。

晚饭后，郝习文说今天约了高中同学去唱歌，晚上不用等他，旋即换好衣服打个招呼就出了门。收拾好碗筷，石耿耿径直来到二楼的工作室。由于和道达尔公司有了更多的技术合作，所以公司许多新项目必须按要求尽快完成设计。郝兴江这次带回的是全球首台重达600吨的绕管换热器设计图，"幕后英雄"按以往惯例，开始认真审核图纸。

习惯饭后散步兼买牛奶的郝兴江到家后，冰上牛奶，给妻子手磨了一杯咖啡也上了二楼的工作室。

"谢谢老公！"石耿耿接过咖啡杯，把头靠在郝兴江微凸的小腹上。

郝兴江习惯了这样的爱意表达，揉了揉妻子的秀发，问："怎么样，可以吗？"

石耿耿直起上身,指着一张图纸说道:"其他应该没有问题,就是由于设备封头制作涉及选压、冷压、模具和工艺等多道工序,这次封头直径又超大,我担心这个设计有可能在制作过程中发生错位。"

正常情况下,封头发生错位时,可以通过焊接破口来解决。但这次因为设备超大,一旦发生错位,不但会导致焊接破口较厚,浪费大量的材料,而且不利于安全生产。所以郝兴江追问:"有没有办法解决?"

石耿耿抿了口咖啡,说:"我刚才想到了游敏上次发明的绕管定位工装,是不是可以借用这个思路,我们搞一个封头定位工装,确保制作的产品不错位。"

"这主意不错,不但投资少,见效还快。"

"还有,这次的工序一定要严格执行自检、互检和专检制度。但凡有一道马虎过关,这么大设备积累起来可就有险情了。"

"三检制度执行得不错,但我这次还要针对性地加抽检和报检。"

石耿耿歪着头问道:"为什么要搞报检?"

"任何自己确定不了的,或者对某个工序有质疑的,就用报检的方法来剔除隐患。"

"这个思路好,不愧是企业家。"

"你可不能让我飘飘然。"

石耿耿放下咖啡杯,重新把脸贴在郝兴江肚子上,仰着头说道:"你在我眼里就是最完美的男人。"

郝兴江动情地俯身,石耿耿幸福地闭上眼,让对方滚烫的双唇压住自己。许久,郝兴江慢慢直起身,轻揉了揉妻子的耳垂,说:"抓紧时间,我等你。"

石耿耿会意,面色潮红地点了点头。

由于有思路又有借鉴的图形,不到一个小时,石耿耿就完成了定位工装的设计。她想明天早上再审核一遍,于是放下手中图纸直奔三楼的卧室。

次日一早,郝兴江先起了床,像以往一样,到一楼打开收音机磨起了咖啡豆。等石耿耿洗漱完毕下楼,他已一边煮咖啡,一边热牛奶。石耿耿则利索地做起了三明治。吃过早点,石耿耿就急着去再审昨天的图纸。当她走进工作室,发现有点异样,女人的直觉告诉她,这里被人动过。考虑到设计包含多项专利发明,石耿耿确认设计没有问题,打完包,在交给郝兴江时特意问道:"老公,早上你有没有进过工作室?"

"没有啊,我直接下的一楼,怎么,有情况?"

"那会不会是习文动过图纸?"

郝兴江听明白了,放下图纸直接上三楼敲响了儿子的房门。郝习文睡眼惺忪地打开门,看是父亲,指了指卧室墙上的钟问道:"爸,干吗这么早吵醒我?"

"你昨晚有没有动过工作室的图纸?"

"嗯。"

听儿子回答很干脆,郝兴江放下心来,但又追问了一句:"你动这个干吗?"

"露丝也是做设计的,昨天聊天时,她让我拍些你们的设计图给她看看,说这对我申请博士有用。"

"浑蛋!"郝兴江怒不可遏地给了儿子一个耳光。

郝习文从来没被父亲打过,一下子蒙了。等反应过来,一手捂脸,一手指着郝兴江喊道:"你打我?!你刚结婚就这样对我?!"

闻声疾步上楼的石耿耿赶紧拉开郝兴江,对郝习文解释:"这图纸是你爸爸公司的发明,如果被人模仿甚至抢注,那就损失大了。"

"你们眼里只有钱!根本不想管我!你们自己过吧!"郝习文将门狠狠一甩,把郝兴江和石耿耿关在了门外。

正当石耿耿劝慰郝兴江别生气并想补救办法时,换好衣服的郝习文门一开,飞奔下楼,也不顾石耿耿的叫唤,径直离开了别墅。

郝习文没什么意外,只是住到史小力家不肯搬回来。但正如郝兴江猜测的那样,全球首台重达600吨的绕管换热器承包真遭遇了不测,一家不知名的企业半路劫走了这台设备的制造业务,只有郝兴江和石耿耿清楚里面的猫腻,可一切已无法挽回。

34

一个半月后,听史小力说郝习文因去不成美国情绪很低落,石耿耿决定单独去见他。不知何故,这次郝习文没有挂掉电话,而是答应在史小力家的客厅见石耿耿。

石耿耿特意带了郝习文喜欢吃的牛排、果酱等。进门后,郝习文也不寒暄,接过往冰箱一放,更没有说声"谢谢"。两人在客厅坐定后,石耿耿先开口问道:"习文,你还怨我吗?"

"不能怪你,都怨我爸,企业改制后,他眼里只有如何赚钱。"

"我向你道歉,那天我不应该这么说。"

"你说得没错,舅舅今天把后续发生的事告诉了我,我也没想到会闯下这么大的祸。"郝习文说完低下了头。

石耿耿这才明白郝习文这次为什么会答应见面,既然他本人已意识到错误,那不如软劝。想到这里,石耿耿笑着说道:"这是你不知情下被人利用,不要过于自责,更希望你能谅解爸爸。"

"我认错归认错,老爸动粗的事我不会原谅他。我刚才也说了,企业改制后,他眼里只有如何赚钱,我妈去世其实他也有很大的责任。"

石耿耿发现郝习文说完这些话胸脯上下起伏,她感到很是为难。习文不是她亲儿子,现在他又抬出去世的母亲,如果再替郝兴江说话,很有可能让现在有所软化的局面再次不可收拾。考虑再三后,石耿耿只能避开原有的话题,细声问道:"听说你赴美留学的事有点难办?"

"我是上露丝的当了,她根本不可能帮我办理留学申请,和我接触的目的就是把设备制造的新发明骗到手。"

"过去的事就不要想了,你还年轻,来日方长。如果你想去国外留学,我们可以一起想想办法。"

"那行,我在这里反正也是多余的,也不能老待在舅舅家。"

"习文,不管将来如何,我会一直爱你的父亲和你,真心希望我们能住在一起,直到你成家。"

郝习文睥了一眼石耿耿,没有接话。看已清楚郝习文的想法,石耿耿起身叮嘱一番后,开车回了家。

晚上,听石耿耿介绍情况后,郝兴江打定了主意,想办法圆儿子的留学梦。

在韩宇等人的帮助下,郝习文相继完成了学术履历、学术陈述和学术成果总结,并得到了三位教授的推荐信。当年年底,郝习文顺利接到了美国某校的录取通知。

元旦前,石耿耿逛了超市后又来到史小力家,只是这次没有像前几次那样,送些吃的简单叮嘱习文要注意身体后就走,而是坐下来问道:"习文,你4月份就要去美国了,是不是回家和爸爸相处一段时间,他很想你,老是从我和舅舅这里打听你的情况。"

郝习文不假思索答复:"我在舅舅家已住了快半年,舅舅一直单身,总不能过年了让他一个人陪外公外婆。再说,我和舅舅说好过年去漠河玩,等回来我再回家吧。"

听郝习文说到回家,石耿耿顿时放下心来,说:"你真长大了,考虑得很周全。好的,我们等你。还有,我和你爸初五去看你外公外婆。"

郝习文也大大方方地夸起石耿耿:"你这个后妈真不错,谢谢!"

让石耿耿意外的是今天郝习文不但送她下楼,并替自己打开了车门。

石耿耿钻进车后谢道:"谢谢,习文。"

郝习文斜靠小车,抖着右腿歪着头说道:"我应该是有弟弟或妹妹了,你开车小心。"

"你怎么知道?"石耿耿很是惊讶,连自己都还没确认,习文是怎么知道的?

"你今天老是护着小腹,副驾驶这东西的用途我懂。"

石耿耿脸一红,这是刚才在药房买的验孕棒,这次例假已超十多天还没动静,估计是有孕了。她低头看了看一直护在小腹上的左手,笑着说道:"我现在也不确定,被你一说好像真有了似的。"

"他一定会很漂亮。"

石耿耿仍仰着头注视对方:"习文,你在我眼里越来越优秀了,希望我们日后能成为更好的朋友。"

"会的。"郝习文挺直身子关上门,潇洒地打了个响指,效仿航母弹射指挥官,侧屈腿做了个舰载机起飞的手势。

石耿耿笑得合不拢嘴,朝郝习文敬了个军礼,然后点火挂挡踩油门,缓缓驶向小区大门。

当天晚上,石耿耿把测试结果告诉了刚进门的郝兴江。郝兴江大喜,再三叮嘱妻子近期多休息,不要搬重物,少喝咖啡。一脸幸福的石耿耿连连点头。可等洗完手坐下准备吃饭时，望着对面的空椅，郝兴江情不自禁想起已半年没见的习文，他担心儿子会因新弟妹的出生而更疏远自己。

细心的石耿耿察觉老公夹了一筷龙井虾仁，边嚼边皱眉，赶紧停下筷子问道："怎么了？是不是虾仁偏咸了？"

"没有，咸淡刚好。"郝兴江立即回过神来，为了掩饰自己的心情，故意耸了耸肩解释，"也许连续吃这道菜半个多月，突然没了胃口。"

石耿耿猜郝兴江有心思，既然对方不想说，就配合着说道："看你老是夹龙井虾仁，所以天天做这道菜。明天我就撤了，等你想吃我再做。"

郝兴江替石耿耿夹了一块鱼肉，由衷说道："老婆，你真好！"

"因你，我才变得更好。"石耿耿说完，妩媚地望了对方一眼。

由于石耿耿没说白天和习文见面的事，晚上关灯入睡前，郝兴江又陷入了沉思：再过四个多月，习文又将赴美留学，如果不抓紧机会缓和关系，父子感情肯定会随空间距离增加而越发疏远。日后，当习文看到同父异母的弟妹，心理落差肯定会更大，对自己也必定会更加抵触。郝兴江决定大年初五约习文一起给史芳父母拜年，并趁这个机会努力修复父子关系，让儿子在出国前回家，使他感受到父亲的关爱。也许白天工作太累，不久，郝兴江在胡思乱想中沉沉睡去。

元旦过后，郝兴江根据人事部门的统计，安排人提前与大巴出租公司联系，预订车辆送外地职工返乡过年。同时，检查了食堂过年的菜谱和准备的物资，努力让加班在岗的职工吃好。可没想到，就快过年前，突然出现新冠疫情。郝兴江起初并不在意，甚至对别人采购防疫物资的提醒，还认为多此一举，只同意少量采购一些消毒水备用，继续按原劳保用品计划进行采购，不允许加量或超前采购。但情况似乎一天比一天紧张，大街上的人少了，走动的人戴口罩的多了。晚上，石耿耿在吃饭时说："老公，这次疫情好像挺严重，昨天听说药店出现了抢购酒精和医用口罩，今天我去超市，发现很多人往家里囤积大米和餐巾纸等生活用品。"

"这都是吃饱撑的，全是心里恐慌的无序行为，就像九年前的抢盐事件一样，可笑！"郝兴江嗤之以鼻。

"看大家恐慌，我也去了。酒精家里还有一瓶，大米和餐巾纸备了些，但口罩没买到。"

"要口罩有啥用？放着没用等于是废物。"郝兴江说完，夹了一条跳鱼放在石耿耿盘中，叮嘱："你有孕，不要去这种场合，需要什么我下班带来，不行就外卖，再不行我们请个保姆。"

"现在还不用请保姆，真要请了，你还得注意带回家的商业机密。"

石耿耿的好心提醒又让郝兴江想起了儿子习文，他点头不再说话。

大年三十早上起床，收音机突然播报：为全力遏制武汉疫情扩散蔓延，维护人民群众生命安全，国家宣布武汉封城。郝兴江大吃一惊，才意识到问题的严重性，虽然公司库存有少量的防疫物资，但对一个有五千名员工的大公司来说，这简直是杯水车薪。郝兴江顾不得吃早饭，赶紧打电话给已休假的物资部门，要求想办法采购相关的防疫物资。

刚挂上电话，还没放下手机，电话铃声又响了起来。一看，竟然是习文打来的。郝兴江赶紧接通了电话："习文，新年快乐！"

"爸，明天才是新年，我可不是给你和石阿姨拜年的。"

"对,你说得对,是我错了。"郝兴江借机隐晦地向儿子道歉。

"爸,你备了口罩和酒精吗?"

郝兴江悔得肠子也青了,如果当初不武断,听建议给家里备一些口罩,现在这"废物"就成了和儿子缓和关系的"宝物"。当然,他心里还是有点失落,如果不是疫情要命,习文会主动打电话给自己吗?估计不会。郝兴江心情复杂地回儿子:"习文,口罩我一个也没有,酒精你也知道,家里一直会备一瓶。"

"爸,你长假肯定还要去公司,口罩一定要戴。"

郝兴江心想,什么一定要戴,我连口罩都没有,总不能领公司的劳保用品吧?但嘴上只能对儿子的关心表示感谢:"谢谢儿子,你也尽量少出门。"

"爸,你不要太早去公司,等我给你送口罩来。"

郝兴江本想拒绝,可一想,能和儿子见面自然不能放弃,所以话要出口之际改为:"好,那我等你。"

这时,石耿耿也下了楼,听习文等一下过来,赶紧上楼把睡衣换了。二十分钟后,郝兴江又接到儿子的电话:"爸,我在你车旁边,你带上车钥匙快下来吧。"

"好,等我。"

挂上电话,郝兴江心里有点不痛快,习文这是故意连门也不进!石耿耿看郝兴江有情绪,抢先拿上车钥匙陪郝兴江下了楼。刚打开地下车库门,只见戴着口罩的郝习文疾步上前,把手中的两只口罩递了过来:"爸,姨,你们快戴上。"

看两人戴好口罩,郝习文带郝兴江走到车旁,打开车子的后备厢,说:"爸,这些全是医用外科口罩,你把车后备厢打开,我放进去。"

郝兴江一看,后备厢满满塞了四箱口罩,估计够自己和石耿耿用几年了。他笑道:"一箱早就够用了,要这么多干吗?"

郝习文也不接话,等转身拉开后车门,才指着里面的口罩说道:"爸,我这还有九箱要放你车上呢。不是全给你和姨用,还有给公司职工的,他们现在肯定急需这个东西。"

看连副驾驶都放了两箱口罩,想到国家极有可能打击囤积防疫物资的行为,郝兴江担心地追问:"你哪来这么多口罩?"

"爸,也是运气。前段时间听说武汉有疫情,当时刚好听在越南的一个朋友说,他那里有个老板因生产的口罩销售困难,打算折价处理掉口罩厂。我一打听,对方连机器和库存口罩总报价才三万美金,于是就挪用去美国的钱盘下了这个厂。现在没想到还真派上用场了。"

郝兴江放心下来,说:"习文,这不是运气,而是你拥有准确的判断力,我不如你。"

石耿耿也跟着夸道:"你不但是商业天才,还是民众的救星。"

虽然石耿耿没有提到钱,但郝习文还是再声明了自己的用意:"现在口罩价格已涨一倍,但仍断货。我今天已收回所有成本,余下生产的口罩,我全做公益事业。当然,第一考虑的自然是家人和爸爸公司。"

"谢谢儿子!"

"爸,这回我将功补过了吧?"

"何止!功德无量!"

"不和你们多说了,我还得和快递公司联系运货,现在生产正常,运输有点困难。"

郝兴江这才明白儿子为什么不进门且让自己带上车钥匙。这时,石耿耿已打开后备厢和车门,看着父子俩搬运口罩。

看儿子即将上车,郝兴江叮嘱:"你自己一定要小心,如果运输有困难,我派货车去拉。"

"爸,在国内我早就找你解决了,可这是跨境,我再想想办法。你们也保重!"郝习文说完,利索地发动车走了。

35

2020年长海的春节与以往不同,面对来势汹汹的疫情,本应熙熙攘攘的大街小巷,几乎空无一人。为了鼓舞士气,郝兴江坚持每天到公司,且一天两次到现场看看。也许是因为有了充足的防疫口罩,也许是因为能在这种特殊时期天天看到总经理,长海设制公司依然机器轰鸣,焊花四溅。

在接到市政府延长休假和停产的通知后,郝兴江急了,如果停产必定完不成生产计划,那就会面临违约赔款。他马上拨通了已任副市长的许泽斌的电话,像以往一样,许泽斌很给力,当即协调相关部门,在郝兴江制定出生产与防疫具体方案后,给予特事特办,相关必须上岗的生产人员拿到了特别通行证。

初四早上,郝兴江刚翻阅完人事部的人事任命考核意见,听有人敲门,抬眼一看是游敏,不由愣了一下,毕竟这家伙已快七年没有来自己的办公室。对于这位不速之客的到访,郝兴江有点小惊喜,只是出于多年的结还没有面对面解开,更不知对方找自己是什么事,所以暗自提醒自己要矜持。于是,他放下手中的考核意见表,抬头问道:"游敏,有事找我?"

"郝总,您有空吗?"

郝兴江合上文件夹,戴上口罩大方地朝面前的空椅一伸手:"坐下来说。"

游敏与郝兴江隔桌而坐后,马上从口袋掏出一纸,说明了来意:"郝总,这是保尼威尔刚发我的邮件。"

保尼威尔?那不是道达尔公司的专家吗?虽听说游敏和他常有联系,但游敏从没有跟自己汇报过。今天为什么要把对方的邮件打印给我看?郝兴江接过一看,又暗暗吃了一惊,原来西北新办了一家合资企业,被聘为执行董事的保尼威尔想推荐游敏就任该公司的技术副总工。

郝兴江暗暗叫苦,公司只是规定中层领导必须提前一年申请辞职,游敏虽是公司的人才专家成员,但因不是中层领导,不受这个规定的限制。也就是说,游敏可以随时辞职并兑现公司股份走人。看着面前刚阅完的人事任命考核意见,他真希望这事早办一年就好了。

"游敏,你个人什么意见?"

面带微笑的游敏坦然道出了心思:"有点想去试试的冲动。"

郝兴江也不知对方有没有征求过章柒柒的意见,本想问问,但又觉得不便提,于是改口追问:"是因为这个职务能施展你的本领?"

"有一定的原因。当然,公司虽然没有给我职务,但我也能施展本领。"

对于游敏后半句的强调,郝兴江越发明白外来橄榄枝让游敏动心的症结。是的,男人不光希望有能干成事的平台,同样也需要干事前有个体面的职务。郝兴江考虑一番后,指着面前的文件夹,说出了年前公司班子会上讨论的人事调整计划:"我不是想违规透露人事安排，更不是想以此来诱惑你，只是让你做决定前有个可以周全考虑的参考。这次你列入人事部的考察对象，拟提拔为设计院的副院长。"

"郝总，我刚才说了，有点想去试试的冲动，但最终还是决定不去，毕竟我对企业有着很深的感情。让我去服务一家日后会与培养过自己的企业竞争的单位，我实在是做不到。"

听了游敏的声明，郝兴江反而不痛快起来，心想：那你给我看这个干吗？还不是这个副院长职务让你改变了主意！唉，既然对方不承认是因待遇留下，那就别揭穿他。想到这里，郝兴江顺着应了一声："也是。"

听对方只是淡淡应了一声，游敏觉得有必要引证李默海的事来强调自己的看法，所以又说道："郝总，人都是有感情的，李厂长不也一直不接受别的企业聘请吗？"

李默海的确在辞职后谢绝了多家企业的邀请，成为本地一家技师学院的外聘教师。近年来，技师学院培养出来的学生成了香饽饽，据说，这和李默海推行的严厉实操考核有关。由于提升了学生的技能操作水平，有九成多的学生取得了各种上岗证，导致外省的企业也慕名来学院抢人。成绩斐然的李默海不但连续三年被学院评为"先进个人"，还获得了省教育厅的"育人奖"。李默海常和别人说，现在的平台比以前的更有价值，让他的生命充满了激情。当然很多人不知道，其实李默海现在的工作还是郝兴江向韩宇举荐的。对游敏搬出老厂长来说服自己，郝兴江觉得不予回应为上，所以点头后直面问道："那你决定留下？"

"郝总，我肯定想留在公司，只是……"

看对方吞吞吐吐不好意思的样，郝兴江似乎懂了对方的心思，问:"你想确认人事任命?"

"我这个年龄也不是很在乎这个。"

郝兴江觉得对方在绕圈子,而且自己已被绕晕,他不得不以谈判的姿态问游敏:"那你想提什么条件?"

"提条件?郝总,我可不敢,你对我恩重如山,更何况去外资企业也不一定合适。"

"那你说了半天到底是什么想法?"

"我有一事想求郝总帮忙,希望你能……"

看一个无聊的话题已浪费近十分钟,郝兴江恨不得马上解决眼前的事,于是就打断了对方:"游敏,别磨磨蹭蹭,说吧,我能帮上忙,一定尽力。"

游敏低着头终于说出了来意:"郝总,上次我老婆一生气,说除非得到你的谅解,不然等女儿长大就不再理我。本以为时间长了会好,可去年女儿长海大学毕业去上海工作后,她真的和我分床了。"

郝兴江哭笑不得,好在眼前这家伙这次不是因不痛快来闹事,而是来央求自己。但郝兴江更不解章柒柒的固执,有必要为了这么个误会和丈夫闹这么多年的别扭吗?可转念一想,也许这就是章柒柒的成功之处,她懂得坚持原则,若是迁就了游敏,说不定反而让对方心存芥蒂。他按捺住偷乐的心情,平静地解释:"其实你爱人事后已三次来电给我道歉,我已说了没事。"

"她说只有你接受了我的道歉,才能不计前嫌。"

郝兴江听明白了,马上拨通了章柒柒的电话,一番寒暄后,直接说道:"章总,你爱人现在在我的办公室,我们聊了许多,他的确是个难道的人才,这次连合资企业也想来挖他。"

"郝总,游敏没和我说起这事,晚上我会做他工作。"

"章总,不用了,游敏说离不开我们公司,更离不开你。"

章柒柒马上听懂了,笑着说道:"真不好意思,又给郝总添乱了。"

"章总,我才应该谢谢你上次提供的线索。"

"那就一家人不说两家话。"

"对,一家人不说两家话。章总,再见!"

"郝总,再见!"

见郝兴江挂上电话,游敏微红着脸说道:"郝总,我这就给保尼威尔回复邮件去。"

郝兴江点头后突然想起了一事,说:"游敏,这些天你也居家办公吧,别再来回跑了。"

刚起身的游敏摇了摇头,说:"郝总,公司现在很多返乡员工回不来,人手紧,我在的话有时还能到车间搭把手。而且,我只有进公司才有灵感,在家憋半天也理不出一点头绪。"

"好,我们携手同行,共渡难关。"

"涅槃后的公司必定会更强大。"

郝兴江不再矜持,起身伸出了手:"涅槃重生!"

"涅槃重生!"游敏紧紧握住已数年没握的手,蓦然发现郝兴江头发已花白,只是他理着平头难让人察觉。

36

由于社区实行全封闭管理，郝兴江原本初五下午和石耿耿一起去探望史芳父母的计划也无法实现，只能抽空打了个电话问好。想初三收到习文第四批口罩后再没有联系，就顺手又拨打了儿子的电话，可语音提示郝习文的手机处于关机状态。到家后，郝兴江又试拨了儿子的电话，结果还是关机。想儿子和舅舅在一起，就拨打了史小力的电话，可同样是关机。郝兴江有种不祥的预感，和石耿耿说明情况后就要出门。石耿耿不放心，也戴上口罩跟着下地下车库。车刚发动，郝兴江手机响了，一看是陌生电话，心更是一紧，赶紧熄火接通了电话。

"爸，这是我的新号码，等一下我再发舅舅的新号码给你，你记得把我们加进亲情号。"

没事换什么号码?! 郝兴江气不打一处来，但问时还是克制住了情绪："你们干吗要换号码？"

"唉，也是迫不得已。也不知道这些浑蛋哪里搞到我和舅舅的号码，今天白天全是他娘的高价向我们收购口罩和机器的电话，害得我俩只能偷换了号码。"

郝兴江第一次听儿子骂人,但这骂声让他很满意。说:"好,我等一下马上操作。"

"爸,你能不能借我一辆集装箱车?"

郝兴江马上想起自己对儿子的承诺:"拉口罩?"

"对,不用司机,舅舅会开。"

"没问题,随时来取。"郝兴江放心了,说完又强调一句,"油钱我来付,还车时加满。"

"谢谢老爸支持,知道你大公无私。哈哈,当然,我和舅舅也不会比你做得差,明天早上8时我和舅舅直接到你公司取车。"

"OK!"

挂上电话,石耿耿已从自己的包里翻出加油卡,说:"老公,我这张卡应该有五百多,你也先给他们用。"

郝兴江接过塞进口袋,吁了一口气,说:"放心了,走,上楼吃饭。"

石耿耿下车后说道:"老公,我发现习文脑子真的很灵,而且心眼特好。"

郝兴江搀扶着妻子上楼,笑着调侃:"你们互有好感,我这块夹饼就好做人了。"

第二天,郝兴江特意早一步到公司,安排车队调了一辆性能好的集装箱车到门口。郝习文和史小力准时来到公司,接过车钥匙时,郝习文问道:"爸,能借几天?"

郝兴江伸出一个手指:"一个月够不够?"

"给力,谢谢老爸!"

郝兴江迎上儿子拍来的手掌。掌声刚落,史小力就和郝习文分头钻进驾驶室,本就干了九年货车司机的史小力,娴熟地发动车,稳稳当当地出发了。

当天晚上刚吃好饭，史芳父母突然打来电话，一向温和的两位老人在电话中泣不成声地大骂郝兴江。听了半天，郝兴江终于听明白了，两老在本市电视新闻中看到外孙和儿子，两人居然拉了一车的口罩奔向武汉。郝兴江只能在电话中安慰老人，说自己会想尽一切办法保障两人的安全。

这边手机刚挂下，微信不断传来新消息的提示音。一看，全是来赞儿子壮举的。郝兴江顾不得收拾，到客厅打开电视，调到本市新闻栏目开始回放，果然第二条新闻就是"我市留学生放弃巨额利润捐一车集装箱口罩驰援武汉抗疫"。在电视新闻中，虽然郝习文和舅舅都努力躲避镜头，但记者在采访办理通行证的相关部门领导口中，还是清楚地介绍了即将再度留学的郝习文和任汽车教练的史小力，说他们在境外收购了一家口罩厂，却不发国难财，把这批次生产的口罩全捐献给了武汉。关上电视，郝兴江坐到石耿耿边上，拨通了习文的电话："儿子，我为你骄傲！"

"哈哈，我说过，我和舅舅不会比你做得差。"

"不，你们比我做得好！"

"爸，你也不要谦虚了，能把企业产品打入国际市场，能养活五千多人，真的很了不起。"

"儿子，那就不互捧了，我只想你们尽快平安回来。"

郝习文佯装生气地说道："知道老爸惦记着这辆车，放心吧，用不了几天。"

郝兴江心里直乐，可也配合着板脸说道："小子，我才发现你聪明得有点坏。"

"老爸，你得照顾好姨，别让她再工作了，更别再让她烧菜伺候你。"

"你不心疼你爸？"

"唉,你也是,男人嘛,该扛起天来。就像舅舅一样,闷声不吭逆行中把困难扛了。"

"好,听你的。"

"挂了。"

郝兴江叮嘱:"好的,切记要注意安全,送到马上回来。"

"知道了。"

挂上电话,郝兴江扭头发现石耿耿在擦眼泪,马上放下手机问:"怎么,不舒服?"

石耿耿点头指了指心脏位置。郝兴江有些紧张,起身想扶老婆在沙发上躺下。可刚抬起屁股,被石耿耿一把拉下,只见对方顺势一倒,说:"习文心眼真的太好了,我们不能再伤了他。"

郝兴江恍然大悟,刮了刮石耿耿的鼻子,故意生气地说道:"你们倒好,现在是不是想合起来专门欺侮我?"

石耿耿破涕为笑,一把抱紧郝兴江:"老公,我们就要合起来欺侮你。"

郝兴江笑得鱼尾纹都拉到了耳边。

郝习文的货当天晚上9时就平安运抵武汉。收到微信消息后,郝兴江叮嘱他们尽快早点回来。习文则答复休息后马上返程。

31日天刚亮,郝兴江摸过手机,微信上没有儿子的留言,再看朋友圈,发现儿子新的微信号发了几张图片,戴上眼镜一看,顿时吓得跳了起来:"瞎闹!"

石耿耿也被吓了一跳,撑起上身:"老公,怎么了?"

郝兴江把手机递给石耿耿。石耿耿看了一眼,原来得知武汉火神山方舱医院的建设进入病房安装攻坚期,需要大型车辆进行物资运转,郝习文和史小力决定留下参战,并配发了几张夜战图。

放下手机,石耿耿移到郝兴江身边,边抚摸那宽厚的背边柔声劝道:"老公,你不要急,习文有舅舅在,应该没问题。"

"我现在就是担心这个疯舅舅会带习文乱来!"

石耿耿笑道:"老公,当年我爷爷在家人眼里,也是个'叛逆者',而历史恰恰证明了他们的伟大。当年你坚持改制和走国际化战略,不是也没几个人看好吗?"

郝兴江幡然醒悟,脑海蹦出"逆行"一词。是的,为了使命敢无惧风险的逆行者,都是可敬的。虽然心里已想通,但仍低头不语。石耿耿看懂了丈夫的心思,柔声问道:"是不是担心外公外婆又要生气?"

见郝兴江点头,石耿耿自信地说道:"老公,放心,我来做工作。"

一个无血缘关系且占据女儿本有位置的女人,怎么可能说动伤心又担心的老人?出于对妻子的信任,郝兴江还是将信将疑地点了点头。

五天后,郝习文和史小力拒领工资报酬,顺利踏上返程之路。让安下心来的郝兴江感到困惑的是,妻子到底用了什么招数,居然让史芳父母在电话中再也没有指责自己,相反还劝慰自己要放宽心,要相信习文的能力。

回到长海,郝习文和史小力按规定到指定酒店进行隔离。入住后,郝习文给郝兴江打电话报平安,问:"老爸,你知道这次舅舅有个重大收获吗?"

"什么?"

"舅舅找到对象了!"

"太好了,哪里的?怎么认识?"郝兴江惊喜不已,史小力都快四十岁了,这下可以让史芳爸妈放心了。

"武汉城建的一个出纳，两人来电了。"电话那头传来郝习文的偷乐声。

"好事，就是远了点。"

"爸，有个事想求你再帮个忙?"

郝兴江很自信地问道："是不是把那女孩招到爸爸公司?"

"这是下一步计划。现在是想让你同意借车时间追加到五十天。"

"难道你还要去送口罩?"

"不是，是舅舅看那里的新鲜蔬菜不是很充足，想在这里找个基地专供，他负责运输。"

"那你呢?"

"我负责生产口罩的销售，把所有的利润换成蔬菜。因为我们都是一家人，所以想爸也应该要出点力。你就再批准我们用这辆车吧。"

"我不批。"

"你……"

听儿子急得说不出话来，郝兴江才悠悠地说出自己的新打算："公司的生产正在全力恢复中，车不能再外借，但我可以买一辆送给你小力舅舅用。"

"真的?"

儿子的爆裂式惊叫声让郝兴江回想起十二年前让习文代家庭向汶川地震捐款的事，记得自己还曾对史芳说，儿子的博爱情怀与快乐心境是无价的。他换了个耳朵接听，随后反问："你爸什么时候说话不算话了?何况你舅舅不跑去武汉，怎么见到女友?"

"谢谢爸爸，我爱你们。"

"不用谢，因为我们都是一家人。"郝兴江把儿子的话还了过去。

和儿子聊了十多分钟,刚挂电话,手机又响了起来,看是一长串号码,郝兴江迅速接通了国际来电。

"郝总好!"

"长生?"郝兴江听出了声音。

"对,是我!"方长生似乎很高兴被郝兴江听出声。

"长生,你还好吗?"

"我挺好,就是很想你们。"

"那你有空常回来看看,反正长海也有你的分公司。"

"郝总,我下周就回来,先和你打个招呼,我给你带好消息来了。"

想起上次见面时方长生说有机会就要推荐公司产品,郝兴江高兴地追问:"什么好消息?"

"见面再说。郝总,这次国内疫情挺严重,我把能买到能带的防护服和口罩都买下了,争取下周带回国内,公司需要这些吗?"

"不用,我们都挺好的。"

"如果你们不用,那我捐给红十字会。"

"我们真够用了,谢谢长生。"

"郝总,别见外,我们可是一家人。"

"对,一家人。欢迎回家!"

挂上电话,郝兴江情不自禁地想起了十二年前企业庆典时自己讲过的话:今夜霜露重,明早太阳红。是的,虽然当下困难很多,但未来肯定会越来越好,因为我们有肩负使命迎难而上的信心与决心,注定能在涅槃中重生……